古典文獻研究輯刊

十四編

曾永義 主編

第9冊

古代長篇小說經典研究(下)

王志武 著

國家圖書館出版品預行編目資料

古代長篇小說經典研究（下）／王志武 著 —— 初版 —— 新北市：
花木蘭文化出版社，2016〔民 105〕
目 2+256 面；19×26 公分
（古典文學研究輯刊　十四編：第 9 冊）
ISBN 978-986-404-809-0（精裝）
1. 中國小說 2. 長篇小說 3. 文學評論
820.8　　　　　　　　　　　　　　　　105014954

ISBN-978-986-404-809-0

9 789864 048090

古典文學研究輯刊
十四編　第 九 冊　　　　　　　ISBN：978-986-404-809-0

古代長篇小說經典研究（下）

作　　者　王志武
主　　編　曾永義
總 編 輯　杜潔祥
副總編輯　楊嘉樂
編　　輯　許郁翎、王筑　美術編輯　陳逸婷
出　　版　花木蘭文化出版社
社　　長　高小娟
聯絡地址　235 新北市中和區中安街七二號十三樓
　　　　　電話：02-2923-1455／傳眞：02-2923-1452
網　　址　http://www.huamulan.tw 信箱 hml810518@gmail.com
印　　刷　普羅文化出版廣告事業
初　　版　2016 年 9 月
全書字數　340901 字
定　　價　十四編 21 冊（精裝）新台幣 36,000 元　　　　版權所有·請勿翻印

古代長篇小說經典研究（下）

王志武　著

目

次

《水滸傳》研究

《水滸傳》人物忠義論（內容提示）

忠臣薄命，義士多磨，這就是《水滸傳》的主旨。

宋江是忠臣義士的典型代表，他的一生貫穿著忠義二字。

成也忠義，敗也忠義。

當宋江沒有把忠義和替天行道在實際上聯繫在一起時，忠義這種道德觀念對發展壯大梁山隊伍起了積極作用；當宋江把忠義作爲一種僵死的封建道德教條與替天行道的政治目標在實際上捆綁在一起時，便把梁山隊伍引入了歧途。

判斷引入「歧途」還是「正路」，標準就是「世道」「人心」。「世道」指歷史潮流，「人心」指民意嚮背。正路是順潮流，向民心，取代宋徽宗；邪路是逆潮流，背民心，忠保宋徽宗。

本書以單篇文章形式分別發表於 2013 年 4 月 28 日《西安晚報・文化縱橫》：2013 年 4 期《西北學刊》：2013 年 3～4 期《藝文志》，三秦出版社出版。

2014 年 9 月花木蘭文化出版社出版。

忠臣義士宋江的悲劇命運

一、官逼民反

（一）重用奸臣

《水滸傳》小說一開始寫了兩個人物，一個是高俅；一個是端王。作者寫端王是個「聰明俊俏人物」，「這浮浪子弟門風幫閑之事，無一般不曉，更無一般不愛。即如琴、棋、書、畫，無所不通，踢球打彈，品竹調絲，吹彈歌舞，自不必說」。一句話，這端王是個現在人們常說的娛樂人才，也就是當個紅白喜事的樂隊總管還稱職吧，和治國平天下不沾邊。因爲他是神宗皇帝的十一子，哲宗皇帝的御弟，哲宗皇帝沒有太子，死後的繼承人便落到端王頭上了。這就是宋徽宗。按照皇位世襲的封建社會的規矩，那怕是個白癡，該人家當皇帝誰也沒辦法阻攔。徽宗酷信道教，道士們送他一個「玉清道主微妙道君皇帝」的稱號，簡稱「道君皇帝」。

歷史上的宋徽宗是個有名的混混皇帝。唐朝因娛樂人才唐玄宗而由盛轉衰，宋朝因娛樂人才宋徽宗由盛轉衰。小說《水滸傳》中的宋徽宗又如何呢？

第 74 回作者寫宋朝內憂外患，「此時道君皇帝（宋徽宗）有一個月不曾臨朝理事。」不上朝理事，到哪裏去了呢？

一是被蔡京兒子蔡攸和太尉王黼領去逛艮嶽。艮嶽是 1117 年宋徽宗在京城東北隅修的一座所謂萬歲山，「奇峰怪石，古木珍禽，亭榭池館，不可勝數。外面朱垣緋戶，如禁門一般，有內相禁軍看守，等閒人腳指頭兒也不敢蹅到門前。」就因爲修築艮嶽，朱勔在南方騷擾百姓，激起了方臘領導的農民起義。

　　二是去李師師家。李師師是當時京城有名的上廳行首。歷代皇宮，本來就是皇帝一人的免費妓院，但宋徽宗還不滿足，經常和皇宮外的妓女李師師來往。宋徽宗和李師師家有地下暗道相通，楊戩楊太尉經常陪伴皇帝來李師師家娛樂。宋江就是通過李師師下情上達的。宋江等死後，宋徽宗也是在李師師家睡覺夢遊梁山泊的。李師師比四大奸臣好，不在皇帝面前說宋江等人壞話；宋徽宗比唐玄宗好，沒有像唐玄宗把楊貴妃據為己有一樣把李師師據為己有，因此給燕青宋江等人下情上達留下了一條路。但作為一國之主，三天兩頭在角妓家泡著，歷代君王中也很難找出第二個。

　　宋徽宗在位，重用奸臣。歷史上有所謂「六賊」之說，即徽宗重用的蔡京、王黼、童貫、朱勔、梁師成、李彥。《水滸傳》中客氣一點，寫「四大奸臣」，即蔡京、高俅、童貫、楊戩。也提到了王黼和朱勔，但沒有把這兩人算為奸臣。實際上小說中的王黼和朱勔幹的都不是忠臣幹的事。就算是四大奸臣吧，一個皇帝重用四大奸臣，這在中國歷史上也是創記錄的了。

　　小說中首先寫到的奸臣是高俅。此人是東京開封一個浮浪破落戶子弟，自小不成家業，只好刺槍使棒，唯一的特長是踢得好腳氣毬，整天吹彈歌舞，相撲玩耍，也胡亂學了一些詩、詞、書、賦之類。「若論仁、義、禮、智、信、行、忠、良」這些為人道德，「卻是不會」。他不務正業，在東京城裏城外幫閒。有一次，因幫閒被人所告，府尹斷了他二十脊杖，疊配出界發放。東京城的人不容他吃住，便投奔淮西臨淮州開賭坊的閒漢柳大郎家住了三年。後遇哲宗皇恩大赦，柳大郎推薦他投奔開生藥鋪的親戚董將士家過活。董將士知他是個幫閒破落戶，沒有信行，不忠誠不老實，有過前科，舊性難改，害怕收留他在家中影響孩兒們不學好，但又礙於柳大郎面子，便推薦他到小蘇學士即蘇軾處。小蘇學士也怕留下高俅惹麻煩，又推薦他去喜歡幫閒浮浪之人的駙馬王晉卿府裏做親隨。一天，高俅奉小王都尉王晉卿鈞旨，給端王送玉龍筆架和兩個鎮紙玉獅子，恰遇端王正與相伴的三五個小黃門踢氣球。偏偏端王沒有接著的氣球滾到高俅身邊，高俅使個鴛鴦拐，把球踢還端王，因此被端王看中，留在身邊使用。端王登基做皇帝後，沒半年時間，抬舉高俅做了殿帥府（殿帥府即殿前司，皇帝的禁衛官署，執掌殿前班值，馬、步軍諸指揮的名籍及所有訓練等政。與「侍衛馬軍司」、「侍衛步軍司」合稱「三衙」）太尉（太尉是當時武官官價最高一級，相當於現在的元帥吧，本身不表示任何具體職務，一般用作對武官的尊稱，擔任的職務也有高有低，不盡相

同）職事。像高俅這種人要在戰爭年代連個班長恐怕也混不上，但在徽宗時代，與徽宗有關係，官位一下像坐了直升飛機一樣高升了。

高俅一上任，第一件事不是想著如何輔國安民，而是打擊報復八十萬禁軍（皇帝的衛兵）教頭王進。因高俅先時學使棒，被王進父親土升一棒打翻，三四個月將息不起。現在發跡，正好報仇。他爸死了，就找兒子算賬。逼得王進只好和年邁老母逃離東京，投奔鎮守邊庭的延安府老種經略相公（北宋時的種世衡曾在西北一帶任邊防要職。他的兒子種諤（è）在徽宗時任鄜（fū）延路經略安撫副使，是當時抵禦外族入侵的名將，「老種經略相公」即指種諤。小種經略相公指種世衡的孫子种師道。經略，宋代官職名，即經略安撫使，掌管一路兵馬之事，簡稱『經略』。『相公』是對官員的尊稱）處，那里正在用人。高俅後來又陷害林沖，排斥楊志，庇護高廉，幹盡壞事。

又一被徽宗重用的奸臣是蔡京蔡太師（軍隊最高統帥。歷代均以「太師」為最高榮典）。小說中對此人發跡沒有像高俅那樣作專門介紹。歷史記載他曾被徽宗罷翰林學士，貶去杭州，童貫到江南搜羅「書畫奇怪」時，兩人相識，關係火熱，童貫把蔡京所作書畫送給徽宗看，徽宗極口稱讚，重新起用蔡京，先任命為翰林學士承旨，後提升為宰相。此人「貪圖官爵」，「無復廉恥」。（宋史·奸臣·蔡京傳）

遼國的歐陽侍郎就對宋江說：「如此奸臣弄權，讒佞僥倖，妒賢嫉能，賞罰不明，以至天下大亂。江南、兩浙、山東、河北，盜賊並起，草寇猖狂，良民受其塗炭，不得聊生。」連宋江都說「侍郎言之極是。」

作者 120 回寫道：「蔡京、童貫、高俅、楊戩四個奸臣，變亂天下，壞國，壞家，壞民。」

（二）黎民遭殃

徽宗及奸臣蔡京、高俅等人胡作非為，他們的親信也都仗勢作惡，把持重要州府，搜刮百姓，陷害無辜。徽宗天子慕榮貴妃之兄青州慕榮知府，倚託妹子之勢，在青州橫行，殘害良民。迫害花榮宋江，殺死秦明妻小。

高俅螟蛉之子高衙內看中了林沖之妻，兩次威逼，未能如願，高俅為治好兒子相思惡疾，設計陷害林沖，又在林沖被罪之後逼其妻張氏與衙內成親，張氏自縊身死；高俅叔伯兄弟高廉，新任高唐州知府，依仗他哥哥勢力，無所不為。妻舅殷天賜人稱殷直閣，年紀雖小，卻依仗他姐夫高廉的權勢，橫行害人，為霸佔柴皇城宅後花園，逼死柴皇城，高廉又把柴進下在死囚牢中。

　　蔡京的第九個兒子江州蔡九知府,為官貪濫,作事驕奢,江州人廣物盈,錢糧浩大,蔡京特地教他來作知府。他聽信在閒通判黃文炳讒言,幾乎害死宋江戴宗;蔡京女婿梁中書,是北京大名府留守,上馬管軍,下馬管民,為了保官和陞官,每年搜刮十萬貫金銀珠寶,給蔡京作生日禮物,名曰「生辰綱」,和皇帝花石綱相互對應;62 回,梁中書又聽信盧俊義妻賈氏和總管李固誣告不實之詞,欲置盧俊義於死地;58 回,蔡京門人、華州知府賀太守,為官貪濫,非理害民。強奪畫匠王義女兒作妾,又把王義刺配遠惡軍州。

　　69 回,童貫門下的門館先生,東平府府尹程太守,憑藉童貫得此美任,抓緊時間殘害百姓。……

　　他們的爪牙遍佈各地。鄭屠「虛錢實契」霸佔金翠蓮作妾;西門慶為娶潘金蓮,兩人一起害死賣炊餅為生的老實疙瘩武大郎;幫閒富安和虞候陸謙為巴結高衙內,設計騙逼林沖妻子,並陷害林沖;外號剜心王的濟州府老吏王瑾,為給高俅獻犬馬之勞,竟出主意叫高俅讀斷詔書句子,賺梁山人入濟州;毛太公毛仲義父子,賴走獵戶解珍解寶打死的老虎,還誣二解為盜,勾結官府,把兄弟二人下於死囚牢中;都管李固為占盧俊義妻賈氏,吞其家產,勾結梁中書,要殺害盧俊義。還有祝家莊祝朝奉父子,曾頭市曾長者父子,押送公人薛霸董超,都頭趙得趙能,等等,都是皇帝及四大奸臣的社會基礎。

　　在這個黑暗統治網之下,廣大人民生活痛苦不堪。金翠蓮為還鄭屠「虛錢實契」的典身錢,酒樓趕座,賣唱賺錢,以哭度日,有苦難言;武大老婆被西門慶勾引,毀了家庭,丟了性命;阮氏三兄弟,終年勞碌,不得溫飽;李逵哥哥李達,給地主做牛做馬,只能糊住自己一張嘴,「養娘全不濟事」……

　　在此社會背景下,好人訴冤無路,告狀無門。官府貪贓枉法,專門欺壓良善。正如李逵說的:「條例,條例,若還依得,天下不亂了。」老百姓正路走不通便走歪路。張橫張順李俊李立等,打魚養活不了自己,便在江上打劫過往客人;張青夫婦在十字坡賣人肉包子為生;時遷憑藉飛簷走壁本事,偷盜為生,如此等等。他們完全是為生活所逼,不得不如此。

　　魯迅說過:「假如我們設立了一個『肚子餓了怎麼辦』的題目,拖出古人來問吧,倘說『肚子餓了應該爭食吃』,即使這人是秦檜,我贊成他;倘說『應打嘴巴』,即就是岳飛,也必須反對。如諸葛亮出來,道是『吃食為了發熱,打嘴亦可發熱,等於吃了飯』,則要撕掉其假科學的面子,先前的品性如何,不必計算的。」(《集外集拾遺・兩封信》)

　　還有許多人走上依山結寨，扯旗造反，與官府對抗的道路。他們爲了有一個相對安全的生存空間，得到維持生命的物質條件，只好把山寨作爲安身立命之地，把類似於動物群居一樣的集體生活作爲生存依託。要活下去，不受官府欺壓，就扯旗造反，「不怕天，不怕地，不怕官司；論秤分金銀，異樣穿綢錦，成甕吃酒，大塊吃肉，如何不快活！」就是在這種情況下，許多人不約而同地走上依山結寨、與朝廷做對的造反道路，其中有少華山朱武、陳達、楊春，桃花山的李忠、周通，十字坡的張青、孫二娘，清風山的燕順、王英、鄭天壽，對影山的呂方、郭盛，黃門山的歐鵬，飲馬川的裴宣，二龍山的曹正，白虎山的孔明、孔亮，枯樹嶺的焦挺、鮑旭，登雲山的鄒淵、鄒潤，等等，如星羅棋佈一般遍及各地。他們有的是被官司追捕不得已而落草（朱武、陳達等），有的把守大江軍戶，因得罪官府，逃走江湖（歐鵬），有的是被濫官污吏尋事刺配外地，被救落草（裴宣），有的和本村財主爭競，殺了財主，拒捕落草（孔明、孔亮），……總之，他們爲了求活路，圖生存，反迫害，走上了造反之路。

　　河北田虎，是威勝州沁源縣一個獵戶。此地「水旱頻仍，民窮財盡，人心思亂。」田虎趁機造反，「官兵不敢當其鋒。」田虎佔了五州五十六縣，在汾陽稱帝，名爲「晉王」，「兵精將猛，山川險峻」，其勢難當。

　　王慶原是東京開封府內一個副排軍，因與童貫養女、蔡攸兒媳嬌秀的一段戀情，受到童貫及蔡京、蔡攸擺撥，在李助范全幫助下走上反叛之路，被眾人推舉爲房山寨主，奪了房州，自稱「楚王」，佔據了八州八十六縣。

　　因朱勔在吳中徵取花石綱，百姓大怨，人人思亂，方臘趁機造反。

　　走上造反之路的也有各種情況，有的滿足於做個草頭王，不敢展足；有的被朝廷剿滅；有的與其它山頭合併；有的像方臘一樣走上代宋稱帝的路；還有的如宋江，投降了朝廷。

　　梁山起義正是在這個社會背景下發生的。梁山英雄因各自經歷、性格的差別，走上梁山的道路不盡相同，但都有一個共同點：在一個「逼」字下鋌而走險，聚義江湖的。

二、梁山歷程

　　梁山義軍開始只是諸多小夥起義中的一支武裝。這些小夥起義武裝，只是爲了求生存、謀活路、拒官捕、反迫害，沒有統一的綱領，沒有遠大目標，

沒有嚴格紀律，追求的是「大塊吃肉，成甕吃酒，換套穿衣」的自由生活，以搶奪過往客商，吃「窩邊草」為生，常常傷害好人；對官兵只是消極防禦，沒有能力主動進攻，能偷偷摸摸地「借」上一點糧就算不錯了。少華山頭領楊春沒借上糧還做了俘虜。這些小夥武裝外部互不聯繫，形不成合力，白虎山孔明孔亮兄弟就因此吃了虧，後來與二龍山、桃花山一起聯合梁山泊才打了勝仗。這些小夥起義內部多以武藝高低排座次，頭領多為武藝高強但缺乏戰略頭腦的人擔任，屬於武裝起義的初級形式。

梁山武裝經歷了三個階段。第一個階段是王倫時期，是初級反抗階段的典型。王倫身為落第秀才，「因鳥（diǎo）氣」（運氣不好）而到梁山泊落草為王。此人「沒十分本事」，心胸又很狹窄，在梁山內部，妒賢嫉能，排斥打擊林沖這樣忠誠可靠、武藝高強的英雄，拒絕晁蓋等英雄豪傑入夥，把梁山視為個人家業，實行的完全是一種孤家寡人的關門主義路線；對外則傷害群眾利益，強佔梁山泊，奪了像阮氏三兄弟這些貧苦漁民的「衣食飯碗」。三阮「看了這般模樣，一齊都心懶了」。王倫是武大郎開店，不會有規模，也不會有品牌。打家劫舍，攔路搶劫，傷害好人，不敢面對官府，思想政治路線不對。所以王倫時期的梁山泊，空有八百里水泊梁山這樣得天獨厚、易守難攻的「地利」條件，規模卻無大幅度發展。

梁山武裝的第二個階段是晁蓋時期。晁蓋是東溪村富戶，任保正（即保長，王安石推行保甲法，十家為一保，設保長；五十家為一大保，設大保長；十大保為一都保，設正副都保長）。此人平生仗義疏財，專愛結識天下好漢，凡有人來投，莊上留住，齎助銀兩。他最愛刺槍使棒，身強力壯，不娶妻室，整天打熬筋骨。他因西溪村用青石寶塔把鬼趕向東溪村，怒奪青石寶塔放於東溪村，人稱他為托塔天王，獨霸一村，遠近聞名。他帶領吳用等人上梁山火併王倫，作了頭領。39 回戴宗所持梁中書給蔡京書信被朱貴拆看，戴宗先被藥翻又被用解藥救醒後，喝問朱貴擅開太師府書信，「該當何罪」，朱貴輕蔑地說：「休說拆開了太師府書箚，俺這裏兀自要和大宋皇帝做個對頭的！」同樣是開酒店充當耳目的朱貴，王倫時期不敢說這種大話，晁蓋為首後，說話口氣變了，反映了梁山路線的重大變化，王倫時期，不敢展足，更怕稱王；晁蓋則敢托膽稱王，與大宋皇帝做對頭。

晁蓋領導的梁山武裝有遠大目標，和南方的方臘起義相呼應；同時有嚴明的紀律，不傷人害命，深受人民群眾歡迎。打敗圍剿梁山的官軍，鞏固了

梁山根據地，滅了官府威風，長了義軍志氣，作者情不自禁地讚揚道：「一從火併歸新主，會見梁山事業新。」梁山義軍武裝在晁蓋的旗幟下，較王倫時期有了跨越式的發展。

梁山義軍的第三個階段是宋江時期。宋江上山後，曾經使梁山事業出現了全盛的喜人局面。108 人大聚義，兩贏童貫，三勝高俅，是這一鼎盛時期的高峰。這一全盛局面的出現，與宋江執行了一條既不同於王倫又不同於晁蓋的路線分不開。這條路線就是「忠義雙全」、「替天行道」的路線。王倫是既不講忠也不講義，晁蓋是只講義不講忠，宋江則是既講義又講忠，這是三位領袖的根本區別。晁蓋用「義」改造梁山人，宋江用忠義雙全改造梁山人。晁蓋的目標是代宋稱王，宋江的目標是「替天行道」，維護趙宋王朝的統治。

宋江的忠義雙全路線在前期團結了一大批出身下層的義士好漢，也分化爭取了一批官軍首領，擴大了義軍隊伍，充實了義軍武器裝備，提高了義軍的技術素質和作戰水平，使梁山義軍成了一支威脅趙宋王朝最高統治的武裝力量。但是以「替天行道」爲前提爲目標的「忠義雙全」路線也導致義軍走入邪路，以至於受招安，打方臘，飲毒酒，落了個悲劇結局。

三、宋江是怎樣被逼上梁山的？

《水滸傳》是明初的作品，明代開國皇帝朱元璋把「忠孝」作爲立國之本。《水滸傳》的作者所塑造的宋江這個文學形象，是個忠臣孝子。他的人生追求就是做個朝廷命官，爲國立功，封妻蔭子，青史留名，應該說他是符合封建統治階級需要的「好人」。但就是這個忠義雙全的「好人」，也被一逼再逼，逼上梁山，所謂「狗急跳牆」，「兔急咬人」，「人急造反」。

宋江是怎樣被逼上梁山，做了草寇之王呢？

邪逼正反

宋江是個好漢，專愛使槍拽棒，不貪女色。閻婆惜因他幫助擺脫困境，但嫁他爲妻後，私與宋江同房押司張文遠來往，還要拋開宋江，嫁給張文遠。如果是武松，恐怕把張文遠和閻婆惜一齊殺了。宋江和武松不同，他倒是「宰相肚裏能撐船」。因爲閻婆惜是典與宋江做外宅的，不是父母匹配的妻室，宋江見她戀上張文遠，便做退一步打算，經常不上門去會閻婆惜，也不報復張文遠，這是他和武松不同的地方。閻婆坐不住了，死拉活拽地扯宋江同女兒團聚，宋江脫身不得，只得勉強俯就。這一夜，閻婆惜想的是張文遠，根本

不理宋江，卻拿了宋江招文袋（袋中裝有晁蓋書信和宋江準備給王公兌現在陳三郎那裏買棺材諾言的一條金子）不放手，要挾宋江答應她三件事：送還原來典她的文書；任從改嫁張文遠；把晁蓋送的一百兩金子交她。宋江答應了前兩件事，最後一件沒有馬上答應，因爲一百兩金子沒有全收。閻婆惜不信，以告官威脅。宋江怕私放晁蓋一事被告發，急於拿到招文袋，使她告發無據，求她寬限三日，自己變賣家私，給閻婆惜一百兩金子。女人不答應，兩人爭奪招文袋，宋江搶起掉落席上的壓衣刀子，女人喊宋江殺人，本來宋江無意殺她，她的一句話激起宋江殺人念頭，不等女人叫第二聲，手起刀落，女人喪命。助人的結果，給自己招來禍災。私放晁蓋的事被掩蓋起來了，殺人的罪名卻落在頭上了。

宋江私放晁蓋是出於義氣，閻婆惜要把宋江告官是邪心；宋江與閻婆惜是夫妻，閻婆惜明裏暗裏與張文遠來往是邪行；宋江沒有拿到手的九條金子是晁蓋給他的謝禮，閻婆惜訛詐不該屬於自己的金子是邪舉。

宋江殺閻婆惜不是蓄謀，而是偶然，既是以正懲邪，又是違法殺人；他逃避法律制裁是反叛，但這種反叛是邪逼正反。

惡逼善反

宋江逃法到清風寨，清風寨的文知寨劉高是個邪惡官僚，武知寨花榮是正派官僚，兩人向來不和。

花榮向宋江介紹劉高「亂行法度，無所不爲」，「恨不得殺了這濫污賊禽獸」；介紹劉高妻「極不賢，只是挑撥他丈夫行不仁的事，殘害良民，貪圖賄賂。」

劉高也早就想除掉花榮，「獨自霸著這清風寨，省的受那廝們的氣。」宋江以善心待人，想通過自己的調解使二人關係和好，也得到花榮的響應。

但還沒等宋江實際調解，陰毒深狠的劉高就把他抓了起來，打得皮開肉綻。原來宋江出於善意，向清風山頭領王英伏矮做低，把王英搶去準備做壓寨夫人的劉高妻救了出來。此婦卻恩將仇報，心懷險惡，誣稱宋江是清風山搶掠他的「賊頭」。劉高便以宋江、花榮和清風山強盜相通爲名，欲置兩人於死地。不料宋江和花榮在被押往青州的路上爲清風山燕順、王英、鄭天壽三頭領所救，劉高被花榮殺死。宋江又領人打下清風寨，捉殺了劉高妻。宋江爲逃國法，準備領花榮、燕順等人上梁山泊。殺閻婆惜出逃是他被逼造反的開始，是邪逼正反；殺劉高夫妻，是他被逼造反的繼續，是惡逼善反。

奸逼忠反

就在宋江、花榮和燕順一起上梁山時，收到兄弟宋清寫的一封「父死」假信。這封信不但召回了宋江的身，也召回了宋江那顆反叛的心。他嚴遵父訓，不做不忠不孝之人，寧願服刑，不願上山。

但江州服刑再次把他逼上反叛之路。

宋江一人在潯陽樓飲酒時，觸景傷懷，在白粉壁上寫了一首詞和一首詩，寫他的經歷、現狀和追求。

在詞中，他把自己比作虎，而沒有比作龍，說明他雖身為囚犯，想的還是做朝廷命官，有一日能「龍虎風雲會」，以虎助龍，而不是自己做龍。他的雄心壯志是輔佐皇帝，而不是取代皇帝。詩中所說「敢笑黃巢不丈夫」不是說他要像黃巢一樣稱帝為王。黃巢當年在王仙芝部下為將，王仙芝想走投降得官的路，黃巢怒斥王仙芝的背叛行為說：當初大家共立大誓，齊心協力，共取天下，你現在要去做官，把我們的部隊放到哪裏？還把王仙芝的頭打破了，眾將士也群起責罵王仙芝。黃巢領導起義軍脫離了王仙芝。王仙芝多次求降未成，兵敗被殺。他的部下尚讓領導餘部投奔黃巢，推黃巢為王，號「衝天大將軍」，建年號「王霸」，並設置官屬，表示要和唐王朝對抗到底。公元881年1月16日，黃巢即皇帝位，國號「大齊」，年號「金統」。公元882年6月，黃巢犧牲，黃浩領兵繼續鬥爭，901年黃浩被殺，起義失敗。宋江這裏「敢笑黃巢不丈夫」，是表明他不會走黃巢的路，而要走王仙芝的路。認為黃巢稱王不是大丈夫所應該做的，大丈夫就應該效忠皇帝。即使有一日被逼造反，也要設法投降以盡忠，走王仙芝當年沒有走通的路。

宋江所處的時代，做官有幾條路，除了通過科舉考試得官；父輩為官，子承父業；還可以由吏到官，再由小官升大官，一個臺階一個臺階向上混。第四條道路就是所謂「要做官，殺人放火受招安」，就是當年王仙芝想走但沒有走通的一條路。這條路在宋徽宗年間可以走通，鎮壓梁山軍的十大節度使都是走的這條路。李逵所說的「萬千謀反的，倒做了大官」指的就是這條路。宋江沒有參加科考的打算；繼承當官也沒有條件；本可以憑其忠義，由吏到官，由小官到大官，但因殺閻婆惜事押司做不成了，成了一名逃犯，雖被赦免一死，但還是做了賊配軍，整天想著「身榮」，何日能夠身榮？可見他的詩詞雖對環境不滿，心志壓抑，急欲衝天。但造反之心有，稱王之心無。

總之，這是為表忠心而寫的詩詞，其中雖充滿牢騷、不平，甚至反抗的

情緒，那也是出於他對不能爲皇帝直接盡忠的周圍環境因素的不滿，不是對作爲朝廷代表的皇帝本人的不滿。

就因爲這一詩一詞，無爲軍城裏的在閒通判黃文炳奸狡詭詐，爲謀求重新做官，把這一詩一詞和兒謠所謂「耗國因家木，刀兵點水工。縱橫三十六，播亂在山東」牽強附會地與宋江拉扯在一起，通同蔡九知府，生事陷害，判死立斬。

晁蓋等梁山兄弟劫法場救宋江不死。宋江率眾好漢打下無爲軍，殺了黃文炳。

在這次行動中，宋江只除了黃文炳，沒有追殺蔡九知府這個朝廷命官。而蔡九知府才是判他死刑的決策人，又是他的監斬官。可見他不願傷害朝廷命官，給自己走終南捷徑留下了後路。

宋江鬧了清風鎮，無爲軍，料定朝廷必來剿滅，表示要和晁蓋同死同生上梁山。

潯陽樓吟詩，是他人生的重大轉折，是奸逼忠反，不得不反。

爲了將來能幹自己願意幹的事——當官留名，今天不得不幹自己不願幹的事——上山爲盜。

連宋江這種死心塌地效忠皇帝的人都被逼得死心塌地上山造反了，可見當時社會到了何種不堪的程度！

官逼民反，是階級對立造成的；邪逼正反、惡逼善反、奸逼忠反是堅持忠義和違反忠義的道德之爭造成的，這正是後來梁山武裝內部詔安和反招安之爭的重要根源所在。

四、宋江怎樣爲投降做準備

1、投降的無意識準備——宋江的義、忠、孝

宋江起義，各種史籍記載各不相同。只有一點是統一的，宋江起義實有其事，實有其人。

但《水滸傳》是文學，不是歷史；是英雄傳奇，不是歷史演義。《水滸傳》裏的宋江是作者塑造的文學形象，沒必要拿宋江當歷史人物看。作者塑造這個人物是表現自己一種人生觀、價值觀。

作爲《水滸傳》的主要人物宋江，是忠義的道德化身。

「義」意有三：正義與非正義之義，如方臘和趙宋王朝的衝突；魯達對

鄭屠，智取生辰綱等，都屬正義與非正義之爭。

二是救人濟困，如宋江代人買棺材等。

三是哥們義氣，所謂「四海之內，皆兄弟也」。

四是儒家的倫理規範，如忠義之義。

宋江的義是後三種含義。既有俠者之義，也有儒者之義。

宋江的忠義道德主要來自儒家經典，中國儒家經典也可以說是道德經典。《論語》是站在當權派立場教育老百姓做人道德的經典，《孟子》是站在老百姓立場教育統治者做人道德的經典。兩者角度相反，基本內容一致，雖有奴才性和人民性的不同，但都是維護現存秩序，維護既得利益者，是因循守舊的墮性理論，不是與時俱進的革新理論。正好符合中國大多數人在體制內求生存的精神狀態和社會心理。

忠義這種道德觀念，如果政治大方向正確，符合歷史潮流，順應人心向背，思想路線正確，它會起一些好作用；否則就可能起壞作用。我們並不拋開具體情況對忠義持否定或肯定態度。在《三國演義》中，忠義在大多數情況下和統一大業聯繫在一起，所起作用是正面的；而在《水滸傳》中，忠義在其未與保皇聯繫在一起時，負作用未顯示出來，一旦和保皇聯繫在一起，所起作用就是負面的。

宋江被人稱爲「孝義黑三郎」，上梁山前作者首先寫他的義，再就是寫他的孝。寫孝是爲了寫忠。聰明的皇帝以孝治天下，在家孝敬父母的將來做官爲吏一般也都會像孝敬父母一樣忠於皇帝。忠孝義是宋江後來投降受招安的思想基礎，宋江以忠義立身，是無意識的爲後來投降做準備。

2、投降的有意識準備

（1）玄女定調

42 回在還道村遇九天玄女，接受所謂的三卷天書，是宋江雖然上山落草但還是堅定不移地走忠臣義士之路的綱領。也是他把忠義與替天行道捆綁在一起的開始。替天行道就要堅持忠義，堅持忠義爲了替天行道。

九天玄女爲作者假託，屬子虛烏有，是作者表明自己創作宋江這個人物的意圖，以防讀者把宋江與其它據山爲王的草澤英雄劃等號。

九天玄女對宋江說：「宋星主，傳汝三卷天書，汝可替天行道爲主，全忠仗義爲臣，輔國安民，去邪歸正。」又有四句所謂天言贈宋江：「遇宿重重喜。

逢高不是凶。外夷及內寇，幾處見奇功。」

請注意，九天玄女給宋江規定的「替天行道爲主，忠義雙全爲臣」是理解宋江這個人物形象的關鍵。

這裏的「替天行道」有其特定的含義，不能隨意解釋。這是作者通過九天玄女規定的。

「替天行道」翻譯成俗話就是「替皇帝賣命」，中國人歷來有「學成文武藝，貨與帝王家」的說法，《水滸》作者只不過讓宋江把這一說法付諸實踐罷了。「全忠仗義」就是對皇帝的話句句照辦，不打折扣，皇帝指向哪裏就打向哪裏。「輔國安民」就是把皇帝的家（輔國的國）和其子民（皇家傭人）治理好。「去邪歸正」是不要像沒頭蒼蠅一樣胡衝亂撞，一切言行都要自覺納入皇家正軌。這是宋江上山後一系列言行的指導綱領。

「遇宿重重喜」，是指他會從忠臣那裏得到幫助；「逢高不是凶」，是提醒他不要把奸臣看做敵凶。宋江依靠忠臣不除奸臣就是按九天玄女的指示辦的。平息外夷內寇也是按九天玄女的指示辦的。

接受九天玄女三卷天書前宋江實際上是無意識地爲後來的投降作準備，只知忠義自律，尚不知替天行道。接受九天玄女三卷天書後，他便自覺而有意識地爲投降朝廷、替天行道做準備了。

（2）實戰準備

智取無爲軍

宋江要走「殺人放火受招安」的路就要擴大隊伍，擴大錢糧，擴大影響，打仗就成了家常便飯。這就要求領導者首先是個能親自領兵打仗，而且能打勝仗的軍事指揮家。

41 回「宋江智取無爲軍，張順活捉黃文炳」一回，是宋江軍事指揮才能的一次展現。晁蓋領眾好漢劫法場救了宋江戴宗，宋江請求晁蓋去打無爲軍，殺死黃文炳，再回梁山泊。晁蓋不同意，怕奸賊已有準備，主張回梁山領眾人再來報仇；宋江則認爲回山再下山，路程遙遠，給官軍提供了準備時間，主張立即攻打無爲軍。最後還是按宋江的意見辦了。事實證明宋江的意見是正確的。宋江軍事才能在吳用之下，卻在晁蓋之上。他比晁蓋更懂得抓住戰機，一鼓作氣，乘勝進攻，不給對方以喘息。

在攻打無爲軍的具體作戰行動中，宋江通過黃文炳家的裁縫侯健掌握了黃文炳家庭情況，一是其兄黃文燁與黃文炳有善惡之別；二是兩兄弟隔茶園

而居。接著，宋江巧妙安排在茱園放火，讓侯健以黃文燁家失火，向黃文炳家寄放箱籠爲名，叫開了黃文炳家門，晁蓋宋江等趁機殺人，裏應外合。黃文炳從蔡九知府處趕回救火途中，被浪裏白跳張順和混江龍李俊活捉，一場乾淨漂亮的智勝無爲軍戰鬥就此結束，捉了惡人，未傷善人。

三打祝家莊

毛澤東曾在他的名作《矛盾論》中評價三打祝家莊是《水滸傳》中充滿軍事辯證法的諸多案例中最好的案例。

宋江一打祝家莊是在不明對方情況下打進攻戰導致失敗。

宋江二打祝家莊，雖從李家莊管家杜興那裏瞭解到盤陀路等必要情況，但因沒有內應，也沒有成功。

打防禦戰最好誘敵深入，關門打狗。打進攻戰，即使有壓倒敵軍的絕對優勢，也須瞭解內情，最好有內應，方能取勝。三打祝家莊因有孫立等作內應，裏應外合，馬到成功。

智取無爲軍和三打祝家莊是宋江作戰指揮才能的一次實戰演練。

（3）實力準備

梁山隊伍的組成人員，有王倫時期的林冲等，有晁蓋帶領上山的吳用、公孫勝、阮氏三雄等。對宋江來說，要走「殺人放火受招安」的路，以打仗爲職業，以當官顯身揚名爲目的，只有這些人顯然不夠。需要擴大隊伍。

擴大的對象，一是爲宋江義氣所吸引，不請自來的社會下層人員，像李俊、二張等；二是有一技之長，因各種不同原因上山的人，包括醫生、獸醫、刻字、相撲、飛檐走壁等技能在身的人。三是官軍將領，秦明、黃信、雷橫、朱仝、徐寧、呼延灼、關勝、單廷珪、魏定國、董平、張清等。四是有聲望、有武藝的大財主，柴進、李應、盧俊義。五是其它山頭人員，少華山、二龍山、白虎山、對影山、芒碭山等人員。在擴大實力的戰鬥中，還繳獲了大批牛羊騾馬，金銀財帛，糧食日用。

（4）輿論準備

早在 32 回，武松要去二龍山落草，宋江就對武松說：「兄弟，你只顧自己前程萬里，早早的到了彼處。入夥之後，少戒酒性，如得朝廷招安，你便可攜掇魯智深、楊志投降了。日後但是去邊上，一刀一槍，博得個封妻蔭子，久後青史上留一個好名，也不枉了爲人一世，我自百無一能，雖有忠心，不能得進步。兄弟，你如此英雄，決定做得大事業，可以記心，聽愚兄之言，

圖個日後相見。」

　　還沒造反，就想到投降；還沒上山，就準備著下山，他上山後堅決走投降之路也就不奇怪了。

　　上山後，宋江每收伏一位官軍將領，都要不厭其煩地、一遍又一遍地表白一下「暫居水泊，專待招安，忠義報國，替天行道」的衷曲，他這一老調也確實打動了眾多官軍將領。

　　宋江這種見人就表白的做法是對自己不幸走上「殺人放火」之路的自責和痛惜；他的這種表白有利於爭取官軍將領，因為正直而有本領的官軍將領對時局和他有一致的看法；他的這種表白也是在教育非官軍將領，認清梁山泊的出發點和歸宿，把他們的思想統一到忠義雙全替天行道的軌道上來。還有，就是這種表白也是一種有意識所造的輿論，讓更多人知道他們不是嘯聚山林的盜賊或反叛，他們是偶然失足的忠臣義士，同時也讓有條件和最高統治者接觸的人將下情上達，讓皇帝有朝一日能高抬貴手，赦罪招安。他的這一反覆申明的投降輿論對後來的投降行動是非常必要的。一旦他代晁蓋為首後，便不失機地由大造投降輿論到採取投降行動了。

五、宋江怎樣排除障礙受招安

　　宋江要走「殺人放火受招安」的路，有兩大障礙必須排除。

　　第一重障礙是奸臣作祟。

　　第二重障礙就是內部反對派反對投降。

1、裹挾團隊投降

　　要實施投降，當然要粉碎奸臣陰謀，衝破奸臣這一道障礙。但首先還是要統一內部人員的思想和行動。宋江統一內部的辦法是「裹挾」。裹挾的方式有：權力裹挾，忠義裹挾，感情裹挾，官祿裹挾，征戰裹挾。

（1）權力裹挾

　　宋江這個梁山一把手雖然不是公選的，但確實是大家一致擁立的，不管是贊同他投降的還是不同意他投降的，都真心實意尊他為首。他堅持忠義雙全、替天行道不動搖，而對做不做一把手卻不在意。越是這樣，大家越擁護他。他一旦掌握了梁山大權，而且據說這是天意，就和他在晁蓋生前不一樣了，對於反對投降的人，他要用權來壓服了。

菊花會上，宋江高唱投降老調，首先站出來反對招安的是宋江未上山前就教其將來接受招安投降的武松，還有魯智深、史進等。

史進對宋江急於招安，「病急亂投醫」，並不完全認同，但又不得不服從。狼群被領頭犬引入歧途，狼群中雖有頭腦清楚的狼，也不敢冒然一個離開狼群去獨自走向正確的路線。離開狼群的狼極有可能被吃掉，而夾裹在狼群的狼即使走錯了方向也不一定被吃掉。就像非洲角馬群中的角馬離群只能被獅子吃掉，而裹挾在角馬群中間無論走哪條路都不一定被獅子吃掉一樣。

當年不忠不義的趙匡胤兄弟兩個在陳橋驛密謀策劃兵變，從後周孤兒寡母手中奪得王位，趙家從此世代為王。現在，作者讓宋江投降後也駐軍陳橋驛，引人深思。自幼讀經讀史的宋江難道不知道陳橋兵變嗎？趙家可以搶奪別人的江山，別人為什麼不能搶奪趙家的江山？一生忠義的宋江可以幹但沒有幹趙宋開國皇帝幹的事，把忠義二字發揮到了極致。後周小皇帝如果有個宋江這樣的忠臣義士、鐵桿保皇派，趙家人恐怕只能做夢作皇帝了。宋徽宗比小周皇帝運氣好。宋江不但不搶他的江山，還鎮壓對他的江山有威脅的人。

110回李俊張順張橫阮氏三兄弟幾個水軍頭領建議軍師吳用劫掠東京，再回梁山泊去落草。

宋江聽了，以死威脅，反對回梁山。狼想自由，狗想主子。狼愛吃肉，狗愛吃屎，本性難移。但因狗為狼之首，狼只好屈從狗。眾人反心被壓抑下去。

至於對李逵，那就更不客氣了。因為李逵和他是心腹兄弟，訓斥教育李逵對其它人有不可低估的警示作用。

義軍如果一直是晁蓋為首，不會走投降招安路線。而自從宋江為首後，便明確地宣佈了要走投降招安路線的決心。他在義軍的首領地位，使其它反投降招安的人無法取代他而推翻趙宋腐朽統治，以順應「人心思亂」的形勢。那些反招安的將領要麼像吳用這樣的謀才，要麼就是領兵打仗的將才，而缺乏統領眾將的帥才，更沒有像黃巢那種敢於與王仙芝以投降為條件謀求當官的路線決裂的雄才。

（2）忠義裹挾

宋江的忠義觀念對聯絡義軍、分化官軍、團結內部、統一思想行動起過積極作用。其它義軍將領願意跟他走也是忠義思想支配的結果。

84回，在征遼前線，宋江把歐陽侍郎奉郎主之命封賞招降梁山人的一席

話說與吳用，吳用認為「棄宋從遼，豈不為勝，只是負了兄長忠義之心。」

宋江不同意吳用看法，死不從遼，忠宋之心不改。吳用看他態度堅決，只好放棄自己的想法。

110回，幾個水軍頭領不滿皇帝失信，要吳用做主張，背著宋江殺回梁山。

吳用委婉地把六個水軍頭領的意思給宋江說了。宋江聽了，堅決反對，吳用沒有堅持。

吳用要是接受了遼國使臣招降要求，或接受水軍頭領建議再反，一種可能是導致 108 人分裂，也可能像王仙芝與黃巢那樣的結果，再一種可能是內部互殘。無論哪種後果，對宋江的「忠義雙全」「替天行道」都是致命打擊。

忠義使 107 人把命運交給了宋江，忠義使宋江把命運交給宋徽宗。宋徽宗把 108 人的命運交給了奸臣。

宋江的死讓人想起岳飛。

岳飛生活在宋徽宗年間，比小說中的宋江稍晚一些，但二人同處民族危亡的關鍵時刻。宋江在北宋時抗遼，岳飛在南宋時抗金。不同的是，岳飛開始因為不堪入侵者的踐踏蹂躪，三次投軍，在趙宋抗金將領的指揮下抗金，是有名的民族英雄。他不滿皇帝與金妥協講和，多次上書抗爭，最後還是頂不住一天十二道金牌宣召，遵旨回朝，以「莫須有」罪名，飲毒酒身亡，死前叮嚀其它將領不要在他死後反叛，壞其「忠」名。宋江之死和岳飛結局如出一轍，可能《水滸傳》作者是借鑒岳飛事跡和結局寫宋江的吧？但是岳飛和宋江畢竟有本質區別，岳飛是為抗金而忠君，宋江則是為忠君而抗遼；岳飛死前以「天日昭昭，天日昭昭」表示相信天理，警告奸邪；宋江則堅守忠義，死而無怨，兩者根本不同。《水滸傳》產生於兩宋滅亡若干年後的元末明初，宋徽宗斷送北宋許多年了，作者還肯定宋江對他的忠，把宋江和岳飛混為一談，實在令人費解。

（3）感情裏挾

宋江和梁山眾弟兄在長期的抱團群居生活中建立了難分難捨的情誼和相互依賴性，這也是眾兄弟願意跟著他走到底，那怕前面是懸崖，也願意一起跳下去的重要原因。

李逵雖在反招安一事上屢遭宋江斥責，但因他對宋江就像宋江對趙宋皇帝一樣忠心不二，提著腦袋跟著宋江去拼命，所以宋江關鍵時刻才會捨著命去救他。

114回，張順要從西湖水底去抻（chēn）水門，入城放火，裏應外合破城。不想至湧金門外越城，被方臘守城軍士發現，射死水池中，頭被割下，挑在竹竿上，掛在西湖城上號令。宋江做夢，張順鬼魂來辭。第二天果然李俊派人報來張順死訊，宋江「哭的昏倒」，又到西陵橋上，朝著湧金門下哭奠。

攻打方臘，不足為訓；哭奠張順，情意感人！

在後來的戰鬥中，宋江每次聽到有兄弟陣亡，或傷感，或祭奠，或拒餐，對眾兄弟可說是情深意篤。眾兄弟對他也是知恩報恩，不忍離棄。這正是宋江感情裏挾能夠湊效的原因。奸臣多次企圖把梁山 108 人拆散，都遭到眾將和宋江本人的共同反對。

義軍內部長期形成了一種抱團求生，抱團取勝的集體思維模式，不管對投降持何種態度的人，都在哥們弟兄的稱呼中保持行動一致了。

《三國演義》中的三結義就是魯迅說的三國氣，《水滸》中的四海之內皆兄弟就是魯迅說的《水滸》氣，都是一種落後的結幫組派，拜把子結兄弟，不管青紅皂白，都是同生共死。

感情裏挾，作用大過說教。

（4）官祿裏挾

宋江經常對眾將以陞官發財相裏挾。

李逵這個頭號反投降英雄，為什麼後來也投降了？其中有一個重要原因是因為李逵在「造反為當官」這一點上與宋江是一致的，區別在於李逵要擁護宋江當皇帝，自己在他手下當官；宋江則是要大家都在趙宋王朝名下做官。一個要推翻趙宋，取而代之，一個是維護趙宋甘為其奴。但都是為了追求「當官」和「快樂」，所以宋江的官祿裏挾才能在他們身上起作用。

（5）征戰裏挾

從進京到征遼、討田虎、討王慶、討方臘，一波又一波，幾乎不間斷的征戰，使將領們的心思全在打仗上，每天面對敵人的槍刀弓箭，你死我活，有人立功，有人負傷，有人被俘，有人犧牲。至於奸臣們如何搞鬼，昏君如何聽信奸臣，要不要再反上梁山，這些問題再也無暇去考慮了。所以宋江認為閒居不宜，請求征戰。而且是連續征戰。

一征三討，將士們注意力被轉移了，尤其是像魯智深、武松、李逵這種與奸臣不共戴天的反招安勇士，讓他不打仗，閒居京城外面，還不知鬧出多大的「亂子」。

一征三討，不間斷的打仗，正好給宋江用忠義觀念把一支造反武裝改造成爲一支忠義救國軍提供了大好機會。

征戰裏挾，對這些以打仗爲樂事的人，卓有成效。

2、緩解奸臣破壞

（1）一求招安

宣和年間，內憂外患，形勢危急。

以徽宗爲代表的最高統治集團已經衰朽無能到極點，只能把所謂「四大寇」的名字寫在屏風上，根本無力剿滅。在一次又一次的征討失敗之後，便採取類似於玉皇大帝對孫悟空採用的招安策略。

徽宗差殿前太尉陳宗善前往梁山泊招安宋江等。

詔書中有「近爲爾宋江等嘯聚山林，劫掠郡邑，」「詔書到日，一切交官，」「拆毀巢穴，率領赴京，原免本罪」，「倘或仍昧良心，違戾招制，天兵一至，齏齪不留」等語。這哪裏叫詔安，而是取締！企圖不動一刀一槍，用皇帝一道聖旨便讓梁山人繳械就擒。

蕭讓剛讀罷詔書，除了宋江，大家都很氣憤。李逵表現最激烈，扯碎詔書，推打陳太尉。

再加之十瓶御酒全是淡薄村醪，眾好漢被激怒了，大小頭領一大半鬧將起來。一次招安失敗。

宋江把陳宗善當伯樂，陳宗善是個名符其實的窩囊廢。他以能保住性命官位爲萬幸，那裏還管什麼招安不招安。

（2）二求招安

高俅被梁山人第二次打敗，住在濟州，適逢天子第二次降詔招安，高俅想藉此機會殺死宋江，拆散眾人。

詔書中有只赦眾人不赦宋江等語，眾位好漢一齊叫「反！」二次招安失敗。

宋江投降是誠心誠意，一點兒假都沒摻。奸臣卻千方百計破壞招安，使宋江的投降意願兩度落空。

（3）投降後奸臣使壞

82 回宋江等被招安駐在城外新曹門外的軍寨，可惜回到主人身邊的流浪犬還近不得主子，原想爲主人看家，怎奈家犬不容，只能爲主人看門。樞密

院官始則欲建議皇帝將 108 人遣散，遭到抵制後又建議皇帝將 108 人賺入城內剿除；83 回梁山軍校殺死剋扣酒肉廂官，中書省院請皇帝降旨拿問。

97 回宋江征田虎接連得勝，蔡京、童貫、高俅在皇帝面前誣稱宋江「覆軍殺將，喪師辱國，大肆誹謗」

110 回宋江征王慶得勝回京，駐軍陳橋驛。正旦節百官朝賀，蔡京恐宋江等來朝賀時天子見了重用，奏聞天子，不准宋江、盧俊義以外出征人員朝賀；又奏過天子，傳旨教省院出榜禁約，不許出征官員將軍擅自入城。

（4）奸臣不給封官

82 回，宋江受了招安，皇上本來要在接見的第二天封官進爵，可是樞密院官上奏皇帝，認為「新降之人，未效功勞，不可輒便加爵」，封官進爵被擱置。

90 回宋江破遼後，回到京師，天子命省院官計議封爵，蔡京、童貫以「酌議」宋江等封爵之事為藉口「只顧延捱」。

淮西王慶造反。101 回亳州太守侯蒙直言童貫蔡攸喪師辱國之罪，建議將宋江等先行褒賞，薦舉宋江征討淮西王慶。天子降旨下省院，議封宋江等官爵。省院官同蔡京等商議後，回奏徽宗皇帝：「宋江等正在征剿，未便升受，待淮西奏凱，另行酌議封賞。」

宋江剿滅了王慶，天子命省院等官計議給宋江等封爵，蔡京童貫商議後奏稱：「目今天下尚未靜平，不可陞遷。且加宋江為保義郎，帶御器械，正受皇城使；副先鋒盧俊義加為宣武郎，帶御器械，行營團練使」。

江南方臘造反，宿太尉又保奏宋江為前部先鋒前往征剿，宋江、盧俊義平了方臘，獲了大功，班師回京，這一次，皇帝沒有讓省院官酌議封賞之事，而是自己直接給宋江等封官受爵。

皇帝給宋江等親自封賞，招來了奸臣的更大嫉妒和迫害。

（5）兩贏三敗為招安

對童貫只贏不追

陳宗善太尉招安未成，蔡京、高俅、楊戩保舉，童貫掛帥征剿梁山泊。

童貫兩戰兩輸，膽寒心碎，夢裏也怕，畢勝保他逃回東京。

作者寫宋江「有仁有德，素懷歸順之心，不肯盡情追殺；唯恐眾將不捨，要追童貫，火急差戴宗傳下將令，布告眾頭領，收拾各路軍馬步卒，都回山寨請功。」

　　酆美被盧俊義活捉解上寨來，跪在堂前，宋江自解其縛，請入堂內上坐，親自捧杯陪話，奉酒壓驚。留酆美住了兩日，備辦鞍馬，送下山去，酆美大喜。宋江陪話說：「將軍陣前陣後，冒瀆威嚴，切乞恕罪。宋江等本無異心，只要歸順朝廷，與國家出力，被這不公不法之人逼得如此，望將軍回朝，善言解救。倘得他日重見恩光，生死不忘大恩。」為了受招安，求爺爺告奶奶，低聲下氣，陪盡小心。因為打不是目的，投降才是目的，所以對童貫只打不滅。

　　童貫吃了敗仗，不再反對招安。

對高俅又捉又放

　　童貫征剿梁山泊失敗，蔡京向皇帝舉薦高俅征剿梁山泊。

　　第一仗，統制官黨世雄被捉，高俅大敗。

　　第二仗，雲中節度使韓存保被捉。高俅二次大敗。

　　宋江坐在忠義堂上，見韓存保被縛來，喝退軍士，親解其縛，請坐廳上，殷勤相待。韓存保感激無地，宋江又請出黨世雄相見，一同管待。宋江說：「二位將軍，切勿相疑，宋江等並無異心，只被貪官污吏，逼得如此。若蒙朝廷赦罪招安，情願與國家出力。」宋江設筵管待，備馬送出谷口，

　　第三次交戰，水路張順捉了高太尉，來到忠義堂。

　　宋江見了，慌忙下堂扶住，納頭便拜，口稱「死罪」。

　　宋江為了順利投降，把奸臣當座上客招待。對高太尉說：「文面小吏，安敢叛逆聖朝，奈緣積纍罪尤，逼得如此。二次雖奉天恩，中間委屈奸弊，難以縷陳。萬望太尉慈憫，救拔深陷之人，得瞻天日，刻骨銘心，誓圖死報。」高俅見林沖楊志怒目而視，先有十分懼怯，不那麼神氣了，說：「宋公明，你等放心，高某回朝，必當重奏，請降寬恩大赦，前來招安，重賞加官，大小義士，盡食天祿，以為良臣。」宋江聽了大喜，拜謝太尉。

　　第二日又排筵為高俅壓驚，宋江說：「某等淹留大貴人在此，並無異心；若有瞞昧，天地誅戮。」高俅保證回朝保奏，定來招安，國家重用。

　　第三日送高俅下山，筵宴送行，抬出金銀彩緞之類，約數千斤，專送太尉，為折席之禮；節度使以下，另有饋送。高俅假意推卻一番後收了。飲酒中間，宋江又提起招安一事，高俅第三次保證回京面奏皇帝招安。

　　高俅回京後，沒有臉去見皇帝，躲在太尉府不出門，更不會管什麼招安不招安的事。也沒有反對別人去招安。

先打後商量還是有效。

（6）走李師師門路

掃除奸臣障礙除了打，再就是設法請求皇帝下決心招安。途徑有兩條，一條就是通過宿元景這種所謂正直官僚下情上達，讓皇帝瞭解其忠義之心。二是通過與皇帝打得火熱的京城角妓李師師，爲他打通枕上關節。因爲宿元景不是隨便就可以見面，宋江所能走的只有第二條途徑。

72 回第一次見李師師是元宵佳節，燕青給虔婆送了一百兩黃金，宋江才得與李師師對坐飲酒，李師師唱「大江東去」，宋江作樂府詞一首曰：

> 想蘆葉灘頭，蓼花汀畔，皓月空凝碧。六六雁行連八九，只待金雞消息。義膽包天，忠肝蓋地，四海無人識。離愁萬種，醉鄉一夜頭白。

宋江滿腹心事，李師師不曉其意，等於對牛彈琴。恰在這時，皇帝從地道中溜到李師師家來了。李師師趕忙打發宋江出門，接待皇上。宋江對躲在黑地裏的柴進戴宗說：「今番錯過，後次難逢，俺三人就此告一道招安赦書，有何不好！」宋江心急如火，柴進畢竟是皇家出身，知道性急吃不下熱豆腐，說：「如何使得？便是應允了，後來也有翻變。」宋江和柴進戴宗正在黑影裏商量，不料黑旋風李逵一把火「驚得趙官家一道煙走了」。宋江欲求一紙赦書，沒有如願。給李師師送的一百兩黃金打了水飄。

（7）二求李師師

宋江親自找李師師求助落空，便派戴宗燕青拿上宿太尉同窗好友聞煥章的親筆信，收拾金珠細軟之物兩大籠子，扮做公人前往東京。一大籠金銀細軟送李師師，另一籠送宿元景。

燕青向李師師實訴衷曲，拿出金珠寶貝器皿相送，李師師得了錢財，也樂得順情說好話，親自招待，表示同情。

恰好此時道君皇帝打扮成白衣秀士又來到李師師家，李師師把燕青作爲姑舅兄弟介紹給徽宗，燕青爲博得徽宗歡喜，先唱了一曲淫詞豔曲，滿足皇帝淫樂欲望，逗其喜歡；又唱一曲減字木蘭花，直奔主題，李師師撒嬌撒癡，求天子親書一道赦書給燕青：「特赦燕青本身一應無罪，諸司不許拿問。」這一紙赦書雖赦燕青一人，實是宋江投降成功的前奏曲。燕青沒有滿足於自己拿到一紙赦書，他還爲眾兄弟爭到赦書。枕頭上關節大起作用。

柴進第一次進京時把皇帝宮中屏風上四大寇之一的宋江用刀刮去了，這

一次燕青進京，使皇帝從心中把宋江從四大寇名字中勾銷了。

（8）走宿太尉門路

燕青打通李師師關節大獲成功，但李師師只能在皇帝面前說好話，不可能奉旨去梁山招安。所以燕青又來找宿元景。

宿元景是皇上心愛的近侍官員，早晚與天子寸步不離，他已看過了聞煥章的信，知道了梁山人的諸多委屈，又收了燕青的金銀珠寶，在皇帝面前為梁山人說了好話。現在皇帝詢問誰願意前往梁山招安，他便主動承擔。

皇帝親書丹詔，稱自己用「仁義以治天下」，「切念宋江、盧俊義等，素懷忠義，不施暴虐，歸順之心已久，報傚之志凜然。雖犯罪惡，各有所由，察其衷情，深可憐憫」，「將宋江等大小人員所犯罪惡，盡行赦免。」「赦書到日，莫負朕心，早早歸順，必當重用。」

宋江率眾跪迎宿太尉。蕭讓讀罷丹詔，宋江等山呼萬歲，再拜謝恩，感激涕零，慶幸流浪犬的生活快要結束了。

梁山泊大設筵宴，又分金大買市，像過盛大節日一樣。一路人馬，打著「順天」、「護國」兩面大旗，入京朝觀。徽宗先在宣德樓檢閱，讚揚梁山 108 人「英雄豪傑，為國良臣。」又在文德殿接見。作者盛讚「義士遇主，皇家得人」。道出了創作《水滸傳》的真實意圖。

六、投降後的尷尬處境

家犬棄山回家，卻進不了門，是一件很難受也很尷尬的事情。

首先，梁山武裝人員不是御林軍，不是城防部隊，不是地方部隊，也不是野戰部隊。108 人既不是官，也不是民，也不是強盜。元代無名氏的《陳州糶米》雜劇，主角包拯唱詞中說那些權豪勢要是「打家的強賊」，「俺便似看家的惡狗。」包拯把清官比做看家的「惡狗」，雖有點自我解嘲的意思，這個比喻還是比較恰切。宋江以功臣自居，也應該是看家的「惡狗」，可是狗主人卻給他沒有正名，而名不正則言不順。

其次，雖被皇帝招安，卻駐在城外。想為皇帝「咬賊」，還要偷偷摸摸地先找宿元景，由宿元景啟奏皇帝，再由皇帝召見，下達指令。如果沒有宿元景，簡直不知道他們如何生活下去。

作為老百姓，還可以自由出入城內。梁山 108 人卻不能，因為天子有禁約令，如果違反，要依軍法處置，連將士們的行動自由也給剝奪了。

　　再次，對皇帝很忠，皇帝也稱讚有加，命運卻掌握在奸臣手中，皇帝對他們的命運沒有決定權。

　　皇帝每次在宋江出征前或出征後都用好言撫恤，又誇獎，又許願，但最後卻把封官交給省院官去酌議，省院官說不封就不封，省院官說以後再議就以後再議，一拖再拖，不了了之。直到最後征方臘歸來，這次皇帝才沒有再讓省院官討論封什麼官，而是自己親自封賞。現在可以封賞，過去為什麼不親自封賞，而是交給不樂意封賞的省院官？因為 108 人變成了 27 人，這 27 人造反意志已消磨殆盡，對自己的統治已沒有什麼威脅了。

　　110 回宋江和盧俊義領了征剿方臘的聖旨，回營途中，宋江自我解嘲地說自己和盧俊義像街市上一個漢子玩弄的那個「胡敲」，「兩條小棒，中穿小索，以手牽動，那物便響」，「一聲低了一聲高，嘹亮聲音透碧霄。空有許多雄力氣，無人提挈謾徒勞。」他兩個也是「空有衝天的本身，無人提挈，何能振響！」盧俊義說：「據我等胸中學識，不在古今名將之下。如無本事，枉自有人提挈，亦作何用？」宋江馬上一本正經地駁斥盧俊義的看法，說自己等人得力宿太尉保奏，得到天子重用，「為人不可忘本！」宋江當過押司，和官場打交道多，比大財主出身的盧俊義更懂得中國官場的規則。正如人們常說的：「朝裏有人好做官，朝裏沒人乾撩亂（乾急沒用）。」但他只記得宿太尉的得力保奏，卻閉口不提李師師的枕上功勞，難免讓人感到勢利不公。

　　宋江的話有幾分自我解嘲，有幾分自我安慰，還有幾分自我滿足，也不乏身處尷尬境地、無法主宰自己命運的無奈。

　　宋江對此種尷尬處境心知肚明，但他為了堅守忠義的做人原則，「寧教朝廷負我，我忠心不負朝廷」，仍然對皇帝忠義有加，無怨無悔。我有時候想，徽宗真有福氣，有宋江這樣一個忠臣，不操一點心，四大寇除了，侵邊遼軍敗了，你對他不相信，他對你忠心不改。是一隻忠得不能再忠的忠犬，是一個貨真價實的鐵杆保皇派。

　　這種人只怕打著燈籠也難找！

七、對皇帝表忠心

　　《水滸傳》的作者和《三國演義》的作者都有迎合明代開國皇帝朱元璋的動機。《三國演義》作者表現卑賤者左右歷史進程的強者風範（曹操、諸葛亮、司馬懿三個主要人物皆出身寒微）與朱元璋出身低下而能佔有天下比較吻合；《水滸傳》的作者寫「忠孝」典型宋江與朱元璋提倡「忠孝」為立國之

本，理念相通。但兩書價值不同，《三國演義》取材於人心思治，英雄獻身統一而不是僅僅忠於皇帝個人的歷史時期，諸葛亮爲統一而忠於阿斗，不是爲忠於阿斗去北伐，曹操、司馬懿也都是爲了統一天下而不取代皇帝，這正是《三國演義》的價值所在。《水滸傳》取材於使北宋由盛而衰的宋徽宗時代，這是一個皇帝昏庸奢靡，天下人心思亂的時代，書中主人公宋江卻力保皇帝以盡忠留名，不惜得罪天下人，這是它與《三國演義》無法相比的要害。

有人也許會拿南宋滅亡前的文天祥忠於南宋皇帝爲宋江辯解。文天祥身處國破家亡的形勢下，絕大部分國土淪喪，生民屠炭，天下、人心、民族和南宋皇帝三者在此特殊歷史條件下有了一個契合點，南宋皇帝成了天下、人心、民族的一種象徵，皇帝滅則國家亡，民望絕，文天祥因忠於民族，順應天下人心而忠於南宋皇帝。事實上要想恢復被占山河，也只能從忠於南宋小朝廷，打起忠於皇帝的旗號開始，這和宋江忠於宋徽宗不可等同看待。宋徽宗和天下、人心、民族沒有契合點，倒是方臘和天下、人心、民族完全契合，宋江忠錯了人。

投降後一有機會，宋江就抓緊機會向皇帝表白忠心，以消除皇帝對他這個忠臣義士的誤會。

83回宿元景向宋江傳達了皇帝命其征遼的聖旨，宋江說：「某等眾人，正欲如此，與國家出力，建功立業，以爲忠臣。」

同回，宋江又向皇帝表態說：「臣乃鄙猥小吏，誤犯刑典，流遞江州。醉後狂言，臨刑棄市，眾力救之，無處逃避，遂乃潛身水泊，苟延微命。所犯罪惡，萬死難逃。今蒙聖上寬恤收錄，大敷曠蕩之恩，得蒙赦免本罪。臣披肝瀝膽，尚不能補報皇上之恩。今奉詔命，敢不竭力盡忠，死而後已！」這段話有一點兒像諸葛亮的《出師表》，但和諸葛亮並不是一回事。諸葛亮念先主三顧之恩，託孤之重，受人之託，忠人之事，《出師表》既表忠心，又多規勸，不失相父身份。宋江則感昏君招安之恩，報庸主赦罪之詔，忠義其表，奴性其中。劉備是把孔明當人才去求、請、敬，劉禪是遵父命把孔明當相父而孝、從、靠，趙宋皇帝三次招安則是把宋江作爲流浪犬、忠犬、鷹犬、看門犬相對待。阿斗和徽宗庸碌如一，但阿斗對諸葛亮和宋徽宗對宋江態度完全不同。諸葛亮不是爲了忠於阿斗而北伐，是爲了完成統一大業看在劉備的面子上而忠於阿斗，和宋江爲了忠於徽宗而去抗遼，出發點和性質都不同，兩者天壤之別，宋江怎能和孔明相比？

　　《水滸傳》的作者有意識地把宋江當諸葛亮來寫，從人物出場，「鞠躬盡瘁，死而後已」的精神，不稱王，忠於皇帝，給人的印象，好像宋江和諸葛亮有相通之處。

　　晁蓋去世之前，宋江的地位相當於諸葛亮。但他內心深處忠於趙宋皇帝，他雖然不會取代晁蓋，卻也不忠於晁蓋，只和晁蓋保持哥們弟兄及領導與被領導的關係。如果他處於三國諸葛亮的位置，他不會忠於劉備，而會忠於漢獻帝。諸葛亮卻是相反，忠於打著「恢復漢室」旗號，志在統一天下的劉備，而不忠於有名無實軟弱無能的漢獻帝，像董承、伏完等人一樣。如果讓諸葛亮處於宋江的位置，他會全心全意忠於晁蓋，而不會忠於宋徽宗，不會為宋徽宗「鞠躬盡瘁，死而後已」。宋江和諸葛亮不可同日而語。

　　諸葛亮不搞拜把子結兄弟那一套庸俗做法。他器重雖忠於劉備統一大業但和劉備沒有結拜兄弟的趙雲，勝過器重與劉備結為兄弟的關羽、張飛，他對劉關張結義的個人行為表面上未置可否，實際上不以為然。他把劉備為報關張私仇看作是破壞統一大業的不明智的愚蠢行為。而宋江則繼承了劉備拜把子結兄弟的庸俗做法，並把它發揚光大到 108 人，還要在死後拉上拜把子兄弟在一起。

　　晁蓋死後，宋江成了梁山一把手，和劉備地位相當。他不聽地位相當於諸葛亮的吳用棄宋投遼或棄宋回山的勸告，堅持效忠趙宋皇帝。劉備在曹丕稱帝、獻帝去向不明的情況下，不願稱帝。諸葛亮則支持他稱帝，並以躺倒不幹相威脅，劉備還是稱帝了。劉備、諸葛亮是以天下蒼生為己任，以統一天下為擔當，這和宋江只為自己做朝庭臣子，封妻蔭子，揚名後世，完全是兩碼事。

　　諸葛亮要是處於宋江時代，也許會輔佐方臘，而不會輔佐宋江。因為他知道順應歷史潮流，順應民心，而不是抱住「忠義」這種僵死的封建教條不放，逆潮流，背人心，打著「替天行道」的旗號去效忠一個漢獻帝式的人物宋徽宗。

　　《水滸傳》作者把宋江當作諸葛亮一樣的人物來寫，只看到二人表面上的相似，卻看不到兩個人物本質的不同。

　　84 回遼國郎主派歐陽侍郎為使，招降宋江。面對高官厚祿，宋江不肯背宋投遼。

　　90 回皇帝派宋江征剿田虎，雖無實際官職，但宋江依舊叩頭感激：「臣等蒙聖恩委任，敢不鞠躬盡瘁，死而後已！」又學諸葛亮那一套。

　　征田虎期間，正好宣和五年元旦，宋江和穿戴公服襆頭的眾頭領望闕朝賀，行五拜三叩頭禮，儼然朝廷命官。

　　110回眾將不滿朝廷虧待，欲反回梁山，宋江堅決表示寧死不負朝廷。

　　119回宋江征方臘回京在給皇帝的表文中，所錄梁山死去人員名單中沒有晁蓋，不是疏忽，而是有意為之。

　　120回宋江飲毒酒後知道中了奸計，他對皇帝不滿，對奸臣不滿，但既不反皇帝，也不反奸臣，而是想法除掉可能造反的心腹兄弟李逵。

　　宋江對皇帝的忠到了人死心不死的程度。

　　同回宋江死後魂靈啟奏夢中皇帝，除了表功、表忠，還把害死李逵當作功勞向皇帝報告，可見結義兄弟在他心目中和方臘一樣。

　　從表面上看，宋江好像和明代《西遊記》中的孫悟空有點像，孫悟空由反叛到歸降，由為惡到除惡，由不忠到忠。但兩個人物其實有本質的區別，孫悟空開始為自身利益「作惡」，後來為他人（唐僧）、為眾生除惡，由小善、中善到大善、至善，以至成佛，達到完全為天下蒼生的最高境界。而宋江則始終堅持做官揚名的利己卑微目的，始終堅持忠於只為個人極端享樂，不顧蒼生死活的封建皇帝，他不但不為蒼生除惡，反而征剿為天下蒼生除惡的所謂「強盜」。孫悟空達到的人生境界是崇高的，宋江的人生境界是渺小的。

　　有人說宋江是「狼狗」，其實宋江始終都是一隻忠犬。他又是一隻義犬，和狼講義氣，為狼所救，被狼們擁立為頭。他雖然為了生存帶領狼群覓食，發展壯大了狼群，但他時時不忘主子，人在狼山，心繫朝廷，和關羽「人在曹營心在漢」差不多，「處江湖之遠，則憂其君」。時時想在主子家譜上留名，所以他通過多種辦法取得主子諒解和歡心，被主子召回，但為其它家犬所妒，只能蹲在主人家門外，做不了家犬，只能做個守門犬。但又不安於做守門犬，主動去為皇帝當鷹犬。他不忘為主子盡忠，最後卻為其它家犬所害。主子實際上默許了對他的毒害，只不過為了掩人耳目，在他死後到狼山考查一下，立個牌坊，表揚死者，教育生者，希望更多的人前仆後繼，爭做忠犬。主子仍然是信用賊犬，多了個不忘忠犬。

　　宋江一生堅持忠義思想道德觀念，無論是在梁山還是回京城都沒有改變。他的上山只能說是「離隊」，暫時被逼離開趙宋王朝體制；下山投降是「歸隊」，重新回到趙宋王朝體制，「離隊」、「歸隊」就是他的一生。

八、降後立功

（1）征　遼

征遼算是一件擺得到桌面上的功勞。但就宋江來說，目的還是替天行道的忠義之舉。有人爲宋江投降行爲辯解時說，宋江投降趙宋王朝，是因爲當時民族矛盾上陞爲主要矛盾，階級矛盾退居於次要地位，宋江爲顧全民族大局所作出的正確選擇；這是一種錯誤的判斷。

宋江和趙宋王朝不存在階級矛盾，是皇帝不理解忠臣，奸臣作梗，使忠義蒙屈，君臣間阻，龍虎難會。對宋江來說，抗遼是爲了忠，在方臘與趙宋王朝的階級鬥爭中站在趙宋一邊征討方臘，也是忠，根本談不上什麼主要矛盾和次要矛盾的互相轉化、顧全大局之類。

（2）三　討

田虎王慶方臘實際上是晁蓋再生，是活著的晁蓋。宋江則是活著的王仙芝。

征田虎、滅王慶、打方臘，對「忠義雙全」、「替天行道」的宋江來說，是一種必然的行動。

當年他不得不去幹自己不願幹的事——落草爲王，就是爲了今天能幹自己願意幹的事——替天行道。

征田虎是宋江主動要求的。

征方臘也是宋江主動要求的。

只有征王慶是道君皇帝下令正在征討田虎前線的宋江不必班師回京，統領兵馬征討王慶。

宋江緊跟照辦，平了田虎，人不下馬，把王慶剿滅。

一征三討使宋江擺脫了投降後的尷尬處境，建功立業，實現了替天行道的政治目標。替天行道對宋江來說就是一征三討。沒有一征三討，替天行道就是一句空話。

一征三討之前的替天行道還只是停留在口頭上，一征三討使替天行道眞正落實到了行動上。

過去宋江下情上達的唯一通道是在皇帝面前能說上話的宿太尉。現在一征三討中又結識了趙樞密、陳安撫等，趙陳又是在前線目睹宋江殺敵立功的見證人，他們和宿元景不約而同地爲宋江在皇帝面前說好話，很容易取得皇

帝信任。

更重要的是，在一征三討的討方臘這最後一討中，忠奸對立的局面變成忠奸合流共同對敵的局面。沒有討方臘，宋江手下眾將和童貫不可能成為同一戰線的戰友。

九、方臘和宋江

歷史上的方臘以誅主持花石綱的朱勔為名，號召起義。他對大家說：天下國家，是一個道理，子弟們一年辛勤耕田織布，缺衣少食，作為父兄的卻拿來揮霍掉，稍不遂他意，就隨便打人，打死了也不在乎，你們樂意嗎？大家回答：不行！

他又說：揮霍之餘，還把它送給敵人（指遼和西夏統治者），敵人養肥了，又來打我們，卻叫子弟對付。子弟對付不了，就挨罵受氣。你們樂意嗎？大家回答：豈有此理！

方臘哭著說：現在賦役繁重，官吏貪暴，種田栽桑不夠吃用，我們只能依仗漆楮竹木為生，又被他們拿走，一點不留。這樣的暴政，大家能忍受嗎？那皇帝一天到晚只知道聲色走馬，蓋宮殿，築寺觀，養軍隊，玩花石，種種靡費之外，每年還給西、北二敵百多萬的銀和絹，這都是我們東南老百姓的膏血啊！二敵得銀絹，越瞧不起我們，年年欺負我們。朝廷越得伺候他們，宰相反認為這是安邊的好辦法。可我們老百姓一年勞動，妻子凍餓，一天飽飯也吃不到，大家覺得怎樣？大家非常氣憤，同聲說：聽你的！

方臘又說：朝廷上盡是姦邪之官，地方上無非貪污之吏。我們東南老百姓被剝削得夠苦了。近來花石綱的騷擾，更是難忍。大家若能仗義而起，四方必然聞風響應。……我們佔據江南，輕繇薄賦，十年之內，定可統一。不然，也是叫貪官污吏害死。大家合計合計吧。群眾齊聲說：好極了！（見《青溪寇軌》，引自人民出版社 1979 年 9 月版《中國古代史》下）

朱勔主持蘇州的供奉局，搜羅奇花異石；蘇州、杭州的造作局，為皇帝製造奢侈品；由運河運往開封，稱為「花石綱」。方臘起義後，取消了供奉局、造作局和花石綱。

方臘這些話精闢地道出了民族矛盾與階級矛盾的關係，民族鬥爭說到底是個階級鬥爭問題。他的話貼近實際，貼近百姓，比宋江的忠義道德觀更具人性。

方臘是摩尼教的首領。摩尼教從整體上看，不是科學理論；但其部分內容不乏科學性。比如教義中有「二宗三際」之說，二宗是指明和暗，三際是說光明與黑暗鬥爭過程中的三個階段。認爲通過鬥爭，光明才能制服黑暗，還主張對貧窮的教徒，大家應斂財予以幫助；同教中人稱爲「一家」。（見翦伯贊《中國史簡編》人民出版社 1979 年 1 月 2 版）。方臘的指導思想雖是宗教教義，但其中光明與黑暗鬥爭的內容，符合社會發展規律，符合歷史辯證法，宋江的忠義觀念則是僵死的矛盾的封建教條，再加上「替天行道」的政治路線，使忠義觀念完全成了鷹犬奴才的指導思想。

方臘和宋江同處於宋徽宗宣和年間，是趙宋王朝衰敗腐朽，人心思亂，社會需要變革的一個歷史時期，方臘正好順應了這一歷史潮流，方臘起義打破舊的封建秩序，順應民心，推動歷史前進，起到了積極的作用。而宋江則盡力保護應該打破的封建舊秩序，保護腐朽衰敗的舊事物，逆潮流，違民心，起的是阻礙歷史前進的負作用。

方臘反對皇帝，宋江忠於皇帝；方臘依靠廣大貧苦老百姓打碎舊世界，自己解放自己；宋江則效忠趙宋王朝，108 人在梁山整天大酒大肉，與老百姓脫離，所以不爲天下蒼生謀利益，不代表天下蒼生說話辦事，只求自己能在皇帝家譜上留名。宋江一切言行以迎合封建皇帝爲出發點和歸宿，方臘則以推翻皇帝，有利於百姓爲其出發點和歸宿。方臘要自己做大樹教天下人乘涼。宋江是要弟兄們和自己在皇帝老兒這棵大樹下乘涼。方臘是英雄，宋江是奴才。

農民起義，王朝更替，是對君權世襲、子孫蛻變的一種自然調節，就像價值規律對不合理價格的自然調節一樣。中國封建社會沒有所謂皇帝「公選」，也沒有「競選」，我們可以稱農民起義是武裝公選，或者叫「武裝競選」。一家一姓的世襲鏈條中斷了，未必是壞事。如果大家都和宋江一樣，自己不稱王，也反對別人稱王，中國可能永遠是秦始皇的後代統治著，尚輪不到趙宋王朝的子孫統治。皇帝如果不是世襲而是投票公選，就不會出現由農民起義推翻舊王朝建立新王朝這種武裝公選的現象發生。

諸葛亮、曹操、司馬懿不稱帝，是因爲他們本身可以左右歷史的發展進程，不稱帝比稱帝更有利於統一大業，他們不稱帝正是其英明之處。

宋江是該稱帝而不稱帝，是奴才心理。

宋江打敗方臘，是忠義打敗叛逆，非正義打敗正義。

方臘失敗一是寡不敵眾，二是謀略有誤。不能以成敗論英雄。

宋江雖然沒有受剮而死，卻是飲藥酒而亡。

飲藥酒而亡有點像今天的安樂死，宋江死前頭腦清楚，好像沒有方臘受剮而死那麼難受，還有一段堅持忠義、視死如歸的自我表白。但就其實質而言，方臘之死重於泰山，宋江之死輕於鴻毛。

宋江一心要留忠義美名於後世，萬萬料想不到八百五十年後的 1975 年 8 月，深通中國古代文學的中國人民的最高領袖對《水滸傳》及宋江本人作出了如下評價：

> 《水滸》這部書，好就好在投降，做反面教材，使人民都知道投降派。

> 這支農民起義隊伍的領袖不好，投降。

> 魯迅評《水滸》評得好。他說：「一部《水滸》，說得很分明：因為不反對天子，所以大兵一到，便受招安，替國家去打別的強盜——不替天行道的強盜去了，終於是奴才。(《三閒集·流氓的變遷》)」

應該說明的是，毛主席及魯迅這裏是對《水滸》整體內容和精神也即中心主題的評價，和對部分章節內容的肯定不矛盾。

宋江如果死而復生，看了這些評價恐怕要氣得昏死過去了。恩格斯說得好：「錯誤的思維一旦貫徹到底，就必然要走到和他的出發點恰恰相反的地方去。」(《馬克思恩科斯選集》第 3 卷 282 頁)

宋江的靈魂可能要後悔為什麼不對人民講忠義而向宋徽宗一人講忠義，為什麼非要弔死在一棵大樹上才甘心呢！

歷史上的宋江軍力不足以推翻趙宋王朝，《水滸傳》中的宋江軍力完全可以推翻趙宋王朝。可以推翻，但不推翻，可以取代，卻要擁護，正是《水滸傳》作者表現宋江「偉大」的地方。這又是一種對諸葛亮和阿斗關係的不高明的模仿。

一征三討，使宋江擺脫了當看門犬的尷尬，顯示了做鷹犬的威風，使他替天行道的事業達到頂峰，但也意味著末日的來臨。征方臘中，大部分弟兄死了，有的因各種原因沒有回京，有的全身而退。

皇帝把先鋒使宋江加授武德大夫、楚州安撫使，兼兵馬都總管；盧俊義加授武功大夫，廬州安撫使，兼兵馬副總管。宋江盧俊義人生追求的目的達到了，志得意滿，但好景不長。

120回宋江飲了奸臣下入毒藥的御酒，知道中了奸計，卻也無可奈何了。盧俊義比宋江更冤枉，自己不知怎麼死的，別人也不知怎麼死的，只有天知地知奸臣知罷了。他的結局不幸被燕青言中。

120回梁山泊起蓋廟宇，御筆親書「靖忠之廟」：

這種虛幻的盛宴完全是騙局。

梁山武裝就是野狼雄獅由家犬變成的野犬領導，狼變得狼不狼，獅變得獅不獅，狗變得狗不狗，最後被狗拖進死胡同。

十、皇帝愛奸臣

皇帝需要三種犬：一是看家犬，忠如宿太尉；二是寵物犬，蔡京、蔡攸、楊戩；三是鷹犬，童貫，宋江，高太尉，宋江是編外鷹犬，童貫是編內鷹犬。三種犬互相爭鬥，皇帝根據需要取捨。

76、77回寫奸臣樞密使童貫，統帥八路軍馬征剿梁山泊，被梁山軍馬兩陣打得屁滾尿流，逃回東京，先找高俅，又同高俅去找蔡京，「童貫拜了太師，淚如雨下」，請求太師遮蓋，「救命則個」。蔡京向皇上奏說「天氣暑熱，軍士不伏水土，權且罷戰退兵」。皇帝說天氣這麼熱，就不要再去了。蔡京又向皇帝奏說讓童貫於泰乙宮聽罪，推薦高俅領兵征伐，得到皇帝批准。童貫再沒有人問責。

78回高俅征伐梁山泊，「選教坊司歌兒舞女三十餘人，隨軍消遣」，「於路上縱容軍士，盡去村中縱橫擄掠，黎民受害，非止一端。」高俅在濟州帥府內定奪征進人馬，沒有給他銀子的，派去打頭陣；給他送銀兩的，留在中軍，虛功濫報。葉春造大小海鰍船後，本來是要和梁山軍第三次決戰的，但高俅先把帶來的歌兒舞女，叫到船上作樂侍宴，「一面教軍健車船演習，飛走水面，一面船上笙簫謾品，歌舞悠揚，遊玩終夕不散」，當夜就在船上歇宿，第二天又設席面飲酌，一連作樂了三天。違背兵貴神速、出其不意的常識，延誤時間，失去戰機。一旦與梁山軍交鋒，敗不成軍。高俅三戰三敗，還被俘虜上山，放回京後，推病不出，連天子面都不敢見，皇帝也不查問。

82回皇帝當面質問童貫兩次征戰梁山泊的情況，童貫重複所謂軍士不伏暑熱而罷戰的謊言，又為羞見皇帝的高俅辯解說「因病而返」。已經從燕青那裏得知真實情況又從宿太尉那裏印證了這些實情的皇帝怒責童貫姦佞之臣，兩征敗績，「瞞著寡人行事」，「妒賢嫉能」；又責高俅「廢了州郡多少錢糧，

陷害了許多兵船，折了若干軍馬，自己又被寇活捉上山」，「都是汝等不才貪佞之臣，枉受朝廷爵祿，壞了國家大事」。別看皇帝聲色俱厲，把奸臣罵得狗血噴頭，最後卻是「本當拿問，姑免這次，再犯不饒！」童貫高俅於是穩坐高位。

宋江等招安後駐在城外，樞密院官奏請皇帝傳旨把宋江等分開軍馬，各歸原所，遣散各地。梁山眾將不服。皇帝大驚。樞密使童貫奏將 108 人賺入京城，盡數剿除，天子「沉吟未決」。這時宿元景奏差宋江等征遼建功，以解國危。天子聽了宿元景的話「龍顏大喜」，又大罵樞密院童貫等是「讒佞之徒，誤國之輩，妒賢嫉能。閉塞賢路，飾詞矯情，壞盡朝廷大事！」罵得痛快淋漓，最後仍是「姑恕情罪，免其追問。」奸臣又沒事了，高官照當。

89 回宋江征遼獲勝，遼主派褚堅往京師買通四奸臣，蔡京奏天子：「自古及今，四夷未嘗盡滅」，「可存遼國，作北方之屏障」，天子差宿元景齎擎準和丹詔，直往遼國開讀。另敕趙樞密使令宋先鋒罷戰回京。「將應有被擒之人釋放還國。原奪城池，仍舊給遼邦歸管。每年坐收歲幣牛馬等物。」關鍵時刻，皇帝還是聽奸臣的。

101 回武學諭羅戩向皇帝揭露童貫及蔡京之子蔡攸，征討淮西王慶「全軍覆沒，懼罪隱匿，欺誑陛下」；蔡京子蔡攸「復軍殺將，辱國喪師」，蔡京儼然「上坐談兵，大言不慚，病狂喪心」，道君皇帝聞奏大怒，「深責蔡京等隱匿之罪」；但蔡京等巧言宛奏，矯詞掩飾，天子「不即加罪」。亳州太守侯蒙奏請差宋江征討王慶，天子准奏。蔡京與童貫、楊戩、高俅商量後，請天子派羅戩侯蒙到陳瓘軍前聽用，目的是想在宋江征王慶敗績後，連同羅戩侯蒙一起治罪，「一網打盡」。天子又一一准奏，派羅戩侯蒙去河北。「道君皇帝剖斷政事已畢，復被王黼、蔡攸二人，勸帝到艮嶽娛樂去了。」這一次皇帝似乎接受了忠臣的建議，但最終還是按奸臣的意見辦事。因為享樂遊玩離不開奸臣。沒有了忠臣不影響享樂，忠臣不會陪他逛艮嶽，逛妓院，整天嘟嘟囔囔要他節欲。沒有了奸臣享樂生活就要受影響了。不為享樂，當皇帝幹啥？！

110 回宋江征王慶回京師後軍馬屯駐陳橋驛。正旦節到了，百官都要朝賀，蔡京怕宋江等朝賀皇帝見了重用，奏聞天子，只准宋江盧俊義兩個有職人員隨班朝賀，其餘人等，因係白身盡皆免禮，皇帝立即降旨照辦。第二天宋江領數十騎進城到宿太尉趙樞密及省院各官處賀節，蔡京知道了，奏聞天子：凡出征官員將軍頭目，非呼不得擅自入城，否則，「定依軍令擬罪施行」，

天子又立即降旨照辦，陳橋驛門外也張掛了禁約榜文。皇上在這些重大問題上對蔡京等奸臣是百依百順。

120 回四奸臣在皇帝面前污蔑盧俊義「意欲造反」，皇上開始不信，認為「其中有詐，未審虛的，難以準信。」高俅楊戩又說盧嫌官小，復懷反意，還胡說「被人知覺」。皇上要喚盧俊義親問，高楊建議可賺盧來京，賜御膳御酒，窺其虛實動靜。皇上馬上准奏，下旨招盧，盧因吃了奸臣下有水銀的御膳而斃命，四奸臣報告皇上說盧酒醉墜水而死，皇帝也不深究，竟然又聽奸臣之言，派人送下有毒藥的御酒給楚州的宋江喝。事后皇帝也只是追問送酒的使臣，送酒的使臣已被奸臣殺人滅口，此事也就不了了之。

宿太尉把宋江被藥酒毒死的事向皇帝報告後，「天子大怒，當百官前，」責罵高俅、楊戩：「敗國奸臣，壞寡人天下！」蔡京童貫編謊說省院昨夜才收到宋江死亡的申文，剛準備啓奏。皇帝因四賊「曲為掩飾，不加其罪。」屈死忠臣，不罪奸臣。

宋江一征三討，每次凱旋，皇帝都命省院官議封官爵，四奸臣每次都找理由不予封官，而天子竟然都按奸臣的意見辦了。

宋徽宗為享樂，需要忠臣，更需要奸臣。對奸臣，心慈手軟，斥責歸斥責，重用歸重用。遂使天下盜賊蜂起，人心思亂。

這樣的皇帝，方臘等人：反，宋江則是：忠。

小說中寫了幾個忠臣，67 回，諫議大夫趙鼎主張對梁山義軍降敕赦罪招安，命作良臣，以防邊境之害。蔡京開始也想招安，功歸女婿梁中書，自己也有「榮寵」，後來因梁山人馬打入北京，又殺人又搶金銀糧米，蔡京見事情弄大了，無法遮掩，便又主戰，臭罵趙鼎的招安建議是「滅朝廷綱紀，猖獗小人，罪合賜死。」皇帝面對兩種意見，肯定奸臣蔡京，下令把趙鼎立即趕出朝廷，革了官爵，罷為庶人；74 回李逵燕青等大鬧泰安州後，御史大夫崔靖主張差人招安梁山人馬，以敵遼兵，公私兩便。皇帝說「卿言甚當，正合朕意」，派殿前太尉陳宗善前往招安，結果失敗而歸，皇帝大怒，不責陳宗善，卻問：「當日誰奏寡人，主張招安？」堂堂皇帝，昏庸健忘，毫無定見，聽侍臣說是大夫崔靖主張招安，馬上教拿崔靖送大理寺問罪。

84 回宋江收回被遼侵佔的檀州後，天子大喜，又有宿太尉保奏，欽差東京府同知趙安撫統領二萬御營軍前往監戰。這個趙安撫祖先是趙家宗派，「為人寬仁厚德，作事端方」，幫了宋江不少忙。

97 回宋江征田虎，連克數城，四奸臣卻劾奏宋江「覆軍殺將，喪師辱國」，想讓皇帝加罪。右正言陳瓘上疏彈劾四奸臣排擠善類，蔡京請求天子治陳瓘罪。多虧宿元景向皇帝說明宋江克敵功勳，又為陳瓘辯護，皇帝才依宿太尉言，陳瓘在原官上加封樞密院同知，派陳瓘為安撫，統領御營軍馬二萬，前往宋江軍前督戰，犒賞軍卒。

再一個忠臣就是宿太尉，多次叱奸護忠，是宋江等人下情上達的主要通道。還有羅戩、侯蒙也是不滿奸臣的忠臣。

但以上幾位所謂忠臣遠沒有四大奸臣受寵，也就是為宋江說幾句好話而已，作用極其有限，比不上四大奸臣說話頂用。因為對宋徽宗來說，少幾個忠臣無所謂，但奸臣一個也不能少。

從以上事例看出，皇帝罵奸臣只是做戲騙人，他的靈魂深處是喜愛這些奸臣的，奸臣所作所為都是得到他的默許和庇護的。否則，這些奸臣能胡作非為這麼久嗎？皇帝要罷一個人就那麼難嗎？趙鼎和崔靖不是一句話就被罷為庶人了嗎？趙鼎和崔靖的話被後來的事實驗證有理，皇帝再也不把趙鼎和崔靖提起，而招安受挫，馬上想到罷免當初建議招安的人。是皇帝糊塗嗎？

徽宗重用奸臣，擾亂朝綱，天下人有目共睹。

90 回宋江領軍破遼還京途中，經過雙林鎮。燕青舊友許貫忠，在大名府屬下濬縣的大伾山茅舍中對燕青說：「奸臣專權，蒙蔽朝廷」，「妒賢嫉能」，「如鬼如域的，都是峨冠博帶；忠良正直的，盡被牢籠陷害」。他自己心灰意冷，也勸燕青功成身退。

108 回壯士蕭嘉穗殺死王慶荊南城守將梁永，救出被梁永俘虜的蕭讓、裴宣、金大堅，幫助宋江奪了荊南城。蕭嘉穗對要回朝保舉他做官的宋江說：「這個倒不必。」「方今讒人高張，賢士無名，雖材懷隨和，行若由夷的，終不能達九重，赴公家之難者，倘舉事一有不當，那些全軀保妻子的，隨而媒孽其短，身家性命，都在權奸掌握之中。」

113 回證討方臘時，李俊與童威童猛在榆柳莊遇見費保等四個人，幫助宋江奪了杭州，不願為官，「為因世情不好。有日太平之後，一個個必然來侵害你性命。自古道：『太平本是將軍定，不許將軍見太平』，此言極妙。」他勸李俊「趁此氣數未盡之時，尋個了身達命之處」。後來的事實應了費保之言。

許多人因為對皇上重用奸臣不滿，才上了梁山。

44 回戴宗動員石秀上山時就說：「這般時節認不得真，一者朝廷不明，二

者奸臣閉塞。」第一條指皇上，第二條指奸臣。這是較早認識皇帝重用奸臣的。

63 回梁山人給北京散發的沒頭帖子上就寫道：「今爲大宋朝濫官當道，污吏專權，毆死良民，塗炭百姓。」這個可算是梁山人的造反宣言。

64、65 回宋江本人也多次向被俘官軍將領揭露朝廷不明，縱容奸臣，酷害百姓。

67 回關勝說服單廷珪魏定國投降宋江時說：「目今主上昏昧，奸臣弄權，非親不用，非仇不談。」同回聖水將軍單廷珪說神火將軍魏定國投降梁山泊時說：「朝廷不明，天下大亂，天子昏昧，奸臣弄權。」以上三人都是官軍首領，可謂深知朝廷內情之人。

宋徽宗重用奸臣擾亂朝綱，遼國君臣也都洞若觀火，歐陽侍郎就對郎主說：「如今童子皇帝，被蔡京、童貫、高俅、楊戩四個奸臣弄權，嫉賢妒能，閉塞賢路，非親不進，非財不用」；他又對宋江說：「今日宋朝奸臣們閉塞賢路，有金帛投於門下者，使得高官重用（其實宋江三敗高俅送其下山時也送了高俅不少金銀財帛）。無賄賂投於門下者，總有大功於國，空被沉埋，不得升賞。」

歷史上的皇帝都是只講享樂不講道德，歷史上的奸臣都是只講利益不講道德，他們都是滿嘴仁義道德，一肚子男盜女娼；歷史上的忠臣大都講忠義道德較少在乎利益和享受。這就形成了皇帝、奸臣、忠臣三者之間又統一又矛盾的關係格局。

中國封建皇帝都是最大的享樂主義者。自從秦始皇企圖得到長生不老藥方失敗後，歷代皇帝都要在有限的生命中滿足無限的享樂欲望。而爲滿足自個兒的享樂欲望，人會變得非常自私，許多父子兄弟爭奪皇帝寶座的醜劇鬧劇就這樣發生了。皇帝爲滿足自己的享樂欲望既需要忠臣，更需要奸臣。忠臣給他們維持享樂的安定環境（包括國內國外），使他們的享樂無憂無慮，忠臣不僅爲皇帝一人謀享樂，還爲皇帝的子子孫孫謀享樂。而忠臣自己也在爲皇帝謀享樂中得到略次於皇帝的享樂。於是乎忠臣便會主張皇帝對享樂應有所節制，以免引起中斷皇帝享樂的社會騷動，而這又會引起皇帝的不滿。奸臣則盡量滿足皇帝眼前享樂的最大化，自己也得到享樂的最大化，爲此不顧及危及皇帝享樂永久化的因素增長，並因之與忠臣發生矛盾。皇帝永遠喜歡奸臣，因爲他即使在刀擱在脖子上時也不喜歡別人干擾他享樂，而是要抓緊

死前的有限時間最大限度的享樂。他們也需要忠臣像現在的警察一樣給他們的享樂維持秩序，但當警察要干擾他的享樂時，他就不客氣了。所以只要有皇帝，就會有奸臣，只要有奸臣，就會有忠臣。而皇帝也正是在忠奸之間玩手腕，使自己享樂環境安定，使自己享樂主義得到滿足。當忠奸發生矛盾時，對奸臣口罵心親，對忠臣口親心罵。皇帝、忠臣、奸臣之間的骯髒博弈，使廣大百姓在任何情況下都處於被愚弄被欺騙被剝奪的可悲境地。

宋徽宗肯定感激孔子，有一部《論語》傳世，不要他操一點心，給他培養了一大批宋江這種忠於他的奴才。他肯定也很感激老莊，有道家學說傳世，使他有了糊塗混世盡情享樂的理論依據。

小說最後，寫道君皇帝在李師師家睡覺做夢，戴宗領他到梁山泊，宋江向他訴說衷曲，李逵要殺他報仇，皇帝驚醒後，給李師師說，要給宋江等建立廟宇，敕封烈侯。李師師非常贊同，說：「若聖上果然加封，顯陛下不負功臣之德。」這是一個很有諷刺意味的情節。宋江帶領眾兄弟南征北討，替天行道，不過給道君皇帝創造了一個能在李師師家高枕無憂地睡安穩覺的環境罷了。皇帝老兒找李師師再也不會擔心北遼侵擾，方臘稱帝，李逵放火了，宋江把他們都收拾了，這就是宋江一輩子的功勞。

這和方臘雖死，南方百姓不再受花石綱騷擾，孰重孰輕？

《水滸傳》的作者是反對農民起義的，他把皇帝看得神聖不可侵犯，把皇帝的話作為判斷是非好壞的標準，這是《水滸傳》小說的最大局限，也是宋江這個人物的最大局限。

《水滸全傳》章回提要

第一回　張天師祈禳瘟疫　洪太尉誤走妖魔

　　介紹梁山起義的背景：仁宗嘉祐三年。瘟疫盛行。皇帝差洪太尉齎擎御詔，前往江西信州龍虎山，宣請嗣漢天師張眞人星夜來朝，祈禳瘟疫。

　　洪太尉上山求見天師不成，回至方丈，不顧眾道士勸阻，打開伏魔之殿，放出妖魔，遂致大禍。

　　洪太尉上山途中，遇見老虎、大蛇時的狼狽樣，以及不習慣草鞋布衣的養尊處優的習性。接著寫遇見道童時的傲慢，再回方丈時的官僚生活，吃喝遊玩。在「伏魔殿」前的表現，不聽勸阻，以勢壓人，強令道士眞人開門看魔。遇到碑碣上「遇洪而開」的大字時，自作聰明，不肯聽勸，迫使眾人放倒石碑，掘開石龜，扛起大青石板，發現放走妖魔後，則又目瞪口呆，罔知所措，面如土色，奔到廊下。

　　寫洪太尉官僚習性寫得很有層次，很生動。

　　上山時：不服吃苦；遇蟲而懼；遇童傲慢；遇眾道士吃喝玩；要開「伏魔之殿」時的以權勢壓人，自作聰明，強迫命令及引起後果後目瞪口呆。並吩咐從人，隱瞞眞相，教把走妖魔一節，休說與外人知道，恐天子知而見責。並假報天師消盡瘟疫，得到仁宗賞賜。

第二回　王教頭私走延安府　九紋龍大鬧史家村

　　高俅根基、發跡、與端王（徽宗）的結識。一被提拔爲殿帥便對曾打翻

他的王昇的兒子王進施行報復。端王根基。

王進出走延安府，經史家村與史進相識，教史進以搶棒。

史進擒少華山陳達，朱武揚春以「苦肉計」相救，四人遂相識來往。

華陰縣中秋夜來史家村捉拿賞月喝酒吃肉的史進並少華山三好漢。

第三回　史大郎夜走華陰縣　魯提轄拳打鎮關西

史進並三頭領殺退縣衙之兵，不肯在山寨落草，走延安府尋師王進，離了少華山，來到渭州。

與魯提轄在潘家酒店相遇，並與先師李忠相會。在吃酒中，得知金翠蓮父子受鄭屠欺負，魯達與之銀兩，讓回家去。

魯達親送金老父女回去，並找到鄭屠，以小種經略相公名義，要瘦肉、肥肉、寸筋軟骨，鄭不與，魯打之，鄭死，魯達出走。

寫魯達的直爽（給銀子的情景），嫉惡如仇，粗中有細，打抱不平。

第四回　趙員外重修文殊院　魯智深大鬧五臺山

魯達出逃代州雁門縣，遇金老，趙員外（金老女婿）為救魯達，送之五臺山，削髮為僧。

魯達晚不坐禪，倒頭便睡，偷買酒喝。打了門子、監寺。長老再次用五戒相勸，魯達當時接受了批評。三四個月後，又下山要鐵匠打造關王刀一樣的戒刀、禪杖。兩店討酒吃遭到拒絕，第三次假借過往僧人名義大吃狗肉大喝碗酒，驚呆莊家，回去五臺。至半山，捵拳使腳，打坍亭子，打壞金剛，要燒寺院，眾人開門，魯達嘔吐，吃狗肉，給禪和子嘴裏塞狗腿，搞得大家卷堂而散。長老遣眾人來打，魯達趁酒醉大鬧一場。

第五回　小霸王醉入銷金帳　花和尚大鬧桃花村

長老贈智深四句偈言，去投東京大相國寺討個職事僧做。到得桃花村，遇劉太公有事，吃喝罷了，便要為之解除逼女之憂。假扮太公小女，醉坐新房，打了來莊娶親的二頭領一頓，大頭領來為二頭領報仇，魯達方認出大頭領乃李忠也。來搶親之二頭領名曰周通。魯智深要他休提劉太公之親事，因他只有一女，要留養老。李忠、魯達、劉太公三人到桃花山聚義廳，休了親

事。

李忠、周通慳吝，要下山，李周下山劫掠金銀送智深，智深對其慳吝不
滿，自拿山寨金銀，從後山滾下而去。

第六回　九紋龍剪徑赤松林　魯智深火燒瓦罐寺

在寺院上了假扮道士和尚，實則搗毀寺院、養女吃酒的崔道成丘小乙的
當，二次復回，被二賊擊敗，到赤松林，遇到剪徑的史進，二次再回寺院，
打死崔丘二賊，燒了瓦罐寺。

投大相國寺，被任命為管菜園的，先不願做，嫌小，後聽說管得好，可
以陞遷，覺得也有出身之時，便走馬上任。一上任，便被一幫潑皮使計做賀
圍攏了。

第七回　花和尚倒拔垂楊柳　豹子頭誤入白虎堂

花和尚力服眾潑皮，張三李四被踢落糞窖，服輸，買酒牽豬請魯智深。
門外老鴉哇哇亂叫，眾潑皮欲上樹，智深連根拔起，眾潑皮驚服之。智深還
席，為眾潑皮使鐵禪杖。林沖為之喝綵。與之結為義兄。

高太尉螟蛉之子高衙內調戲林沖之妻。林沖見是高衙內，「先自手軟
了」。「怒氣未消，一雙眼睜著瞅那高衙內」。智深來助，林沖說不怕官只怕
管，「權且讓他這一次」。回家後，「心中只是鬱鬱不樂。」

高衙內思林妻，富安獻計。林沖好友陸虞候陸謙出賣朋友，請林樊樓吃
酒。女使來報，衙內哄娘子到陸虞候家調戲，林沖趕到，衙內踰窗而逃。林
沖再到樊樓前，陸早不見了。此後林沖每日與智深飲酒，把此事也放慢了。

老都管與高太尉商量，把陸謙、富安之計告知，設計陷害林。

林沖街上花一千貫錢買了寶刀，欲與太尉寶刀比試，愛看不已。第二天，
被不認識的兩個承局引入節堂，持刀相等，欲與比試，高俅擒拿。

第八回　林教頭刺配滄州道　魯智深大鬧野豬林

林沖被押開封府。當案孔目孫定與府尹計議，欲成全林沖，回了太尉話，
刺配滄州。

林沖泰山張教頭相送。林沖為了不耽誤妻子，寫了休書，林妻痛哭不已，
作辭而去。

陸虞候用金買通防送公人董超薛霸，要於途中殺害林沖。

薛霸、董超於店中灌醉林沖，用開水燙林腳，林不敢回話。五更天，叫林沖穿麻邊新草鞋趕路。薛霸與董超不同，董超比薛好一些。開始董不接金子，不願害林沖，薛霸接了。在路上走不動，薛霸摧走，董超說慢慢地走。在店裏薛霸給用開水燙腳，董超未參與；五更上路董超給找了一雙新草鞋；在路上走不動，薛霸又罵又摧，董超「我扶著你走使了。」最後薛霸要用水火棍打林沖，董超說「我倆今日救你不得。」

到得野豬林，薛、董將林綁在樹上，說明高太尉叫陸虞候指使陷害林沖的根由，要用水火棍打死林沖。

第九回　柴進門招天下客　林沖棒打洪教頭

魯智深松林救林沖，林沖叫魯不要打董薛二人，說他二人聽人指使，打了也是冤屈。智深「殺人須見血，救人須救徹」，要送林至滄州。一路護送，將養著林沖。

與智深別，來到柴進莊上，受到柴進厚待，與洪教頭比武，敗了洪教頭。

來到滄州，用錢買通差撥管營，又得柴大官人遺書信照看，免挨一百殺威棒，又開了枷，去天王堂當看守，早晚燒香掃地，林沖深感「有錢可以通神」。

第十回　林教頭風雪山神廟　陸虞候火燒草料場

陸虞候再次設計陷害林沖，買通差撥、管營。店主人李小二當年曾被林沖救過命，向林沖報告了消息，林沖怒尋陸謙不遇。

管營派林沖管草料場。接了老軍手續，去酒店吃了酒，再回草場，草廳被雪壓坍，回到廟內安歇。恰遇陸謙等在廟外觀草料場火。林沖聽得真切，殺了差撥、富安、陸謙。

林沖在一莊上烤衣討酒，莊客不允，林將莊客打散，吃了酒，一步高一步低地走，醉倒雪地上，被趕來的莊客捉住了。

第十一回　朱貴水亭施號箭　林沖雪夜上梁山

被捆至柴進東莊，住了。官司追撲甚急，柴進周濟去梁山泊。柴進用計送林衝出關，裝做打獵的夾雜在柴進一堆人中出了關。

在酒店吃酒時的感慨，乘酒興賦詩一首。對高俅的不滿，懷才不遇，對未來的想往。與朱貴相識。五更時分，朱貴射號箭進去，來船接林而去。到得山上，秀士王倫出於嫉妒之心，不肯收留，眾頭領相勸，不要忘柴大官人日前之恩，王倫無奈，要林沖把「投名狀」來。林沖等了兩天，沒有等到來人，第三日等得一人，卻是楊志。

第十二回　梁山泊林沖落草　汴京城楊志賣刀

王倫請林沖、楊志一同上山，想留楊志在山，以牽制林沖，怎奈楊志不從，只得讓林沖坐了第四把交椅。

楊志因丟了花石綱，想補殿帥職役，被高俅批倒趕了出來。（楊志為三代將門之後，五侯楊令公之孫）在客店中的感慨，欲與祖宗爭光，卻為高俅不容，罵高俅「忒毒害。」盤纏用盡，便賣寶刀，遇到潑皮牛二，無理取鬧，用刀剁銅，吹發，潑皮硬要殺人不沾血給他看，楊志不從，潑皮搶刀，打楊，被楊志性起用刀殺了。

楊志同眾鄰舍自投開封府，後被監禁於死囚牢中。眾人見他為東京街上除了牛二這害，多方周濟。被送北京大名府留守司充軍。

北京留守司留守梁中書，見楊大喜。在演武試藝中，欲抬舉楊志，以堵眾人之口。

第十三回　青面獸北京鬥武　急先鋒東郭爭功

楊志槍勝周瑾，箭勝周瑾。又與索超相鬥，不分勝負，均被封為管軍提轄使。梁中書與夫人端陽家宴，商議收買十萬貫禮物玩器，選人上京去慶賀蔡太師生日。

朱仝、雷橫巡捕賊人，在東溪村邊的靈官廟裏抓住赤髮鬼劉唐。

第十四回　赤髮鬼醉臥靈官殿　晁天王認義東溪村

晁蓋設計救了專門來拜訪他的劉唐，以甥舅相稱，瞞過雷橫。又送雷橫銀兩。劉唐說知梁中書要用十萬貫不義之財買來金珠寶貝慶賀蔡京生日，取之何礙。晁蓋稱「壯哉」，叫他安歇，從長計議。

劉唐去趕雷橫要追回晁蓋送的銀兩，與雷兩撲刀相鬥，吳學究銅鏈相隔，勸不住，晁蓋趕來方才勸住了。

晁、吳、劉三人計議取梁中書不義之財之事。

第十五回　吳學究說三阮撞籌　公孫勝應七星聚義

吳用向晁蓋、劉唐介紹三阮。並連夜起程，行百十里地，來到梁山泊邊的石碣村。

吳用要大魚不得，引出梁山泊英雄占山爲王之事，阮氏三弟兄充滿對官司之不滿，既拿不了強人，反要捉踐百姓，因而對梁山泊好漢生羨慕之情。吳用因勢利導，說轉三雄。

①先要十五六斤的大魚。

②引出梁山泊，激起三雄對官司之不滿，對好漢的羨慕。

③勸三雄梁山泊撞籌入夥，三阮備說王倫不容人，想求一寬宏大度能容人之人。

④吳用引出晁保正。引出要取不義之財，三阮發誓相助。

六好漢晁家莊說誓化紙，要取不義之財。

公孫勝強求會見晁蓋，與晁蓋說知取不義十萬貫之財的事。吳用猛揪住公孫勝，嚇得公孫面爲土色。

第十六回　楊志押送金銀擔　吳用智取生辰綱

七星聚義。要以黃泥岡東十里路的安樂村白勝處安身。吳用說，力則力取，智則智取，要看他來的光景。

梁中書要楊志送寶，楊志不要大張旗鼓，而要扮做行貨的。並要老都管、兩個虞候都聽他的，不要在路上鬧彆扭。一行十五人，出北京城，取大路往東京進發。

五月半天氣正熱，十一個廂禁軍擔重欲歇，虞候嫌熱不行，幾個人常鬧矛盾。於是以老都管兩個虞候廂禁軍爲一方，楊志爲一方，均與楊志衝突。十四五日後，十四個人沒一個人不怨楊志的。直至六月初四。

酷熱難行，軍漢倒地，楊志相打，與老都管相辯。

七個好漢裝做販棗子的小本經紀人，迷惑了楊志，眾人一起歇涼。

白勝賣酒，楊志怕蒙汗藥蒙倒眾軍漢，不讓買喝，販棗子的過來先喝了，用自己柳瓢從中做鬼，放入蒙汗藥。

眾軍漢說轉老都管，要買酒吃。楊志親眼見七雄買了一桶酒吃了，另一

桶也舀了一瓢去了，想不會有藥，便答應了。

白勝不賣，說裏邊有蒙汗藥，販棗子的客人從中相助，並推白勝於一邊，把酒給軍漢們吃，又送他們棗子過酒，蒙倒楊、謝並眾軍漢，用推棗子的車兒裝了金珠寶貝而去。

楊志喝得少，起得早，要跳岡自盡。

第十七回　花和尚單打二龍山　青面獸雙奪寶珠寺

楊志不忍自盡，自下岡子而去。眾軍漢與老都管一方面去濟州府官吏首告，一方面把事推之於楊志，回北京覆梁中書。

楊志吃酒沒錢付，與林沖徒弟曹正相鬥，曹正通了姓名，楊志做制使時失了花石綱，做提轄又失了生辰綱，只好投二龍山落草去。

林中遇到魯智深，二人相打不分勝負，通名報姓方知，關西老鄉。二人同敘遭遇，智深欲投二龍山，鄧龍不容，二人同曹正商議，假裝曹正縛綁智深到山上見鄧龍，鄧龍要報智深點腹之仇，開關讓進，計成殺龍，稱王二龍。

都管、廂禁軍回北京，謊報楊志勾結賊人，盜走珠寶，梁中書大怒，一面濟州投下文書，一面差人進京告知蔡京。蔡京亦大怒，押一紙文書，著落府尹，捉拿賊人。府尹責成緝捕使臣限十日捉拿賊人上京，緝捕使臣何濤為之煩惱，兄弟賭博之徒何清來擾，何妻以酒相待，何濤以銀相誘，何清說出晁蓋與白勝。

第十八回　美髯公智穩插翅虎　宋公明私放晁天王

何濤、何清兄弟到府尹告狀，拿來白勝，搜出贓物。何觀察等人去鄆城縣捉拿晁保正，遇到押司宋江。兩人茶坊知通此事，宋江大吃一驚。穩住何濤，飛報晁蓋。吳用等飛奔石碣村而去。

朱全、雷橫捉拿晁蓋，放了。何觀察回稟府尹，帶人捉拿三阮。

第十九回　林沖水寨大並火　晁蓋梁山小奪泊

何濤帶領官兵捉拿三阮，被殺完了，何濤被割耳放走。眾好漢朱貴酒店集中。

王倫嫉妒，不肯收留。吳用施用計策，讓林沖火併王倫，林沖私拜晁等。吳用用計激之。

王倫相請，欲退晁等，林沖仗義，殺死王倫，吳用要林沖坐第一把交椅，林沖辭之。

第二十回　梁山泊義士尊晁蓋　鄆城縣月夜走劉唐

林沖胸懷大義，推晁蓋為首，吳用、公孫為輔，自己坐了三把交椅。山寨十一頭領聚義。林沖打探妻子張氏不得。至此斷了此心。

吳用用計，聚義後第一次大敗官兵，捉拿黃安黃團練。得了不少人馬船隻，又截了客商，得了若干財物金銀，並商議救白勝，謝宋江之事。

濟州府尹因捕賊不獲，被新官接替。

宋江濟閻婆之困，閻婆為謝宋江，把女兒婆惜與宋江作妻。婆惜與張三通姦，疏遠宋江。

劉唐持金謝宋江，宋江收晁蓋謝書。金收一條，餘者退。

第二十一回　虔婆醉打唐牛兒　宋江怒殺閻婆惜

閻婆硬逼宋江與女和好，不成。唐牛兒欲引出宋江，遭打。宋江欲與王公棺材錢，發現招文袋忘在家中，招文袋裏有晁蓋書信，謝金。復回家裏，為婆惜陪話（前番不陪話，說明英雄本色不貪女色；後番陪話，說明英雄為人屈身。）答應三件事，婆惜不給公文袋，以官司相逼，宋江被提醒，將刀殺之。

閻婆騙宋江至衙門，相告，眾公人不捉拿。唐牛兒又來拆開閻婆，宋江逃之。

第二十二回　閻婆大鬧鄆城縣　朱仝義釋宋公明

張三慫恿閻婆告狀，知縣想庇護宋江，只把唐牛兒問罪。閻婆再三哭鬧要告，知縣差朱仝、雷橫捉拿宋江，宋江藏於家中，朱仝有意放之。雷橫不拿宋太公，兩人只抄宋江和父親斷絕關係的執憑印信公文回縣回話。

宋江與兄弟宋清到柴進莊上躲避，柴進盛情接待。宋江醉酒去淨手，撞見正發瘧疾烤火的武二郎，武松也要在病好後去拜訪他。

第二十三回　橫海郡柴進留賓　景陽岡武松打虎

武松烤火，被宋江將鍁踢翻，驚出一身汗，瘧疾好了。今遇宋江，改了

醉後亂打莊客的毛病。武松要回清河縣探望哥哥，宋江兄弟兩個專程相送，遇一酒店，與武松結爲義弟。送別武松，宋江只在柴進莊上居住。

武松到陽谷縣地面。在「三碗不過岡」酒店吃酒。不聽酒店主人勸阻，連吃十五碗酒。便走，店土人相勸，說景陽岡有虎，武松不怕，偏要一人前行。到得岡下，先見一樹刮去皮，白木上寫明有虎出沒，不信，又前行，見有官司印信榜文，方信有虎，不願轉回，只顧前行。酒力發作，把哨棒放一大青石上，將待要睡，猛虎出世了。

老虎一撲，武松一閃；老虎一掀，武松一躲；老虎一剪，武松閃在一邊，老虎先自沒了力氣。老虎二次翻身回來，武松一棒打在枯樹上，不著。哨棒折做兩半。用手揪住頂花皮，就勢按入虎爪刨的黃泥坑，拳打腳踢，打死老虎。

遇假裝老虎的兩個獵人。莊戶人等謝武松除了害，徑到陽谷縣來，知縣賞錢一千貫，武松把錢散與眾獵戶。知縣抬舉武松做了步兵都頭。

第二十四回　王婆貪賄說風情　鄆哥不忿鬧酒肆

武松出來閒玩，遇到哥哥武大。武大又怨武松，又想武松。行至家中，與潘金蓮相見。金蓮頓生邪心，殷勤款待，並要武松搬來家住。金蓮調戲武松，被武松臭罵一頓。表現英雄不貪女色。武大歸來，金蓮反咬武松調戲她。武松搬回縣里居住。武松要去東京出差，爲哥嫂辭行安排，遭到嫂嫂冷罵。只勸哥哥安分守己。

武松走後，武大只按武松所說行事。不想一日西門慶看見金蓮，一日三進王婆門，王婆貪賄說成風情。鄆哥尋西門慶尋到王婆家，道破機關，遭王打罵，報知武大。

第二十五回　王婆計啜西門慶　淫婦藥鴆武大郎

鄆哥找到武大，設計捉姦。武大被打臥床。王婆設計陷害武大。

淫婦用砒霜毒死武大。西門慶心懷鬼胎，酒請團頭何九叔。何疑之。看了金蓮並武大屍首，驚倒過去。

第二十六回　偷骨殖何九叔送喪　供人頭武二郎設祭

何九叔假昏，聽夫人言，收下武大骨殖並西門慶給的十兩銀子，拿回家

裏。

　　武松歸家，武大半夜託夢於他，第二日訪何九叔，何拿出骨殖並銀兩，備述事情經過。又找到鄆哥，鄆哥備述和武大到王婆家捉姦經過。

　　武松引何九叔、鄆哥到縣府相告，知縣得了西門慶賄賂，知縣周圍的人都與西門慶有關係，知縣把武松駁了回來。

　　武松酒請四鄰，錄下淫婦、王婆口供，挖了淫婦心肺五臟，割下狗頭，供兄靈前。武松到獅子樓把西門慶倒跌到街心去了，武松割下頭來，並淫婦頭一處供於靈前。

第二十七回　母夜叉孟州道賣人肉　武都頭十字街遇張青

　　武松告官，府尹相救，送至東平縣，陳府尹又減輕了罪，剮了王婆，解赴武松於孟州交割。

　　中途遇母夜叉孫二娘，沒有喝其蒙汗藥，假死，二娘來拖，就勢按在地上，菜園子張青來說明端的，解除了誤會。

第二十八回　武松威鎮安平寨　施恩義奪快活林

　　張青要做翻兩個公人，引武松去二龍山落草。武松言「平生只要打天下硬漢，這兩個公人，於我分上只是小心」不願傷害，張青允了，依他。

　　來到東平府，下至單身房，不主動給差撥行賄。——與林沖恰成對比。願挨一百殺威棒。管營身邊施恩相救，不遭殺威棒，不遭盆弔、土布袋之刑。小管營施恩每日請人以好酒好食相待，武松反不安穩。與施恩相見，施恩要他將息半年三五個月，有事相央，武松酒不吃，去天王堂前把那三五百斤重的石頭只一撇，打下地裏一尺來深，又擲起離地一丈來高，神力驚人。

第二十九回　施恩重霸孟州道　武松醉打蔣門神

　　施恩告訴武松與張團練所帶之蔣門神，爭奪快活林失利一事。武松聲言「平生只是打天下硬漢，不明道德的人」，要立即為施恩報仇。老管營與之相見，與小管營施恩結為兄弟。武松備述有酒便有本事，沒酒便沒本事的實情，第二天去快活林的路上來了個三碗不過岡，約過十來處好酒肆，不十分醉。

　　來到快活林，到「河陽風月」酒肆吃酒，將蔣門神夫人丟進酒缸。武

給蔣門神使了個玉環步，鴛鴦腳，打得蔣門神吃饒。

第三十回　施恩三入死囚牢　武松大鬧飛雲浦

蔣門神答應武松三件大事，武松主持蔣門神把快活林酒店歸還舊主施恩。施恩敬重武松，重霸快活林。

張都監請武松來家，酒肉相待。八月中秋，闔家賞月，灌得武松大醉，武松趁著酒興在廳心月下使棒，被張都監設計陷害，當做賊人，送入機密房裏收管。知府受了張都監後門，武松屈打成招，死囚牢裏監禁了。

施恩與康節級、葉孔目各一百兩銀子，以保武松性命。武松被脊杖二十，刺配恩州牢城。半路施恩送衣送吃，備說蔣門神又奪快活林之事。飛雲浦武松殺死四個公人，奔孟州城裏來。

第三十一回　張都監血濺鴛鴦樓　武行者夜走蜈蚣嶺

從喂馬後槽口裏得知張賊正在鴛鴦樓飲酒，欲殺之。又到廚房裏殺了兩個丫鬟。到鴛鴦樓，殺死蔣門神、張團練、張都監，又殺了夫人、女使等多人，連夜越城而走。（孟州城）

樹林古廟欲睡，卻被張青下人擒拿。武松與張青具說備細，在張店裏住下。孟州知府著人緝拿武松，張青介紹武松到二龍山寶珠寺魯智深、楊志處去。孫二娘母夜叉出主意要武松打扮成行者方可迷人耳目，武松照辦了。當晚來到蜈蚣嶺，與庵裏假扮出家與女調笑的先生鬥將起來。

第三十二回　武行者醉打孔亮　錦毛虎義釋宋江

蜈蚣嶺殺了王道人。救了張太公女兒，吃了酒食，燒了庵並死屍。來到白虎山孔太公莊上，為討酒肉，打了孔亮，跌進溪裏，醉裏被孔明孔亮捉拿，都被在此莊上居住的宋江搭救，同敘別情，武松要去二龍山落草，「異日不死，受了招安。」宋江說「既有此心歸順朝廷，皇天必祐。」在岔路相別時，宋江要武松多戒酒性，招安朝廷，博得封妻蔭子，青史留得好名。武松去二龍山入夥。

宋江夜來清風山，被燕順、王矮虎、鄭天壽捉住要挖心做醒酒湯，因他說了聲「可惜宋江死在這裏」，燕順釋之。

　　王矮虎王英貪色，劫了臘日上墳的一個婦人到自己房中，宋江問明是花
榮同僚劉高的妻子，便跪拜在地，要王英放她回去，並許下日後與王英完聚
一個的諾言。「我看這娘子說來，是個朝廷命官的恭人。」王英說「如今世上，
都是那大頭巾弄得歹了。」

　　宋江辭了三頭領，到清風寨去了。

第三十三回　宋江夜看小鰲山　花寨大鬧清風寨

　　投花榮處，備說救劉知寨夫人之事，花榮與劉知寨不和，大不以爲然，
宋江以「冤仇可解不可結」相勸。在花榮處每日閒轉，給相陪人使錢買酒，
深得人心。

　　元宵佳節，宋江月夜鰲山觀燈，看社火，被劉知寨夫人指爲賊人，被劉
知寨派人捉了。婦人將恩不報，反來爲仇，劉知寨聽信夫人，打宋江，鎖長
枷。花榮下書劉高，所說宋江姓名劉丈與宋江所說鄆城縣張三不符，被劉扯
碎。花榮帶人救回宋江。劉知寨派人搶宋江，花榮弄弓射箭，中左右門神、
骨朵頭及頭盔上朱纓。嚇退劉派來人。宋江連夜晚去清風山躲避。被劉高等
候軍漢所捉。青州府慕容知府派鎮三山（青州地面三座惡山：二龍山、清風
山、桃花山）去劉高處押來宋江，黃信與劉高設計，以調解文武不和爲名，
騙花榮到清風寨內，捉拿同宋江一起解青州府來。

第三十四回　鎮三山大鬧青州道　霹靂火夜走瓦礫場

　　清風山三好漢燕順、王英、鄭天壽攔路打敗黃信，搶回宋江、花榮，綁
了劉高。花榮剜了劉高的心獻於宋江面前。

　　慕容知府派秦明來清風山，被花榮射下頭上紅纓。花榮和宋江設下圈套，
聲東擊西，指南打北，弄得秦明人困馬乏，策立不定；又趕兵士到溪澗，放
下水來，淹死大半，捉了不少，又在陷馬坑裏活捉了秦明。秦明與眾好漢相
見，眾好漢挽留山寨，秦明不肯背負朝廷，第二日被送下山。秦明來到青州，
慕容知府不開城門，言說昨夜秦明引人打城殺人，並把秦明老小頭割了拿給
秦明看。秦明只好退回，宋江花榮等於路接住，接回山，說明這是設下要秦
明死心塌地的計策，宋江又出面，把花榮妹妹許與秦明。秦明單騎來清風寨，
說轉黃信入夥。

第三十五回　石將軍村店寄書　小李廣梁山射雁

　　秦明、黃信迎宋江花榮等進清風寨，一起回清風山。燕順殺了劉高之妻，王矮虎要與燕順拼死，被宋江勸住。宋江、黃信主婚，把花榮妹子嫁與秦明。傳說朝廷要來征剿，宋江要大家去梁山泊入夥。中途遇到呂方與郭盛在對影山撕殺，兩個戟絨結住，花榮射斷絨條，好漢相識，呂、郭講了和。去梁山途中在酒店裏遇見石勇，捎來兄弟宋清家書，知父病喪，捶胸頭壁，大哭自罵「不孝之子」，不去上山，要燕順等自個上山。

　　花榮、秦明、黃信等來梁山入夥。一日飲酒觀山景，花榮射中空中飛雁第三隻雁的頭部，眾皆敬服。宋江於本鄉村口張社長處聽得老父不死，至晚歸家，大罵兄弟寫假書信。宋太公說明底裏，全出自他的主張，為了見宋江一面，怕宋江落草，做個不忠不幸的人，因此叫石勇捎書去叫他回。宋江拜了父親，當晚即被新來都頭趙能趙得團團圍定了。

第三十六回　梁山泊吳用舉戴宗　揭陽嶺宋江逢李俊

　　趙能趙得要宋太公交出宋江，太公抵賴不過，宋江要下城去就縛，太公說「是我苦了孩兒。」宋江反說「官司見了，倒是有幸；明日孩兒躲在江湖上，撞了一班兒殺人放火的弟兄們，打在網裏，如何能夠見父親面？便斷配在他州外府，也須有程限，日後歸來，也得早晚服侍父親終身。」

　　宋江被刺配江州牢城，宋太公相送，言路徑梁山泊，強人若攔路勸其入夥，不可去，免得被人罵做不忠不幸。於路勸公人走小路，以防大路被晁等所劫，不虞被劉唐截住，要殺公人，宋江借刀自刎，威脅劉唐；上山後，不願落草。嚴尊父教，臨行吳用推薦江州兩院節級戴宗院長。

　　揭陽嶺在李立酒店被蒙汗藥麻翻。被在揚子江撐船當艄公為生的李俊趕來相救了。（還有童威童猛）。李立力勸不要去江州，宋江不肯。潯陽鎮上資助賣膏藥使搶棒拳腳的，被一大漢所打。

第三十七回　沒遮攔追趕及時雨　船火兒大鬧潯陽江

　　救濟了薛泳，得罪了揭陽鎮一霸，又吃那廝追趕，連夜逃出莊外，張艄公（張橫）相救，過潯陽江，於江心欲謀之財，要殺宋江等三個，宋江感歎「為因我不敬天地，不幸父母，犯下罪責，連累了你們兩個。」適逢李俊趕來救了宋江。又與揭陽一霸穆弘穆春相見了。原來宋江在揭陽嶺上嶺下，稱

霸的是李俊李立；揭陽鎮上稱霸的是穆弘穆春；潯陽江上稱霸的是張橫張順。

宋江來江州府，蔡九知府（蔡太師第九子）當廳。管營著宋江做了抄事文案的人。

第三十八回　及時雨會神行太保　黑旋風鬥浪裏白條

戴宗向宋江索取常例銀，宋不給，戴宗欲打，宋江說出戴與吳用相識，戴謊，宋江取出吳用書信，與戴皆喜。

宋江與戴宗手下身邊牢裏的小牢子李逵相見。戴宗介紹李逵爲人，爲人忠直。李逵拿了宋江十兩銀子去賭，輸了，不認賬，搶了別人銀兩，就走了。被戴宗宋江攔住，宋江把銀子還給小張乙，並給了被李逵打了的人以將息錢。宋江、戴宗、李逵琵琶亭上飲酒，宋江叫給李逵大杯。又不愛吃魚，讓李逵把魚都吃了，又給李逵買二斤羊肉讓吃了，聽戴宗要給宋江買鮮魚吃，酒保說無鮮魚，李逵便不聽勸阻，去向打魚的要。不聽勸阻，放走活魚，與漁人相打，與張順相打，被宋江、戴宗攔腰抱住。剛要走，被張順誘上船，李逵被淹得半死，宋江著戴宗拿出張橫書信，喝住張順，救了李逵。四人琵琶亭上相見，飲酒。一女使前來賣唱，被李逵一指點得她倒在地上。

第三十九回　潯陽樓宋江吟反詩　梁山泊戴宗傳假信

宋江給宋家父女五兩銀子，因吃鮮魚，腹瀉暴病，病癒，在城找戴院長、李逵等不見。來潯陽樓自飲自吃，吟反詩兩首。

無爲軍通判黃文炳去探望蔡九知府，於潯陽樓發現宋江反詩，抄錄獻於蔡九知府。蔡九知府叫捉拿，戴宗定計，要宋江裝做失心瘋病人，裝狂打人，戴宗報知蔡九知府，黃文炳不信，定叫擒拿。宋江裝病，文炳叫問獄卒是近瘋還是一開始便瘋，蔡九知府聞知近瘋，一頓打，宋江被下到死囚牢。蔡九知府要戴宗去東京報告蔡太師，戴宗安排李逵服侍宋江。戴宗在朱貴酒店被蒙汗藥麻翻，朱貴見了蔡九知府書信，大驚，救醒戴宗，同往梁山泊，吳用設計戴宗假傳蔡京書信，中途劫持宋江。戴宗賺蕭讓（書法家）金大堅（雕刻家）上山，造了蔡京假回書。

第四十回　梁山泊好漢劫法場　白龍廟英雄小聚義

黃文炳道破假回書上破綻，（父與子書，不用諱字圖書）戴宗被打成招，

下進牢裏，依黃孔目之言，六日後斬首。斬首之日，梁山好漢及李逵來救。李逵不分官兵百姓，板斧亂砍，晁蓋喝退不聽。

眾人來到白龍廟相見了，張橫、張順、穆家兄弟等均來相見，白龍廟小聚義，共二十九籌好漢。

第四十一回　宋江智取無為軍　張順活捉黃文炳

眾好漢大敗江州官軍，來穆太公莊上飲酒。宋江提議攻打無為軍，晁蓋不肯，宋江堅持，讓薛永前去探路。薛永請來在黃文炳家中做裁縫的侯健，侯健說明黃文炳哥哥黃文燁與其弟之間的矛盾等情，宋江設計，侯健、薛永、白勝去城裏做內應，以帶鈴鵓鴿為號。石勇杜遷扮為丐者在城門邊左右埋伏。用火燒了黃文炳家，殺了全家，拿走銀錢，只不見黃文炳其人。

黃文炳從江州回家看失火，在船上被李俊、張順擒拿。穆弘莊上，李逵替宋江割黃文炳的肉給眾頭領下酒吃。

眾頭領回梁山泊，於黃門山遇見歐鵬、蔣敬、馬麟、陶宗旺四好漢，在黃門山上吃肉喝酒畢，回梁山泊途中，宋江表示死心塌地入夥落草。回至山中，晁蓋要宋江坐第一把交椅，最後依了宋江。此時共四十位頭領。李逵說出要造反，晁蓋當大皇帝，宋江當小皇帝的活來。

第四十二回　還道村受三卷天書　宋公明遇九天玄女

宋江不聽晁蓋勸阻，要回家中搬取老父，官司正在追拿。回去被宋清一說，回頭便要回梁山，被官軍追趕，進還道村避難。在玄女之廟中神櫥裏避難。趙得趙能兩次用火來照，均被神靈所滅。用刀去搠，反遭黑風沙石襲擊。只得去把守村口。

九天玄女用酒、棗相待，又賜三卷天書，贈四句詩。表明作者宗旨。天明欲回，李逵來救。這段作者突出「仁義禮智信皆備，」「替天行道動天兵。」晁蓋在救宋江時，又派人接宋太公上山，與宋江相會。公孫勝要回家搬母；李逵亦要回家搬母。

第四十三回　假李逵剪徑劫單人　黑旋風沂嶺殺四虎

李逵回家搬母，宋江派朱貴前去探望（因朱貴與李逵是老鄉）。李逵回鄉看捉拿宋江戴宗和他的榜文，被朱貴攔腰抱住叫走，免被送官，來朱富酒店

吃了喝了。回家途中，遇李鬼冒名自己名字剪徑打劫來人，欲殺之，李鬼說撫養老母，李逵與銀十兩，饒之。走到一個草屋，向婦人討飯吃，卻遇李鬼回來，欲加害他，方知受騙。殺了李鬼，逃了婦人。

回家見娘，娘雙目失明，李騙她說做了官，領娘享受。哥哥李達回家，揭穿李逵秘密，並道自己受其連累，多虧主人幫忙。去財主家領人捉拿李逵，李逵給他留下一錠大銀子走了，李達領人亦不去趕。

背娘至沂嶺，給娘取水，娘被虎吃，連殺子母四虎，在泗州大聖廟裏睡至天明。第二天被眾獵戶迎至曹太公莊上被李鬼老婆認出不是張大膽，卻是李逵，曹太公設計灌醉，綁了李逵，報縣裏知道。知府差都頭李雲捉拿。朱貴朱富給酒肉中放了蒙汗藥，請李雲吃了，救得李逵性命，李逵殺了曹太公、里正、李鬼老婆，又殺了許多獵戶。朱富為請李雲一同入夥，和李逵在道旁等待追來的李雲。

第四十四回　錦豹子小徑逢戴宗　病關索長街遇石秀

李雲和李逵相鬥，被朱富勸開，李雲願同他們去梁山入夥。吳用對山寨多項事務進行了分工安排。

晁、宋、吳派戴宗打扮成承局，往薊州探望公孫勝，於路遇見得公孫勝推薦上梁山之書的楊林，一同前往，於飲馬川遇見鄧飛、孟康。一同上山於鐵面孔目裴宣相見了。戴宗、楊林來薊州城尋公孫勝不見，一日遇見楊雄與張保廝打，拼命三郎石秀助楊雄趕走張保。戴宗、楊林薦石秀去梁山入夥。楊雄與石秀結為兄弟。楊雄引石秀回家與新娶寡婦潘巧雲見了面。

戴宗、楊林尋公孫勝不見，回飲馬川同裴宣、鄧飛、孟康等人一起上梁山去了。

潘公、石秀開肉鋪，石秀去外縣買豬回來起疑心，欲辭楊雄回家去。

第四十五回　楊雄醉罵潘巧雲　石秀智殺裴如海

潘巧云以給前夫王押司二週年做功課為名，勾來和尚裴如海。兩人眉來眼去，被石秀看見了。潘巧云以給母親還了血盆懺舊願為名，取得潘公同意，第二日去報恩寺裏還願。和尚用好酒灌醉潘公，和潘巧雲設計相會，裴如海收買了五更報曉的頭陀胡道人，潘巧雲說轉了使女迎兒，兩個來往一月有餘。

石秀發現，尋見楊雄，與楊設計捉拿裴、潘。楊雄酒醉回家大罵潘巧雲，

酒醒後潘巧雲誣陷石秀調戲她。楊雄懷疑石秀，關了肉鋪，石秀猜得內情，作退一步打算，相辭而去。住在客店。五更捉住胡道，問明底裏，殺了頭陀，扮做胡道殺了裴如海，自去客店睡。第二天賣糕粥的王公發現了裴之死屍。

第四十六回　病關索大鬧翠屏山　拼命三火燒祝家店

知府判了裴如海被胡道殺死，胡道自己勒死的判決。楊雄悔悟，尋見石秀，要殺潘巧雲，石秀出主意讓他改日和潘巧雲同到翠屏山，問清真實情況，寫一紙休書休了她。楊雄聽了石之言，第二天以燒香還願為藉口，賺得潘巧雲到翠屏山半腰，石秀已等待多時，三對面，叫迎兒說明事實真相，殺了迎兒，剝了潘巧雲，便投奔梁山去。被來古墳掘覓東西的鼓上蚤時遷看見，欲同前往。

轎夫與潘公去薊州府首告，知府把此事與昨裴如海之死聯繫起來，判斷入裏，捉拿楊、石。

三人來鄆州地面的祝家店吃酒，聽到店中小二哥介紹了祝家莊的情況。石秀討刀未遂。時遷偷了報曉的雞來下酒。小二哥發現，要討還雞，石秀給錢不要，叫出幾條大漢，要動武，被石秀時遷打跑了，每人各拿一把好刀，石秀放火燒了酒店。半路被莊客追趕，時遷被撓鉤拌倒吃擒了，楊雄、石秀便走，於一酒店中遇見楊雄曾救過他命的杜興。

第四十七回　撲天雕雙修生死書　宋公明一打祝家莊

杜興介紹祝家莊、扈家莊、李家莊情況，三莊誓盟，共拒梁山。並介紹李家莊莊主撲天雕李應。來到莊上，李應修書去祝家莊取時遷來，未遂，又親書讓杜興去討，沒有取來時遷，反被祝氏三傑臭罵一頓，扯了書札，李應聽了，披掛上馬，親自去討，與祝彪於獨龍岡前交起鋒來，被祝彪射中臂膊。回莊之後，楊雄、石秀回梁山泊搬兵。晁蓋嫌偷了雞又敗回來，折了梁山銳氣，要斬楊、石，宋江勸阻住了，願領人馬下山掃蕩祝家莊。

宋江帶兩路人馬，下山打祝家莊。到獨龍山前安寨，宋江派石秀、楊林去看路徑，楊林扮做解魔法師，石秀扮做賣柴的，到祝家莊。石秀在酒店遇到鍾離老人，問了盤陀路，才知遇見白楊樹便轉彎才是活路，否則都是死路。問清了要走，適逢楊林被抓進店來。原來楊林不知遇見楊樹轉彎的道理，只揀大路拐東拐西，左來右去，被捉拿了。石秀在鍾離老人家中歇了。

宋江不等探路，又見不到石秀、楊林，急於救他兄弟，點撥軍馬，大刀闊斧殺奔祝家莊來。到得莊前，不見動靜，方知是計，已被四面圍定了（於獨龍岡上）。

第四十八回　一丈青單捉王矮虎　宋公明二打祝家莊

迷了盤佗路，走不出去，石秀來指給路徑，說明遇見白楊樹轉彎的道理，並說明燭燈為號的秘密，花榮射滅燭燈，敵伏兵慌亂，放逃了出去。林沖、秦明接應了。天明清點人數，知鎮三山黃信被捉拿了，宋江要斬隨從軍士，被林沖花榮勸住。楊雄出主意去會李應。

李應不見宋江，杜興說明三莊結誓情況，講明進攻時間宜晝不宜夜，攻門宜夾攻不宜只攻前門等。

宋江引三路兵，（一路先鋒，一路水路，一路兩路接應），來到獨龍岡前，一丈青扈三娘來祝家莊策應，王矮虎去戰，被捉。經過一場混戰，林沖捉了一丈青扈三娘。

晁蓋派吳用前來中軍帳助戰，宋江表示破敵決心，吳用獻計破敵。

第四十九回　解珍解寶雙越獄　孫立孫新大劫牢

吳用說一行人馬來投梁山泊，願以破祝家莊為進見禮。登州兵馬提轄孫立和祝家莊欒廷玉是一個師父教的，願作內應。

毛太公毛仲義賴解珍解寶打死的老虎，又買通包節級，要害死兄弟二人，孫立孫新顧大嫂、鄒淵鄒潤等劫牢報仇，投奔梁山，適逢宋江兩打祝家莊失利，願作內應，以此功作為入夥之禮。

第五十回　吳學究雙掌連環計　宋公明三打祝家莊

扈成牽牛擔酒，來討扈三娘，宋江、吳用要他不要協助祝家莊。

孫立扮做對調來鄆州把守的登州提轄，與欒廷玉相見，與祝朝奉、祝氏三傑相見了。熱情款待。過了一兩日，宋江攻莊，祝飈與小李廣花榮相戰不分勝負。第四日，宋江又來莊前，祝龍與林沖戰，祝虎與穆弘戰，祝飈與楊雄戰，各不分勝負。孫立出馬，捉得石秀，孫立問共捉了幾個，朝奉答共捉到七個。孫立取得了信任，又叫鄒淵、鄒潤、樂和看了出入門戶的路數，顧大嫂、樂大娘子也看了房戶出入門徑。第五日，兩方分四路廝殺，孫立等作

為內應，殺死祝氏三傑，扈成落荒逃命。李逵燒殺了扈家莊。石秀說明，宋江謝了鍾離老人，並免燒莊院，給村民糧賞。凱歌歸山。

宋江、吳用設計假扮官府知府、都頭去李家莊帶李應、杜興，去對祝家莊之事，路上截了上山，李應方知是計，家眷已接至山上，莊院被燒，只得入夥。

宋江讓一丈青扈三娘與王矮虎結了婚。了結了清風山許下的諾言。

第五十一回　插翅虎枷打白秀英　美髯公誤失小衙內

雷橫往東昌府公幹回鄆城，經梁山泊，被朱貴攔住，上山與宋江相見，雷橫以老母年高為由不願上山入夥。

宋江與吳用商議已定，各頭領重新分工。

雷橫去街上看白秀英演唱，未曾帶錢，和白秀英父白玉喬相打，白秀英與知縣通姦，知縣讓白秀英把雷橫扒在勾欄門口，雷橫母親送飯見了，罵了白秀英，白秀英打雷母，雷橫帶枷打死白秀英，被押進牢裏，其母央求朱全節級。朱全押雷橫離鄆城縣去濟州，半路於一家酒店開枷放了雷橫。朱全被斷配滄州，知府留其在本府聽候使喚。四歲衙內要和朱全玩耍，自此知府要朱全和小衙內出街閒玩。七月十五日盂蘭盆大齋之日，朱全抱小衙內往地藏寺裏去看點放河燈，於水陸堂放生池邊與雷橫說話，吳用亦來身邊，要他入夥，朱全不肯，回來不見了小衙內，雷橫吳用引朱全出了地藏寺，到城外，發現李逵已殺了小衙內，朱全怒追李逵至柴進莊上，柴進說明底裏，吳用、雷橫、朱全、李逵相見了。

第五十二回　李逵打死殷天錫　柴進失陷高唐州

朱全要殺黑旋風，方才入夥，柴進只得暫留李逵，吳用、雷、朱二都頭先上山去了。朱全家小已上山多日。滄州知府捉拿朱全。

柴進叔叔柴皇城，住在高唐州的家宅後院花園被高太尉的叔伯兄弟、新任知府高廉，帶來的妻舅殷天錫所佔，李逵見殷天錫打了正給柴皇城守孝的柴進，打死了殷天錫，柴進讓回梁山泊去了。柴進被高廉下在牢裏。

宋江引二十二位頭領下山，與高廉三百飛天神兵對陣，先斬高廉二將，高廉使起神法，黑風驟起，高廉趁勢追趕，林沖等敗退五十里下寨。宋江二次使了回風返火之法。高廉又使神獸之法，宋江又敗。楊林白勝守寨，高廉

劫寨，又使風雨神法，撲了空，被楊林一箭射中左臂。

第五十三回　戴宗智取公孫勝　李逵斧劈羅真人

戴宗、李逵奉宋江、吳用之命，離高唐州去薊州尋找公孫勝。李逵中途偷吃肉喝酒，戴宗作神行法不讓他歇，李逵飢餓難忍，戴宗叫住，李逵動彈不得，只得依戴宗，保證不吃葷。

來到薊州城，尋公孫勝不見。一天到素面店吃飯，碰見一老人，方知公孫勝之去向。兩人來到九宮縣二仙山，戴宗去見，被老母回絕；戴宗叫李逵去屋裏打鬧，公孫勝只好出來喝住。三人相見，公孫勝以老母年邁，羅真人不放為由不去梁山，戴宗再三懇求。三人來見羅真人，羅真人不允。李逵於五更偷去松鶴軒，斧劈羅真人。天明三人去見羅真人，羅真人尚存，並使白手帕捉弄李逵，使其掉在薊州府廳裏，被馬知府打了一頓，用狗血、尿屎灌了一頓，被關進薊州牢裏。戴宗再三央求羅真人，羅真人派黃巾力士救李逵回來。

第五十四回　入雲龍鬥法破高廉　黑旋風探穴投柴進

羅真人教公孫勝八個字：「逢幽而止，遇汴而還。」

戴宗先行，李逵、公孫後到武岡鎮一家酒店，李逵買棗糕，遇見打鐵的湯隆，勸得他入夥。三人來到高唐州。

宋江與高廉大戰，公孫勝使出神法，使高廉所使獸行法盡現原形，黃沙不起，敗回城去。

黑夜高廉劫寨，被公孫勝使神法把三百神兵殺個盡絕。

吳用假使援軍到來，高廉出城迎接援軍，城被奪，人被殺。

節級藺仁不聽高廉斬柴進之言，藏柴進枯井中，李逵下井救之上來。

高太尉見殺了兄弟高廉，起奏道君皇帝，皇帝委派高俅選將調兵，前往剿滅。高俅保薦呼延灼。道君皇帝賜呼延灼好馬一匹。

第五十五回　高太尉大興三路兵　呼延灼擺佈連環馬

呼延灼保薦韓滔、彭玘為正先鋒、副先鋒。三人分路往梁山泊來。

兩軍相殺，一丈青用紅錦套索俘虜了彭玘。

宋江釋放彭玘，表示只待聖主寬恩，赦宥重罪，忘生報國。二次交戰，宋江被連環馬打敗。

呼延灼通過高太尉調來轟天雷淩振，造炮攻打山寨。

設計擒得淩振上山，淩振見彭玘做了頭領，無有話說。

眾將商議破連環馬，金錢豹子湯隆獻人獻軍器。

第五十六回　吳用使時遷盜甲　湯隆賺徐寧上山

湯隆言他能造破連環馬的鈎鐮搶，要使鈎鐮搶卻需要他的姑舅哥哥徐寧。而要徐寧上山，又需先把他的叫做賽唐倪的雁翎砌就圈金甲盜來。吳用便差鼓上蚤時遷盜甲。

時遷去東京盜得徐寧雁翎鎖子甲，轉與戴宗拿上梁山去了。湯隆假裝和徐寧追趕拿盛甲紅羊皮匣子的跛腿之人，趕上時遷，時遷推說和他同盜的李三前邊拿甲走了，願同追趕。碰上樂和趕車，一起上坐，樂和用麻藥麻翻徐寧，賺上梁山。教習鈎鐮槍法。

第五十七回　徐寧教使鈎鐮搶　宋江大破連環甲

連環馬被破，韓濤被俘說轉入夥，呼延灼逃走。

呼延灼在酒店丟了御賜好馬。找到慕容知府，點撥軍馬，去桃花山向周通李忠討御賜馬。李忠周通寫信要二龍山魯智深、楊志、武松解救，三頭領答應了下山去增援。和呼延灼交鋒，不分勝負。慕容知府要呼延灼回青州守城，因白虎山孔明、孔亮要向青州借糧。呼延灼捉了孔明，孔亮逃回，遇見武松、魯智深、楊志，四人商議要聯絡桃花山周通、李忠一起攻打青州。

第五十八回　三山聚義打青州　眾虎同心歸水泊

楊志主張聯合梁山泊宋江一起攻打青州。孔亮從青州來到梁山泊，見了宋江，說明去救叔叔孔賓輸於呼延灼，孔明被俘一事，宋江請示了晁蓋後，帶五路軍馬前行。

吳用設計，宋江、吳用、花榮假裝在城北門外土坡上看城，呼延灼去抓，跌入陷坑，被鈎就縛。宋江爲之解去繩索，聲稱「豈敢背負朝廷？權借水泊權且避難，只待朝廷招安」等語。呼延灼願留山寨。呼延灼引得幾個頭領假裝逃回城裏，慕容知府被秦明所殺，救得孔賓、孔明等，桃花、二龍同歸梁

山。

魯智深和武松去少華山請史進入夥，到得山裏，方知史進被華州賀太守拿在牢裏，魯智深不聽武松去梁山報告之言，獨自入城，被賀太守以請去府裏赴齋爲名擒拿了。

第五十九回　吳用賺金鈴弔掛　宋江鬧西嶽華山

魯智深說出自己是梁山泊好漢，被賀太守下入死牢。戴宗報知宋江，宋江引三路人馬來少華山，適逢宿太尉元慶將領御賜金鈴弔掛來西嶽降香，眾人賺其上山，假扮太尉殺了賀太守，救了史進、魯智深。

宋江「見宿重重喜」，對宿太尉畢恭畢敬，表示要歸順朝廷。

朱貴告知徐州沛縣芒碭山中樊瑞、項充、李袞要收拾吞併梁山泊，宋江大怒，派林沖收擒之，林沖初戰大敗。

第六十回　公孫勝芒碭山降魔　晁天王曾頭市中箭

公孫勝設諸葛亮擺石爲陣的法，擒了項充、李袞，二將又去說服樊瑞，歸順宋江。

段景住說盜得好馬要獻梁山，被曾家三虎奪了去，讓教師史文恭騎坐，並要和梁山作對，擒拿晁頭領，晁蓋大怒，不聽宋江吳用等勸，親領人馬打曾頭市，初戰大敗，正鬱悶，兩個和尚進寨備述曾家府壞處，願帶路劫寨，林沖不信，晁蓋輕信，隨之而去，經過法華寺，不見一個僧眾，被和尚騙過，跟和尚離了法華寺行不到五里路，不見僧人，已被敵圍，晁蓋面頰中史文恭毒箭。林沖等方悟應了出征時風折認旗之兆。當晚又吃敗仗，適逢宋江傳令收兵回山，晁頭領身亡，遺言誰拿下史文恭誰爲山寨之王。眾頭領推宋江爲山寨之主，宋江改聚義廳爲忠義堂，主張替天行道，重新安排座次工作。又聽說請來做道場的龍華寺僧人談起北京大名府玉麒麟盧俊義，便欲取之，吳用說明施小計便可拿獲。

第六十一回　吳用智賺玉麒麟　張順夜鬧金沙渡

吳用要李逵依三件事（不吃酒、做道童、裝啞巴）同往北京說盧俊義上山。吳用給盧俊義算卦，百日之內，屍首異處。盧俊義求問迴避之法，吳用說去東南千里之外可避此難，並留四句歌與盧，相辭回山。

盧俊義家留燕青，身帶李固要去山東太安州避難燒香觀景，中途經過梁山泊，被眾好漢武鬥一輪，逃至李俊船上，被三阮、張順等翻船落水。

第六十二回　放冷箭燕青救主　劫法場石秀跳樓

盧俊義被張順擒拿，宋江眾頭領動著鼓樂迎接，宋江領眾頭領排排跪下相迎。宋江要盧俊義上山坐第一把交椅，盧不肯。吳用送盧俊義隨從李固時，說明所提四句詩爲「盧俊義反，」盧俊義再難下山，要在梁山坐第一把交椅等。梁山泊上，眾頭領輪流請客，盧俊義難以下山，住了兩個多月。

盧俊義回到北京城外，遇見燕青，說明李固與其娘子結婚，到官司告發等情，盧俊義不信，踢開燕青，直入城去。被李固設下的人綁送梁中書前，屈打成招，下入死牢。燕青討飯給主人吃。李固用五百兩金子收買兩院節級兼行刑劊子蔡福，要殺盧員外。柴進和戴宗給蔡福一千兩黃金，要求不殺盧員外。蔡福上下使用，盧俊義被脊杖二十，刺配三千里外沙門島，李固收買防送公人董超、薛霸，於路要害盧俊義，被燕青所救。情節同魯達救林沖。燕青、盧俊義要去梁山，村坑中盧俊義被捉，燕青去梁山泊告知宋江，路上碰見楊雄、石秀（奉宋江之命要去打聽盧員外消息），隨楊雄回梁山報知宋江。

石秀一人來到北京，適逢斬首盧員外，石秀從酒樓上跳將下去，嚇跑蔡福蔡慶，搶走盧俊義便走。

第六十三回　宋江兵打北京城　關勝議取梁山泊

盧俊義、石秀被擒，下於死牢，石秀大罵梁中書。梁山泊好漢散發沒頭帖子數十張，梁中書看了大驚，不敢殺害盧員外及燕青。又派索超於城二十五里外飛虎峪下寨，等待梁山泊來人與之廝殺。

梁山泊整點人馬，準備征戰。與索超等戰，大名府危急。報與蔡太師，蔡京大驚，宣贊舉薦關勝，關勝獻圍魏救趙之計，主張攻打梁山泊。

第六十四回　呼延灼月夜賺關勝　宋公明雪天擒索超

吳用識破關勝圍魏救趙之計，逐步退兵。城上見退兵，來追趕，小李廣花榮、豹子頭林沖埋伏飛虎峪兩邊，起而攻之，追兵敗回。宋江兵回梁山，差人報知山寨。

張橫急於立功，不聽張順勸告，前往劫關勝之寨，被關勝所俘。三阮、

張順攻關勝之寨救張橫，中埋伏而阮小七被俘。

宋江寨中花榮與宣贊戰，花榮三箭未中宣贊。關勝出戰。宋江陣前與關勝對話，關勝罵之，林沖、秦明二將出戰關勝，宋江恐傷關勝，下令收兵。林沖、秦明都不喜歡。呼延灼夜至關寨，說宋江有歸順之心，只是眾賊不從，願與關勝一起殺亂敵軍，關勝不疑。次日交戰，呼延灼一鞭打下鎮三山黃信，取得關勝信任，商議好夜晚偷營。呼延灼引路，關勝被引至宋江營寨之紅燈處，方知中計，呼延灼不見，被縛擒拿。林沖、花榮捉了關將郝文思，秦明、孫立捉了宣贊，撲天雕李應救了阮小七、張橫。忠義堂上，宋江以禮儀相待關勝，關勝先欲就死，後為義氣所感，便願入夥。關勝於是成了攻打北京的前部先鋒。一交戰便打敗索超。吳用又故意輸於索超一戰，使他歡喜入城。

吳用雪天掘下陷坑，引索超追來，被伏兵擒拿。

第六十五回　托塔天王夢中顯聖　　浪裏白跳水上報冤

梁中書堅守不出。宋江以禮義相待索超，索超歸順梁山。

宋江於寨中夢見晁天王顯聖，言宋江百日血光之災，要其火速退兵，並言江南地靈星可治。次日宋江果然染病，張順到健康府請安道全來醫治。

張順於揚子江船上被船公張旺於睡夢中縛住，投入水中，盜去金銀。船公殺了同伴，獨吞銀金。張順咬斷繩索，赴水上岸，到王定六酒店，受到歡迎，送其銀兩去健康府。安道全留戀煙花娼妓，張順於夜殺了虔婆等四人，寫道「殺人者安道全也」，逼其上山。於揚子江船中把張旺扔下江去，並說得王定六上梁山。戴宗前來使神行法先接安道全上山去了。安道全醫得宋江性命。吳用要於春秋時候打下北京，救取盧俊義並石秀。

第六十六回　時遷火燒翠雲樓　吳用智取大名府

吳用欲於元宵節時，先令北京城中埋伏，裏應外合，破城救人。吳用告訴宋江東京蔡太師力主招安之意。

時遷願去北京翠雲樓放火為號。解珍解寶以向北京城內官員府裏獻納野味為名，扮做獵戶，看見火起，便去留守司前，截住報事官兵。其餘各各安插諸將於城內各處把守，見火便各自行動。

北京城元宵放燈。梁山泊宋江守寨，吳用引八路人馬進駐城下。時遷放火後，梁中書四個城門衝不出去，後從南門奪路而走。城內柴進救出盧俊義、

石秀，並同蔡福一起保護了蔡的老小。並捉了李固、賈氏。

第六十七回　宋江賞馬步三軍　關勝降水火二將

宋江要讓盧員外坐尊位，盧不允，武松、李逵亦不樂，吳用用話岔開了去。言爾後有功卻再讓位。宋江方允，並犒賞三軍。

梁中書回北京，報告東京蔡太師，蔡京起奏朝廷，諫議大夫趙鼎主張招安，蔡京大罵，主張剿捕，天子革趙鼎之官，蔡京舉薦單廷珪、魏定國剿捕梁山好漢。

關勝得到宋江允許，同宣贊、郝思文一起，要擒單廷珪（聖水將軍）、魏定國（神火將軍）。吳用派將隨後監督接應；李逵請戰，遭宋江罵，夜裏走了，宋江怕出走他處，吳用則說此人義氣重，會回來的。宋江差人去追。李逵於路殺了欲投梁山而未見宋江的韓伯龍，燒了草屋，掠了盤纏，望凌州去了。於路被焦挺兩拳打得爬不起來，道名之後，和焦去枯樹山說轉鮑旭上山入夥，時遷來勸，未去。

關勝於凌州城外說單、魏二將上山入夥，二將怒，與之交戰，宣贊、郝思文被擒，關勝大敗。林沖、楊志趕到。李逵、焦挺、鮑旭於路救了宣贊、郝思文，並力去打凌州。

關勝使大刀使單廷珪落馬，願降。魏定國使神火打敗關勝，城裏卻被李逵等打開放火燒了，不敢回城，於中陵縣屯住，關勝叫圍住了城。單廷珪、關勝說魏定國降了梁山泊。

第六十八回　宋公明夜打曾頭市　盧俊義活捉史文恭

曾頭市郁保四攔奪梁山好馬二百餘匹，去買馬的段景柱、石勇、楊林飛報宋江，宋江要與之戰。戴宗、時遷偵察回報，曾頭市設下五個寨柵，分兵把守。宋江想叫盧俊義為前部先鋒，奪得戰功，便讓尊位，吳用則反其意，只叫盧俊義去平川埋伏。

曾頭市曾長官想以多掘陷坑之計戰敗宋江。此計被時遷探知。第一次交鋒，吳用得勝。第二次交鋒，花榮射下曾塗。第三次曾陞用箭射中李逵腿上。第四次史文恭槍刺秦明腿股。第五次史文恭劫寨，曾索被解珍解寶一搶搠於馬下。

曾長官與史文恭求降，吳用將計就計，兩邊各派人講話。宋江一定要段

景柱獻給梁山的那匹千里白龍駒照夜玉獅子馬，史文恭不肯。適逢青州、淩州來救曾頭市，吳用說降郁保四，差其回史文恭話，要史文恭劫宋江大寨，並與法華寺人質李逵等五人說知。吳用施番犬伏窩之計，在史文恭劫寨之時，使三路人馬去打他東、西、北寨，大寨人馬退伏兩邊。史文恭劫寨，不見一人，剛要返回，曾頭市時遷敲響法華寺上大鐘，李逵等五人殺將過來，曾家軍大敗。史文恭騎千里馬被盧俊義、燕青捉拿。忠義廳上，將史文恭剖腹剜心，享祭晁蓋。

宋江讓盧俊義坐尊位，吳用等不同意。

第六十九回　東平府誤陷九紋龍　宋公明義釋雙槍將

宋江與眾頭領打東平府，盧俊義與眾頭領打東昌府。宋江打東平府前，先差郁保四、王定六與董平下戰書，董平打了來使，激怒宋江。派史進與舊相識娼妓李瑞蘭相見，被李瑞蘭父親告於程太守，史進被下死牢。吳用跑來用計，要宋江打汶上縣，顧大嫂趁亂進入東平府，與史進通了信息，弄將起來，被牢牢看守，進出不得。董平出城與宋江交戰，未得勝，退回，宋江圍城，顧大嫂未敢放火。宋江攻城，董平出戰，中計被俘。董平因婚事與程太守不和，投降宋江，並引入城，奪得程太守女兒。

第七十回　沒羽箭飛石打英雄　宋公明棄糧擒壯士

白勝前來報告，盧員外攻打東昌府，因遇沒羽箭張清，吃了敗仗，宋江聽了深為盧俊義歎息了一番，前去助戰。初次交戰張清用石子打中一十五員大將。

吳用用計，用糧草車子和船隻賺張清出城劫糧，先搶了陸路糧食，又去搶水中船上糧食，被林沖趕下水去，被水軍頭領擒拿。吳用又使人打進東昌府內。

眾人要打張清，宋江喝退，張清被義氣所感動，投降。張清又薦獸醫皇甫端上山。

其時梁山一百單八員將。

第七十一回　忠義堂石碣受天文　梁山泊英雄排座次

忠義堂上做醮七日，每日三朝，懇求上蒼，拜求報應。

石碣天書，替天行道、忠義雙全。

一百零八人座次。

杏黃旗：替天行道。

對天盟誓。

宋江請宋清安排大筵席，搞菊花之會。宋江酒醉賦詞，喝道：

望天王降詔，早招安，心方足。

武松、李逵大鬧菊花會，反對招安，宋江欲斬李逵，眾人勸阻，監之。宋江酒醒，又怨李逵，並說服武松、魯智深，要求招安。

宋江要私去東京觀燈。

第七十二回　柴進簪花入禁苑　李逵元夜鬧東京

柴進、燕青用藥酒把王觀察灌醉，柴進穿著其穿著，直入東華門內庭，在「睿思殿」裏，正面屏風背後屏風上，書寫四大寇姓名：山東宋江，淮西王慶，河北田虎，江南方臘。柴進刮下「山東宋江」四字，回至酒樓，王觀察未醒，把其衣著依舊予他，與燕青走了。

宋江、柴進、戴宗、燕青會見李師師。（角妓，和皇帝打得熱的）。宋江發現史進、穆弘喝道「不斬姦邪誓不休」，下令算還酒錢「連忙出去」。

宋江、柴進扮做閒涼官，同戴宗、李逵、燕青來到李師師家。給錢，與飲酒。李逵不滿而罵。宋江趁酒興成樂府詞一首，盡道腹中之事，欲讓李師師起奏皇上，李師師不懂，適逢此時皇上來了，宋江等三人商量要就此告一道招安赦書，未商量妥。李逵用交椅打倒楊太尉，用火燒著李師師家。宋江等先自出城，吳用派人接了。

李逵、燕青還在城內。

第七十三回　黑旋風喬捉鬼　梁山泊雙獻頭

李逵、燕青於四柳村一個莊院，李逵吃了酒肉，替莊太公捉鬼。殺了狄太公女兒和姦夫王小二。

李逵聽信一莊院劉太公之言，說他十八歲的女兒被宋江強去了，李逵以宋江在東京與李師師廝混，肯定有此事，便到忠義堂扯了杏黃旗。與宋江以頭相睹，來劉太公莊上，劉太公並莊客齊說不是宋江。李逵要割頭讓燕青帶給宋江，燕青要李逵負荊請罪。宋江要李逵捉了搶劉太公女兒的兩個強人，

把女兒還劉太公才罷。李逵、燕青先把一剪徑強人抓著，問了備細，去牛頭山殺了強賊，救了劉女，回山。

第七十四回　燕青智撲擎天柱　李逵壽張喬坐衙

燕青要往太安州和擎天柱任原相撲，李逵私自下山來隨，依了燕青三件事，二人同行。燕青打碎任原立的粉牌，燕青和李逵於客店中歇，多人來看，店小二以為爭交的是李逵，不信是燕青。次日，燕青去岱嶽廟裏遊玩了一回，去迎恩橋看了任原，任原口出大言。燕青並不畏懼。知州、部署欲罷其撲，分利物與他，燕青不受，要博眾人一笑。

燕青使鵓鴿旋，把任原攛下獻臺。任原徒弟起哄，李逵動怒相打，廟裏頓時亂作一團。盧俊義等來接應燕青回山，不見李逵，派人去尋。

李逵到壽張縣縣衙，裝做縣官，判案時，放了打人的人，枷了吃打的人，「這個不長進的，怎麼吃人打人了？」又去學堂嚇跑教師，嚇哭學生。被穆弘拖回。

天子聽了御史大夫崔靖的起奏，差陳宗善太尉去梁山招安，以拒遼兵。

第七十五回　活閻羅倒船偷御酒　黑旋風扯招罵欽差

多有人為陳宗善前去招安作賀。唯蔡太師要陳宗善去梁山不失國家法度，並用論語「不辱君命」相鑒，派幹辦相隨，實際是監督。高俅本反對招安，怎奈天子出口，只好走著看，並派虞候相跟，實是監督。

次日，陳宗善領張幹辦、李虞候，帶十瓶御酒，來到濟州，太守張叔夜力主辦成招安一事，張幹辦、李虞候則堅持蔡太師、高太尉觀點。

梁山泊內，對迎接招安的不同反應，宋江力主招安，以為此才算得「正果」。吳用等有不同看法，對招安持懷疑態度。肖讓、呂方、郭盛等於二十里外迎接陳太尉，張幹辦、李虞候先威脅了一頓。張嫌宋江不來迎，李口出不遜之言。

阮小七故意使載陳太尉等 10 船漏水，另用船把人先接走，然後把十瓶御酒自喝四瓶，與眾人喝了六瓶，用十瓶村醪水白酒代換了送上金沙灘去。

一百七人只不見了李逵，聽蕭讓讀招，內中威脅口味要宋江領人去京免罪。李逵從梁上逃下來，扯碎詔書，揪打陳太尉，被宋江、盧俊義抱住。李逵打、罵張幹辦、李虞候，說出一派驚天動地的話來。宋江急忙回話，打開

御酒。盡是村醪白酒，眾人駭然，索然退下。魯智深武松等邊罵邊下山去了。宋江、盧俊義送太尉走了。回至忠義堂，吳用主張先打後商量。

天子遣東廳樞密使童貫爲大元帥，前往征剿梁山泊。

第七十六回　吳加亮佈四斗五方旗　宋公明排九宮八卦陣

高、楊二太尉送童貫出征。來到濟州，太守張叔夜勸其用計，不可輕敵，童貫大罵了張叔夜一頓走了。

一贏童貫。

第七十七回　梁山泊十面埋伏　宋公明兩贏童貫

童貫擺下長蛇陣，大軍來到水泊邊，不見一人，只有遠處一人釣魚，童貫派人亂箭射之，不入，赴水過去，抓不著，大怒，驅兵去抓，那人大罵，跳下水，有人去捉，皆被張順所殺。此時伏兵來到，兩兵交戰，童貫大敗。兩贏童貫。

宋江不教傷害童貫，叫戴宗傳下號令，收軍請功。又放了酆美，讓回去報告，以求招安。

第七十八回　十節度議取梁山泊　宋公明一敗高太尉

宋江派戴宗、劉唐去東京打探消息。

高俅要瞞皇上，與童貫去見蔡太師。一起奏過天子，親領十節度，水陸並進，到濟州會齊。吳用使董平，張清攔路打了王文德一傢夥（於鳳尾坡。）

官兵害民非此一日。

第一次交戰，林沖與王煥不分勝負，呼延灼打死節度使荊忠，項元鎭箭射董平。

水路劉夢龍逃走，黨世雄被捉。

這十節度使，舊日都是綠林中出身，後來受了招安，直做到許大官職。

第七十九回　劉唐放火燒戰船　宋江兩敗高太尉

上黨節度使推薦幼年遊歷江湖、使搶賣藥之時交遊的聞煥章爲參謀。

再次交戰，呼延灼於小溪裏鬥韓存保，張清趕來，捉了韓存保。

宋江以禮相待黨世雄、韓存保，並說招安之心，不成之原因。二人回去，

高俅欲斬，眾人勸住，解職發回東京去了。

再戰，水兵進攻，又敗水泊。黨世雄、劉夢龍、牛邦喜被打殺，高俅敗回濟州。

高俅聽信王瑾，移改詔書，聞煥章反對，高不聽。

梁山泊裏，宋江招安心切，吳用施用計策，設下伏兵。

第八十回　張順鑿漏海鰍船　宋江三敗高太尉

高俅移改詔書，吳用識破詭計，花榮射開詔使臣一箭，大戰一場，回梁山泊。

高俅聽從被梁山泊小夥頭目劫去本錢的葉春之計，趕造海鰍船（分大小兩種）。吳用派人去船廠裏放火，張清等伏兵又殺救火官兵一陣，這場嚇不小。

戰鬥開始。張順等鑿漏海鰍船，又使高俅落水。宋江對高俅以禮相待，盡述委屈之情，表示招安心意。

酒醉，高俅與燕青相撲，高俅出醜。

蕭讓、樂和隨高俅進京見天子，以求招安；高俅留聞煥章於梁山以為信。

第八十一回　燕青月夜遇道君　戴宗定計出樂和

梁山泊裏，吳用對高俅不信任，對招安不抱希望，宋江派戴宗、燕青帶上聞煥章給宿元景太尉的書信，前往東京（開封）。

燕青來李師師家，說明招安之意，獻上金銀。與李師師吹簫對唱，讓看身上花繡，為避李師師邪心，拜李師師為姐姐，拜李媽媽為乾娘，回店中與戴宗說知，設誓不生邪心，又回李師師家歇宿，當晚天子私行妓館，與李師師作歡，李師師薦燕青面見天子，吹簫唱曲，又唱一曲減字木蘭花，皇上動問，燕青大哭，與李師師同逼道君一紙赦其無罪的親書。

天子動問燕青兩番招安之事，燕青備說仔細，天子方知受了童貫與高俅之蒙蔽。

燕青持聞煥章信見宿元景，並送禮物，宿元景收禮在心。

燕青、戴宗買通小虞候，與樂和相見，約定半夜四更救他二人出高俅後花園。時到成功。

第八十二回　梁山泊分金大買市　宋公明全夥受招安

天子臨朝，大罵童貫高俅，誇獎宋江一番，宿元景願往招安。來到濟州。

梁山泊宋江吳用聽知大喜，從梁山至濟州，搭棚結綵，迎接詔赦。

宿元景叫太守張叔夜前去報告宋江招安之事，張到梁山，受到接待，賜之以錢禮而不受。

宋江派吳用、蕭讓、朱武、樂和隨張叔夜到濟州會見宿元景。

宋江等眾頭領迎宿元景上山，蕭讓開讀詔文。眾將山呼萬歲。飲過御酒，宿太尉盡述招安之事的經過。宋江留宿元景數日，飲酒作歡相慶。又送宿太尉下山回京。

宋江讓山寨之人，願回者回，願往者往，各得其所。又買市十日。宋江要起送各家老小還鄉，吳用勸阻，讓招安事成再送不遲。宋江率領眾多人馬，經濟州到東京，紅旗上寫「順天」、「護國」字樣。

宋江等奏天子命，全副武裝，從東郭門入，接受天子檢閱。作者稱讚宋江諸人勝過朝廷官吏，喜贊義士遇主，皇家得人。義士無主，皇家無人的局面結束了。

皇上於文德殿接見眾義士。

又有人要一百八人分散歸回本地，好漢不悅，天子震驚，童貫又要賺眾將入城，一齊剿滅，天子不決。宿太尉大罵奸臣，起奏天子。

第八十三回　宋公明奉詔破大遼　陳橋驛滴淚斬小卒

作者譴責四個賊臣，樞密童貫、太師蔡京、太尉高俅、楊戩（音 jian），贊揚殿前都太尉宿元景。

宿元景要宋江等去破遼，待功成封官，天子大喜，大罵童貫等，命宿元景去宋江寨中傳旨。

宋江吳用再回山寨，焚化晁蓋靈牌，遣送各老小還鄉。

天子接見宋江，宋江盡表忠君之心，天子賜宋江不少物件。

天子賜宋江諸軍一人酒一瓶，肉一斤，無奈朝廷官員從中作弊，酒扣半瓶，肉扣半斤，軍校發現，大罵廂官佛面上刮金，軍校殺死廂官。宋江滴淚斬軍校。埋後大哭一場。

於密雲縣與番兵交戰，張清用石子打瞎大遼上將阿里奇左眼，阿里奇負痛身亡。宋江給張清記第一功。

第二戰打敗前來檀州援助的兩個皇侄，董平、張清第二功。

吳用用計，水陸並用，打破檀州。

第八十四回　宋公明兵打薊州城　盧俊義大戰玉田縣

宋江得檀州，天子準宿元景奏，派趙安撫前往監戰。宋江聽楊雄之言，分兩路攻打薊州，一路至平谷縣，一路至玉田縣。

盧俊義引兵打玉田縣，番兵擺成五虎靠山陣，軍師朱武擺成鯤化爲鵬陣。張清中箭。盧俊義殺得番將耶律宗霖首級。

佔據玉田縣，燕青一冷箭射中番將，遼兵稍退。

天明宋江援兵至，兩面夾攻，番兵大敗。

攻打薊州，先使石秀、時遷於城內四處放火，宋江在外加緊攻城，番將棄城而逃，宋江進駐薊州。

第八十五回　宋公明夜渡益津關　吳學究智取文安縣

遼國郎主派歐陽侍郎來薊州招安，盡述宋主雖明，四奸臣專權，妒賢嫉能。宋江未受其禮，答應受招安。歐陽走後，吳用有背宋歸遼之心，宋江以忠義爲重，不願背負朝廷，寧願青史留名。吳用只好同意。

宋江和公孫勝去見羅眞人（九宮縣二仙山），羅眞人送宋江八句法語。

遼國使者歐陽侍郎又來招安，宋江假意願意，歐陽侍郎借遼國國舅住地霸州於宋江住，吳用、盧俊義隨後趕來，裏應外合，打開霸州。盧俊義回守薊州。

第八十六回　宋公明大戰獨鹿山　盧俊義兵陷青石峪

宋江、盧俊義不聽吳用、朱武之言，把誘敵誤作敗敵，深入幽州，盧俊義被困青石峪。解珍解寶裝扮成獵戶向遼國獵戶劉家兄弟打聽得盧俊義下落。段景柱，石勇碰見從山頂滾下的白勝，也說明了盧俊義被困之處。宋江領兵，打進青石峪，解救了盧俊義，又打幽州，殺了遼統帥賀統軍，得了幽州。

第八十七回　宋公明大戰幽州　呼延灼力擒番將

宋江聽吳用計，於幽州城外擺成九宮八卦陣，遼將兀顏延壽擺太乙三才陣。又變河洛四象陣，又變循環八卦陣，又變武侯八陣圖。兀顏小將要破八卦陣，被呼延灼活捉。李金吾欲救之，被秦明打死。

兀顏統軍率瓊、寇二將出戰，瓊將軍被花榮射中，史進打死。寇將軍被

孫立打死。

第八十八回　顏統軍陣列混天象　宋公明夢授玄女法

顏統軍攏太乙混天象陣，宋江兵敗。二次交鋒，李逵被捉。吳用之計，用兀顏小將軍對換李逵。吳用要守等番軍殺來再戰，宋江聽呼延灼之言，領兵殺去，大敗而還。

御前八十萬禁軍槍棒教頭王文斌給宋江軍兵送「御賜衣襖」，願破遼兵混天陣勢，不想被遼將砍死馬下。

九天玄女授以相生相剋之理，教破遼兵陣法。

土克水，火克金，金克土等。

第八十九回　宋公明破陣成功　宿太尉頒恩降詔

宋江破混天象陣，打死兀顏統軍。兵至燕京，遼主投降。遼國丞相褚堅前往京師，賄賂四大奸臣，啓奏天子，讓宋江罷兵，存遼國以作屏障。

宋江罷兵回京。所取檀州、薊州、霸州、幽州，依舊歸還。宋江回京途中，魯智深要求回五臺山參禮本師，求問前程，宋江一行，要求一同前往。

第九十回　五臺山宋江參禪　雙林鎮燕青遇故

宋江問智眞長老前程，長老以四句偈語相贈。又與智深四句偈語。

宋江回東京途中，經雙林鎮，遇故友許貫忠。

許貫忠引燕青來大伾山家裏，貫忠勸燕青功成名就之日，尋個退步。相別之日，貫忠送燕青幾筆「拙畫」。

宋江等於文德殿朝見天子，天子欲封爵，蔡京、童貫故意拖延。

戴宗、石秀出陳橋驛閒玩，至酒店吃酒，遇見一公人說河北田虎作亂。

第九十一回　宋公明兵渡黃河　盧俊義賺城黑夜

戴宗、石秀回營把河北田虎作亂之事說與宋江，宋江便要奏過天子，前往征剿。宿太尉爲之起奏，天子宣之入朝，封宋爲平北正先鋒。

田虎情況：農民英雄。

宋江率兵來衛州屯紮，欲派人探聽三晉山川形勢，燕青取出許貫忠所贈之圖，是三晉之圖，宋江、吳用稱讚不已。

盧俊義奪得陵州，殺死董澄沈驥，活捉耿恭。又使耿恭扮做陵州逃軍，至高平城內，與盧俊義裏應外合，一鼓作氣，破了高平。

宋江從吳用之計，攻打蓋州。

第九十二回　振軍威小李廣神箭　打蓋郡智多星密籌

宋江統領五路軍馬，來打蓋州，攻城不下，向降將耿恭瞭解了城中情況，又殺退了晉寧來的援兵，派時遷、石秀偷偷入城，扮做北軍，放火燒了草料場和神祠。解珍、解寶趁機入城，裏應外合奪了蓋州，守將鈕文忠帶兵逃走。

第九十三回　李逵夢鬧天池　宋江兵分兩路

宋江於宣和五年元旦在蓋州領眾頭領望闕朝賀，又互相賀節。宋江又於立春節候與眾兄弟在宜春圃的雨香亭飲酒賞雪。回顧往事，不覺淚下。

李逵於睡夢中到天池嶺一山林中打抱不平，把一夥搶人家女兒的漢子打跑了，老夫婦要把女兒許與他，他不要；走到文德殿，皇帝見他英勇仗義，封做值殿將軍，殺了蔡京、童貫、楊戩、高俅四個賊子；又遇老母，背往宋江城中。

此夢分三段：打抱不平、殺死奸臣、孝順老母於終。這實際上是作者理想。

李逵與眾兄弟俱述夢中之事，眾兄弟齊稱快當，李逵又講了一個秀才給他講的評田虎的十字訣。

第九十四回　關勝義降三將　李逵莽陷眾人

宋江東路，盧俊義西路，宋江執杯對盧俊義說：「生擒田虎，報效朝廷，同享富貴。」

宋江經過李逵夢中所見的天池嶺，來到壺關。

第一次交鋒，張清飛石打中竺敬；第二次交鋒，林沖打死伍肅，索超砍死吳成，張清打山士奇一石未中。

唐斌與宋江密約獻城投降，事成，壺關破，山士奇逃。

宋江兵攻昭德。田虎手下喬道清做起妖法，李逵、新降將唐斌等插翅難飛。

第九十五回　宋公明忠感后土　喬道清術敗宋兵

唐斌、李逵被活捉，耿恭逃回。宋江不聽吳用勸告，前往去救李逵，被喬道清打得大敗，前臨大江，後有追兵，宋江心中想的是「君恩未報，雙老無人奉養」，李逵等人不曾救得。欲要自刎，卻被一奇異之人所救。（土神）土能克水。

樊瑞兩使法術，鬥不過喬道清；聖水將軍單廷珪，神火將軍魏定國均被喬道清打敗。

第九十六回　幻魔君術窨五龍山　入雲龍兵圍百穀嶺

公孫勝鬥敗喬道清，宋江等爲防其入城固守，趕至五龍山，與之相鬥，大敗喬冽。喬冽欲進昭德之城而不得，逃至百穀嶺神農廟中。

第九十七回　陳瓘諫官升安撫　瓊英處女做先鋒

吳用寫成勸降曉諭，城中將士放出被俘宋將，殺了守城將領，向宋江投降。

戴宗向宋江備述盧俊義攻克晉寧城，義降孫安之事。孫安與喬道清同鄉，往百穀嶺神農廟，說了羅眞人「遇德魔降」的法語，說了公孫勝要點化他歸正道的用心。喬道清願意投降，並拜公孫勝爲師。

戴宗往東京報捷，宿太尉奏過天子，曾在四奸臣誹謗宋江的時候出面主持正義的陳瓘由右正言升爲安撫，親臨河北監戰。

田虎處，鄔梨國舅願往出征，並薦小女爲前部先鋒，田虎封爲郡主。

第九十八回　張清緣配瓊英　吳用計鴆鄔梨

瓊英本非鄔梨女，其母卻被田虎逼作壓寨夫人不從而跳下高岡撞死。瓊英早欲爲母報仇。

陳安撫親來前線監戰。喬道清和公孫勝要往汾陽說馬靈投降。

瓊英石打眾將，宋兵大敗。鄔梨被孫安手下軍士冷箭射中脖項。這一陣丟失魯智深。

葉清以求醫爲名，來宋江寨說明瓊英之身世，吳用將計就計，派張清、安道全、葉清同往北軍，給鄔梨看病，取得信任，以做內應。張清假名全羽，

以石驚人，與瓊英結婚，鴆死鄔梨。

第九十九回　花和尚解脫緣纏井　混江龍水灌太原城

在汾陽府城東郭，戴宗正追馬靈不上，魯智深打翻馬靈。魯智深自襄垣城外跌入一穴，曰緣纏井，後被一道人指與路徑，方得出井。

三人來到汾陽，馬靈投降。盧俊義計議征進。

田虎離威勝城望鄔國舅處來。

李俊趁連日大雨引智伯渠及晉水，灌浸太原城。

第一百回　張清瓊英雙建功　陳瓘宋江同奏捷

葉清、張清、瓊英於襄垣城計捉田虎。

瓊英假保護田虎（軍士扮的）進威勝城，又遇張清助戰，盧俊義亦領兵來到，踏平威勝城。

宋江進駐威勝城。

第一百零一回　謀墳地陰險產逆　蹈春陽妖豔生奸

宋江接聖旨離威勝往南向淮西去征王慶。

東京田虎被淩遲碎剮，瓊英祭奠父母已畢，往宛州來助宋江。

王慶父親為一塊墳地逼得人家傾家蕩產，棄地而走，於是生王慶。

王慶作為副排軍，是個好色之徒，與童貫養女、蔡京孫媳婦嬌秀勾搭。

第一百零二回　王慶因奸吃官司　龔端被打師軍犯

童貫兄弟藉故把王慶刺配陝州。於北邙山東一市鎮使棒贏了一個漢子，名曰龐元。

龔端拜王慶為師，學使槍棒，欲報被黃達所打之仇。

第一百零三回　張管營因妾弟喪身　范節級為表兄醫臉

王慶助龔端、龔正兩兄弟打了黃達。

張管營為妾弟龐元被王慶所打報復王慶。王慶初更殺了王管營並龐元，逃出陝州城。被母姨表兄范全領往房州，又藏王慶於城外定山堡東范全所買

農田裏種地躲避，百餘日後，范全用安道全的辦法治好了臉上金印，官司之事也慢了。

第一百零四回　段家莊重招新女婿　房山寨雙並舊強人

王慶與段三娘相撲，後結婚。打黃達事發，經李助介紹，到房山寨找寨主廖立入夥，廖立怕丟了寨主，拒絕了，被王慶殺死，佔了房山寨。

第一百零五回　宋公明避暑療軍兵　喬道清回風燒賊寇

王慶與房州叛軍一處，佔了房州。又得南豐府，從李助計，得荊南城池。李助為軍師，王慶為楚王。又得宋八座軍州，僭號改元。

宋江遵君命趕來，打敗王慶軍。

第一百零六回　書生談笑卻強敵　水軍汨沒破堅城

蕭讓給陳安撫出主意，使空城計卻敵。

第一百零七回　宋江大勝紀山軍　朱武打破六花陣

宋江戰勝紀山軍，盧俊義攻打西京。

第一百零八回　喬道清興霧取城　小旋風藏炮擊賊

蕭嘉穗在荊南城反叛，殺掉守將梁永，背蕭讓、裴宣、金大堅等出城迎吳用入城，城破之後，宋江感謝，蕭嘉穗不辭而別。

第一百零九回　王慶渡江被捉　宋江剿寇成功

第一百一十回　燕青秋林渡射雁　宋江東京城獻俘

燕青秋林渡射雁，宋江讚揚雁為仁義禮智信五德俱備之禽不該射之，並因此而鬱鬱不樂，深有所感。

公孫勝相辭回見羅真人。宋江朝聖回來不樂，黑旋風要上梁山，被宋唾罵。皇上不准入城，眾人皆有反意，水軍頭領與吳用商議欲反，宋江不允，表忠心。

燕青與李逵入城看燈，得知江南方臘造反，報告天子，欲討方臘。

瓊英夫被殺後，其子張節和吳玠大敗金兀朮。

方臘出身樵夫，起事後佔據八州二十五縣。

第一百一十一回　張順夜伏金山寺　宋江智取潤州城

吳用計破潤州，宋萬等三人陣亡。

第一百一十二回　盧俊義分兵宣州道　宋公明大戰毗陵郡

常州守將金節和宋江聯繫，獻了城。

第一百一十三回　混江龍太湖小結義　宋公明蘇州大會垓

李俊於榆柳莊結義四個好漢。計取蘇州。武松斬了三大王方貌。

第一百一十四回　寧海軍宋江弔孝　湧金門張順歸神

宋軍折將許寧、郝思文。張順於杭州湧金門身喪。

第一百一十五回　張順魂捉方天定　宋江智取寧海軍

宋江與戴宗在西陵橋祭奠張順，方天定派將來捉，兵敗。宋兵屢戰皆敗，後扮做送糧艄公進得城去，裏應外合，方才得勝，張順借張橫軀殼殺了方天定。

杭州破。

第一百一十六回　盧俊義分兵歙州道　宋公明大戰烏龍嶺

柴進入清溪帝都，招為駙馬。宋江烏龍嶺身死解珍解寶。

第一百一十七回　睦州城箭射鄧元覺　烏龍嶺神助宋公明

一老人指給宋江去烏龍嶺小路，宋江得睦州城。

童貫親領兵將賞軍。童樞密齎賞賜。

第一百一十八回　盧俊義大戰昱嶺關　宋公明智取清溪洞

關勝與童貫兩面夾攻，佔了烏龍嶺。

李俊、二阮、二童假意投降獻糧，取得方臘信任，裏應外合，攻佔了清溪縣，方臘逃至邦沅洞。

第一百一十九回　魯智深浙江坐化　宋公明衣錦還鄉

柯引（柴進）駙馬佯贏宋兵，二次交鋒，反戈一擊，南兵大敗，方臘逃走。阮小七穿方臘衣冠，童貫部將指罵要學方臘，和阮小七大鬧一場。

方臘於松樹林中被魯智深所捉。魯智深聞潮信於六和寺坐化；武松善終。

作者對方臘、宋江結局的對比處理。

第一百二十回　宋公明神聚蓼兒窪　徽宗帝夢遊梁山泊

四奸臣用水銀殺害盧俊義於廬州。宋江喝放有毒藥的御酒而亡楚州。死前，還要藥死潤州李逵，怕其造反，壞了清名。

《金瓶梅》研究

《金瓶梅》人物悲劇論（內容提示）

　　《金瓶梅》作者用先揚後抑的手法，寫性自由及其造成的個人悲劇、家庭悲劇和社會悲劇。《金瓶梅》是一部警世之作。

　　本書 1992 年 9 月由陝西人民教育出版社出版，1996 年 6 月重印。後收入陝西人民教育出版社 2000 年 4 月出版的《小說三論》，印行三次，2010 年 7 月東方出版社出版，書名《中國人的欲望魔咒》。

警世之作《金瓶梅》

在中國文學史上，批判禁欲的作品不少，批判縱慾或曰性自由的作品卻不多。事實上，性自由在有權有錢有名的人那裏，由來已久。禁欲造成的後果主要是對個體生命（如《牡丹亭》中的杜麗娘，《春波影》中的馮小青）自然欲望的扼殺，而性自由造成的後果則是危害社會，危害他人，同時也毀滅了性自由者個人。《肉蒲團》一類小說從因果輪迴、善惡報應角度寫性自由，意義膚淺，境界低下，難避淫奔誘惡之咎。《金瓶梅》則不同，它寫的是性自由及其造成的社會悲劇、家庭悲劇和個人悲劇，振聾發聵，足以警示後人。

《金瓶梅》的主人公西門慶是個最大的性自由主義者。他的性自由包括幾個方面：一是一夫多妻，二是宿妓嫖娼，三是淫人妻女。西門慶的性自由動機不同，有的是性欲發泄，如與如意兒、王六兒、賁四媳婦等人的性關係；有的是出於兩性之間先天色貌的互相吸引，如與潘金蓮、李瓶兒、宋惠蓮、李桂姐、鄭愛月等人的性關係；有的是為維持一夫多妻的家庭關係，具有盡義務性質，如與孟玉樓、李嬌兒等人的性關係；有的是因有所用而以性生活維持關係，如與孫雪娥的關係，主要是為了讓她做飯、捶腿捏腰；還有的則是性娛樂，以寄託空虛的靈魂，如與林太太、書童等。

西門慶性自由造成的社會後果之一是導致了許多家庭的破亡。武大是一個以賣炊餅為生的弱善者，他沒有傷害他人，也無力傷害他人。潘金蓮被人轉來賣去，命運不能自主。這兩個不幸人組成的弱勢家庭，由於西門慶的插足，遭遇了更大的不幸。武大被西門慶一腳踢病，接著又被潘金蓮用藥毒死。西門慶的性自由得到了滿足，潘金蓮也從性壓抑下暫時解放了出來，而弱善的武大卻被慘無人道地剝奪了生存的權利。

　　西門慶的幫會兄弟花子虛在外眠花臥柳，晝夜不歸，妻子李瓶兒空守其房，西門慶乘機而入。花子虛向妓女追求性自由，西門慶向他妻子追求性自由，他倆各自性自由並沒有導致人人都得到性自由的「皆大歡喜」的美好結局。花子虛家破人亡的悲劇，一是性自由主義者夫妻不和招致的悲劇，二是另一個比自己更厲害的性自由主義者的性擴張導致的悲劇。

　　李瓶兒對蔣竹山未必中意，但兩人結成家庭是李瓶兒主動提出的。後來李瓶兒驅逐蔣竹山，委身西門慶，則與西門慶這個性自由主義者只許自己性自由不許別人婚姻自由，只許自己自由經商不許別人自由經商的霸道行為分不開。

　　如果說武大、花子虛、蔣竹山三個家庭的破亡還與各自女主人感情不遂意不無關係，那麼宋惠蓮和來旺的家庭則是個有夫婦感情的家庭。但自從西門慶的性自由侵入到這個家庭領地後，原來和睦的家庭出現了危機。宋惠蓮也是一個性自由主義者，但她和潘金蓮不同的是不同意西門慶害死丈夫來旺。而西門慶為了滿足性佔有的欲望，不擇手段地要置來旺於死地。來旺受盡折磨後被遞解老家徐州，宋惠蓮在家破夫離的情況下自縊身亡。宋惠蓮父親宋仁狀告西門慶，被害而死。

　　這幾個家庭雖然還有這樣那樣的不盡人意之處，但卻是可以維持成員個體生命的港灣。這些家庭因西門慶的性自由而破亡，沒有給當事人帶來幸福，也沒有給社會帶來進步，更沒有使社會更加人性化。

　　西門慶性自由導致的又一社會後果是在他周圍形成了一個寄生群體，包括以拉皮條混飯吃的應伯爵、王婆之類幫閒媒婆，以色賺錢的李桂姐、吳銀兒、鄭愛月、鄭愛香等一批妓女，以色邀寵的潘金蓮、龐春梅、宋惠蓮等妻妾傭人，還有酒足飯飽無所事事發泄性欲以寄託空虛的靈魂並想借助西門慶挾制兒子的林太太。他們是一批寄生蟲，像癌細胞一樣，一旦在全社會擴散開來，導致精神疲軟，以至在外族入侵面前，完全失去抵抗能力，只有靠周守備這樣的人領兵抵抗侵略，可悲的是他的陞遷還要西門慶說話，他的愛妻龐春梅還在家裏和人大搞性自由。周守備抗敵身死，金兵南下，如入無人之境，落後的少數民族打敗了歷史悠久、生產力比較進步的漢民族。《金瓶梅》結尾真實再現的北宋末年也是後來明代末年那不堪回首的一幕，足鑒千古。

　　西門慶的性自由給自己家庭也沒有帶來幸福。潘金蓮、李瓶兒之類投身西門慶本來是為了性生活的幸福和滿足，而西門慶的性自由使她們的性生活

既不幸福也得不到滿足，還引發了一系列家庭矛盾。開始是吳月娘和潘金蓮反對娶李瓶兒，李瓶兒娶進家後與潘金蓮一起反對吳月娘，後來又是吳月娘和李瓶兒一起對付潘金蓮。孟玉樓表面上超脫，實際上站在潘金蓮一邊。李嬌兒和孫雪娥則依靠吳月娘反對潘金蓮。西門慶的性自由還導致妻妾與僕婦之間、妻妾與妓女之間的矛盾。這些矛盾相互交錯，互相影響，使這個家庭從早到晚處於無休止的爭鬥中。封建家庭是以封建倫理為紐帶來維持的，資產階級家庭是以金錢為紐帶來維持的，而西門慶的家庭則是以性關係為紐帶維持的。西門慶在眾妻妾爭風吃醋的矛盾中，雖然用盡了性懲罰、性冷淡、性溫存、性調和等各種方法，有時還以夫權相加，或輔之以物質刺激，但始終沒有收到預期效果。西門慶縱慾早死，撇下一大堆年齡三十上下的寡婦，禍患接二連三地降臨到他的家庭：一會兒是李嬌兒盜財出院，一會兒是韓道國倚勢拐財，一會兒是湯來保欺主背恩，一會兒秋菊報告金蓮養女媳，一會兒來旺拐了孫雪娥，一會兒玉樓愛嫁李衙內，一會兒殷天錫要調戲吳月娘，一會兒王英要月娘作壓寨夫人，一會兒雲離守對月娘垂涎圖謀，一會兒吳典恩誣陷月娘與玳安有姦……正如吳月娘所說：「死了漢子，敗落一齊來，就這等被人欺負，好苦也。」西門慶性自由釀成的苦酒，卻要他的遺孀為之吞飲。

西門慶的性自由給後代造成無窮禍害。他的女婿陳經濟初到其家避難，還比較靦腆，後來，受到西門慶性自由的薰陶感染，也變成了一個性自由主義者。西門慶在世時，他還只是偷偷摸摸，不敢過分放縱自己。西門慶一旦死去，他便無所顧及，今天姦金蓮，明天占金寶，後天宿春梅，烏煙瘴氣，儼然成了西門慶性自由的繼承人。西門慶獨生女兒西門大姐就是由於丈夫陳經濟的性自由而喪命的。李瓶兒好不容易為西門慶生了個兒子官哥，因為引起潘金蓮嫉妒，不斷受到驚嚇而夭亡。吳月娘倒是在西門慶死後為他生了個遺腹子孝哥，但孝哥卻走上了和西門慶性自由相反的生活道路——絕欲，當了和尚。父子二人兩個極端。

西門慶的性自由不但給社會、給家庭帶來悲劇，而且也給自己帶來滅頂之災。首先是結怨於人，武大、武松、花子虛、蔣竹山、來旺、小鐵棍母子等。這些弱者在西門慶勢盛時，無力與之對抗，卻在西門慶性命垂危時催命逼債，或在他死後落井下石。作者寫李瓶兒葬禮風光盛大，西門慶喪禮冷冷清清，一盛一衰，對比鮮明。當年應伯爵曾經向西門慶推薦但未被聘用的那個水秀才，還在他撰寫的祭文中，對西門慶的一生作了總的清算，使追悼西

門慶的祭文變成了批判西門慶的檄文。

其次，西門慶的性自由經常引起眾妻妾的不滿。正妻吳月娘為此而和他反目，後雖和解，但一有機會便責罵他「狗改不了吃屎」；潘金蓮和西門慶是情深意篤的，但潘金蓮對西門慶的一夫多妻不滿，對西門慶姦占女僕不滿，對他嫖娼不歸不滿，一句話，對西門慶性自由不滿。潘金蓮對西門慶的不滿由敢怒不敢言到敢揭敢罵，最後乾脆以性自由對性自由，她還振振有詞地說：「上梁不正下梁歪，下梁不正塌下來」。李瓶兒雖然沒有像潘金蓮那樣發泄對西門慶的不滿，但她的死卻是對西門慶性自由的控訴。孟玉樓性格內向，喜怒不大外露，但也時不時地對西門慶冷嘲熱諷幾句，或者以害心口疼抗議。西門慶性自由的結果是眾叛親離，死後為他守節的只有生前不受寵愛的吳月娘。

再次，西門慶一生遭遇過三次政治危機，但這幾次危機不但沒有奈何他，反而成了他結交權貴，當官陞官的契機。但性自由卻斷送了他的性命。正如吳神仙為他診病時所說：「酒色過度，腎水虛竭，病在膏肓，難以治療」。所謂「一己精神有限，天下色欲無窮」，「嗜欲者深，其天機淺」，只知貪淫樂色，卻不防油枯燈盡，髓竭人亡。這一次他沒有去東京求助於乾爹蔡太師，因為蔡太師幫不了他的忙。性自由是要以生命預支作代價的。節欲型人物吳月娘和孟玉樓，分別活了 70 歲和 68 歲，西門慶等性自由主義者都只活了三十左右，這一對比，正是《金瓶梅》主題的重要表現。《金瓶梅》開始寫潘金蓮藥死武大，快結束時又寫潘金蓮用春藥藥死西門慶，一前一後，遙相呼應。對西門慶來說，前者是性自由禍及他人，後者是性自由禍及自身；對潘金蓮來說，是性自由的禍水淹沒一切，淹沒武大時她是殘忍的，淹死西門慶時她是貪婪的。耐人回味的是，《金瓶梅》中有錢有權的性自由主義者一般都是自殺，如西門慶、龐春梅；無權無錢的性自由主義者都是他殺，如陳經濟、潘金蓮等。

早在《金瓶梅》產生之前，元朝天順帝就因為淫欲過度，尿血而死；明朝的穆宗皇帝循用媚藥，「致損龍體」，死於縱慾；明萬曆年間的所謂改革家張居正，因嗜媚藥，恣情縱慾，死於女色。在文人墨客中，因欲過度而傷身損壽的也不少。《金瓶梅》中西門慶的典型意義，不限於官、商、霸一類人。

《金瓶梅》的寫法是先揚後抑，先寫性自由的快感，後寫性自由的後果。性自由及其後果好像是圍繞軸心擺動的對稱的兩極。西門慶性自由給本人帶來的快感一個接一個，以至於掩蓋了已經顯露或者尚在潛在之中的危機，其

結果是險情一旦暴發便不可收拾。快感寫到極致，後果才會震撼人心。嗜欲如嗜毒。貪欲者必自斃。理解了這一點，我們也就不會埋怨作者對性關係的細膩描寫了。

原載《光明日報·文學遺產》2004 年 9 月 1 日

《金瓶梅》的主題

　　《金瓶梅》是一部寫性自由的書，是一部寫性自由如何釀成個人悲劇、家庭悲劇和社會悲劇的書。欲有多種，權欲、財欲、食欲等。性自由專指性欲的放縱。

　　《金瓶梅詞話》共一百回，其中用主要篇幅寫性自由及其後果的不下九十回。只有不超過十回的篇幅主要寫官場活動或商業活動。就是這不超過十回的篇幅裏面也都回回涉及到性自由及其後果的內容，或者與性自由及其後果有關的內容。

　　在《金瓶梅》中，作者沒有以政治的抑或道德的標準去褒貶人物，因爲這些標準伸縮性太大。作者以生死年限作爲判定人物的標準，這是一個客觀的、公正的、終極的判定標準，也是符合本書主題的標準。

　　在《金瓶梅》這個性自由的世界裏，作者寫了三種類型的人物，一種類型是全方位性自由的人物，這是小說描寫的重點：第二種類型是封建貞節型的人物：還有一種類型是單向型性自由的人物，也即節欲型人物。我們所說的性自由，指的是第一種類型。

　　西門慶正妻吳月娘是封建貞節的代表。西門慶在世時，她對西門慶絕對忠貞，西門慶死後，一連串沉重打擊降臨在她的頭上，但它爲夫守節不動搖，經受了守寡生活的嚴峻考驗，沒有辜負西門慶生前要她「三貞九烈」的囑咐，實現了自己「一馬一鞍」的諾言。「人活七十古來稀」，作者寫吳月娘壽年七十，善終而亡。

　　孟玉樓是單向型性自由的人物。她本來是販布楊家的大兒子楊宗錫的「正頭娘子」，丈夫死後，守寡一年多，經媒婆薛嫂說合，非改嫁西門慶不可，而

且不惜與反對她改嫁的阿舅翻臉。孟玉樓並不是因爲夫死無靠生活難以維持而改嫁西門慶的。她有錢有財產，但她認爲：「世上錢財倘來物，那是長貧久富家？」她不願意像守了三四十年寡的楊姑娘那樣生活，她一旦看中了西門慶，非嫁不可。後來西門慶死了，她又嫁給李衙內，也是千肯萬肯，十頭牛拉不轉。但孟玉樓無論是給楊宗錫做妻，還是給西門慶做妾，或者後來給李衙內做妻，都沒有像潘金蓮那樣與他人發生性關係，因此我們說她是單向型性自由主義者，是性心理學意義上的貞節，是科學的貞節。作者通過算卦先生之口說她嫁給李衙內之後，「一路功名，直到六十八歲，有一子，壽終，夫妻偕老」。

一般人認爲李瓶兒和潘金蓮一樣，是個性自由主義者，這種看法是不全面的，其實李瓶兒和孟玉樓屬於同一類人物。不錯，李瓶兒在嫁給西門慶前確是個全方位性自由主義者，而在嫁給西門慶後則是個對丈夫忠貞不二的賢妾，是和潘金蓮相對立的人物。

除了以上兩種類型的人物以外，《金瓶梅》的作者還寫了另外一種類型的人物，這就是全方位的性自由主義者。

《金瓶梅》中的「金」，是指主要人物之一的潘金蓮。她，就是一個性自由主義的典型。

潘金蓮自幼生得有些顏色，纏得一雙好小腳兒，因此起名潘金蓮。父親死後，做娘的教育她做針線，七歲送她在余秀才家上了三年女學，九歲時，潘姥姥度日不過，把她賣到王招宣府中，王招宣死後，潘姥姥把她三十兩銀子轉賣給六十多歲的張大戶。因主家婆不容，張大戶賭氣一文錢不要，把金蓮白白送給賣燒餅的武大爲妻，但常趁武大不在家與潘金蓮廝會。潘金蓮在張大戶死後，經常勾引左右街坊的奸詐淫浪子弟。她給武大弟弟武松打主意未能如願，不久便與西門慶私通。給西門慶做妾之後，和西門慶的女婿陳經濟眉眼傳情，多次被人衝散。西門慶一死，便無所顧忌，和陳經濟無一日不在一起嘲戲，甚至懷子墮胎。潘金蓮後來被王婆領去出賣，一時找不到買主，暫時住在王婆家，在此命運難卜的情況下，她還和王婆兒子王潮苟且。

《金瓶梅》中的「梅」，就是龐春梅。她，同樣是個性自由主義者。

龐春梅本來是吳月娘房中的丫頭，後來伏侍金蓮。春梅在被西門慶收用後，與男性接觸顯得一本正經。西門慶死後，她在金蓮慫恿下，與經濟交歡。雖給周守備做妻，卻以姑表兄弟關係爲掩護與陳經濟私通。她還用銀兩勾引

守備家人李安，未能如願，又與老家人周忠次子周義勾搭成奸。

從封建做人道德講，春梅高出金蓮，連潘姥姥都誇她比自己的女兒強，「有惜孤憐老的心」。她做了守備夫人，在永福寺與吳月娘寡婦孤兒邂逅相遇，仍然遵循西門慶在世時的禮節。月娘被忘恩負義的吳典恩所欺，求她通過周守備，為自己討回財物，治服吳典恩，她都照辦了。潘金蓮死後，也是她葬埋的。可是由於她雖然和月娘一樣，大略具備封建階級所要求的做人道德，但卻又受了潘金蓮的薰陶，搞性自由主義，結果二十九歲因淫而死。

西門慶女婿陳經濟本來就是一個不安分守己的人，到了西門慶家，如同野草種子撒到了適合其生長的土壤中，又遇到了風和日暖的條件，惡念因之萌發，邪心隨之騷動，先和金蓮鬼混；金蓮死後，娶金寶，姦愛姐，通春梅，不一而足，結果在與春梅同睡時為人所殺。

《金瓶梅》雖以女性潘金蓮、李瓶兒、龐春梅的名字命名，但真正的中心人物卻是男性西門慶。此人是最大最典型的性自由主義（也就是全方位性自由主義）者。

小說一開始，就寫西門慶有一妻三妾。但他並不滿足，又瞞著眾妻妾，掛搭上潘金蓮。在潘金蓮破釜沉舟藥死武大委身於他之後，他暫時撇下潘金蓮不管，經媒婆薛嫂撮合，娶了年輕寡婦孟玉樓為第三房（孫雪娥順延為第四妾）。後來聽說武松差滿回縣，急急忙忙燒了武大屍首，把潘金蓮抬到家中作了第五房妾。不久，他花了五十兩銀子、四套衣服，梳攏了二妾李嬌兒的侄女、勾欄妓院中供唱伴客的李桂姐。又經過一番周折，把李瓶兒娶到家中做了第六妾。但西門慶沒有就此止步。他又趁月娘去喬大戶家吃酒之機與來旺媳婦宋惠蓮私會，直到宋惠蓮自縊身亡。他還包占王六兒，通姦如意兒。鄭愛香鄭愛月姊妹也是與西門慶經常來往的妓女。鄭愛月還為西門慶推薦了王招宣的遺孀林太太及其兒媳婦。西門慶還趁夥計賁四出遠差，與賁四媳婦朝來暮往。

縱觀西門慶的一生，不愧為性開放、性自由的一生。《金瓶梅》中所寫的西門慶的性自由情況比較複雜，一種是性欲發泄，如與惠蓮、王六兒、賁四媳婦、林太太等；第二種是性愛，表現為兩性之間先天色貌的互相吸引，如與潘金蓮、李瓶兒的性關係；第四種是正兒八經的夫妻關係，具有盡義務的性質，如與吳月娘、孟玉樓等人的性關係；第五種是有所用而以性生活維持關係，如與孫雪娥的關係，主要是為了讓她做飯，捶腿捏腰。第六種是性娛

樂，以填補精神空虛。

《金瓶梅》不僅寫了西門慶等人的性自由，而且重點寫了他們的性自由（主要是西門慶的性自由）所造成的一系列悲劇。

首先，是導致了許多家庭的破亡。在沒有遇到西門慶之前，潘金蓮雖然對武大不滿意，但在武松那裏碰了一鼻子灰後，行為有所收斂。但由於西門慶的涉足，導致了武大這個可憐人的不幸，導致了這個家庭的不幸。潘金蓮從「性壓迫」下「解放」出來了，西門慶性自由的欲望得到了滿足，然而愚弱和善良的生命卻被扼殺了！

花子虛是西門慶的邦會兄弟，整天在外眠花宿柳，西門慶便趁機與李瓶兒勾搭上了。他和西門慶都是性自由主義者，他向妓女追求性自由，西門慶向他的老婆李瓶兒追求性自由。但是他倆各自追求性自由並沒有導致人人都得到性自由的皆大「歡喜」的「美好」結局。花子虛的悲劇具有雙重性，一是性自由主義者本身導致夫妻裂痕招來的悲劇。二是受另一個比自己更厲害的性自由主義者的性擴張招致的悲劇。

蔣竹山被李瓶兒招贅，與竹山個人的有意追求及西門慶遇禍有關，但主要還是李瓶兒自己主動提出來的。從婚姻自由的角度講，也是合情合理的。但西門慶是個只許自己性自由，不許別人婚姻自由的人，又是個只許自己自由經商，不許別人自由經商的人。所以蔣竹山與他準備娶而未來得及娶的女人結合，又在他眼皮底下開中藥鋪，又沒有西門慶那麼多錢，又不比西門慶霸道，當然不會有好結果了。蔣竹山的悲劇是性自由主義的犧牲品的悲劇。

宋惠蓮的悲劇也是西門慶一手造成的。她臨死前罵和來旺私通的孫雪娥道：「我養漢養主子，強如你養奴才！」這正是宋惠蓮的真正可悲之處。宋惠蓮和潘金蓮不同的是她希望與西門慶由同居到結婚，但卻不希望加害她現在的丈夫西門慶的僕人來旺兒，甚至希望通過自己嫁給西門慶能給來旺更多的好處，使來旺得到心理平衡，物質生活更好一些，地位也能改善一些，在這一點上她比潘金蓮要善良人道，但也表明了她的幼稚和天真。西門慶為了佔有她，千方百計加害來旺兒，使她認清了西門慶的猙獰面目，宋惠蓮想以色貌、肉欲軟化西門慶，左右西門慶，使她對來旺兒手下留情，而她越是這樣做西門慶性佔有欲望越強，心腸也越狠。宋惠蓮的悲劇是西門慶性佔有造成的悲劇。

金錢可以收買一些人的肉體和良心；金錢可以收買一些人的肉體，但不

能收買其良心；金錢難以收買一些人的肉體，也收買不了其良心。人們卑視第一種人，憐憫第二種人，敬仰第三種人。同樣，權勢可以使一些人從肉體到良心上都屈服。權勢可以使一些人肉體屈服，但不能使其良心屈服；權勢難以使一些人從肉體到良心都屈服。人們卑視第一種人，憐憫第二種人，敬仰第三種人。宋惠蓮屬於第二種人。

宋惠蓮的父親宋仁是個賣棺材的下層受苦百姓，聽說女兒自縊的消息後，聲言要狀告西門慶，不准燒化屍首。西門慶大怒，還沒等宋仁告狀，他先下手為強，叫陳經濟給李知縣寫了一個貼兒，宋惠蓮的屍首被火化了；宋仁也被打得兩腿棒瘡，回家著了重氣，害了場時疫，不上幾日，便嗚乎哀哉了。

西門慶性自由造成的第二個後果是樹了許多仇敵。首先是武松。武松得知武大被害，先向縣裏告狀；告狀不成，又去獅子街橋下酒樓尋殺西門慶。西門慶逃走，武松誤殺了陪西門慶吃酒的縣皂隸李外傳，被押解孟州。後來遇赦回家，依舊在縣裏當都頭。西門慶因死未受其戮，潘金蓮卻被剖腹砍頭。其次是蔣竹山。蔣竹山對西門慶早就很瞭解，向李瓶兒介紹他是「打老婆的班頭，坑婦女的領袖。進入他家，如飛蛾投火一般。」後來西門慶使計用謀，蔣竹山挨打賠錢吃官司，被李瓶兒潑水相逐。這些情況蔣竹山未必知道是西門慶所為，但李瓶兒趕走蔣竹山後馬上嫁給西門慶，蔣竹山恐怕也會從中悟出些「蹊蹺」。

來旺也是妻子被姦占後與西門慶結仇的一個。來旺本來是西門慶的忠實奴才，西門慶也視他為心腹夥計。即使在西門慶姦占其妻之後，來旺還對西門慶保持忠誠，還不忘關鍵時刻為主子盡忠，以至於沒有考慮上當受騙的可能性。但到提刑院後，他的被奴才氣壓倒的男子氣戰勝了奴才氣，在嚴刑逼供面前，口叫冤曲。雖然被「打的皮開肉綻，鮮血淋漓」，但他始終沒有招供認罪。這表明他對西門慶不抱什麼幻想了。

武大是被西門慶「踢中心窩」致病的。又被西門慶夥同王婆、潘金蓮用砒霜毒死了；花子虛則是被西門慶氣病而死的。這兩個人稟性懦弱，生前無力報仇，死後卻冤魂不散。西門慶死前，眼前看見花子虛、武大在他跟前站立，向他討債。冤魂索債，當然不像武松殺嫂那樣痛快，但卻加速著西門慶的死亡，加劇西門慶死前的痛苦，起了一種催命鬼的作用。冤魂不死，在現實生活中不會有，但西門慶自己做了虧心事，心中這樣想，卻是完全可能的。

西門慶的性自由不僅結怨於武大、武二、花子虛、來旺兒這些直接的受害者，而且也結冤於其它一些僕人奴隸，譬如小鐵棍兒母子等。西門慶死後第二年，小鐵棍兒母親一丈青幫助來旺兒和孫雪娥私奔，這也是對西門慶的一種報復吧。

西門慶性自由的後果之三，是引起妻妾不滿，夫妻關係出現裂痕，家庭矛盾激化。

西門慶對潘金蓮是有真情實愛的。作者寫他臨死之前，見月娘不在跟前，一手拉著潘金蓮，心中捨不得她，月娘進來後，他指著金蓮特別叮嚀說：「六兒他從前的事，你擔待他吧。」潘金蓮對西門慶也是有真情實愛的。正如她在思念西門慶時所表白的：「奴家又不曾愛你錢財，只愛你可意的冤家，知重知輕性兒乖」，「我和你那樣的恩情，前世裏姻緣今世裏該。」

但是西門慶的性自由卻使潘金蓮對他由不滿到惡罵，以至發展到以性自由對性自由。由於西門慶在妓院中與李桂姐纏綿，不回家來，才發生了金蓮與琴童私通的事。金蓮和陳經濟的關係，當然有他們自身的原因，即兩個人都是自由主義者；但是，也與西門慶的性自由密切相關，正像金蓮所說：「上梁不正下梁歪。」只要我們仔細考察一下，就會發現，金蓮幾乎每一次和經濟調情都與西門慶寵愛他人疏遠金蓮有關。潘金蓮對西門慶不滿，歸結起來，一是對其一夫多妻不滿。二是對其淫亂不滿。三是對西門慶和自己在一起的時間相對減少不滿。一句話，是對西門慶的性自由不滿。

據說，吳月娘是個「百依百順」的賢妻。但就這個吳月娘，也常因西門慶的性自由而牢騷滿腹。她曾因反對娶李瓶兒和西門慶反目。後來雖然和好，但對西門慶性自由仍持批判態度，說西門慶「善念頭不多」，「惡念頭不盡」，「狗吃熱矢，原道是個香甜的；生血弔在牙兒內，怎生改得。」

李瓶兒和西門慶情深意篤，這是大家公認的。李瓶兒後來生病致死，據善診脈息的何老人說，「乃是精沖了血管起，然後著了氣惱，氣與血相搏，則血如崩。」所謂「精沖血管」是經期行房所致。所謂「著了氣惱」，是因為西門慶搞性自由，大妻小妾，互相嫉恨，使李瓶兒著氣致病。西門慶的性自由斷送了對自己有愛情的李瓶兒，也斷送了自己對李瓶兒的愛情。

西門慶性自由還在妻妾內部造成無休止的矛盾與紛爭，開始是潘金蓮和李瓶兒一起對抗吳月娘，後來李瓶兒和吳月娘一起對付潘金蓮；李瓶兒死後，潘金蓮和龐春梅合夥與吳月娘做對。如此一波未平，一波又起，沒完沒了，

以致連生個孩子也難以存活。

西門慶性自由的第五個後果是如一堆狗屎招來了一群蒼蠅一樣，周圍經常有一批幫閒打秋風。西門慶性自由的第六個後果是給後人遺禍無窮。

西門慶一生出現過幾次危機，第一次是東平陳文昭府尹要提他問罪，第二次是因楊提督獲罪受到牽連，第三次是受到山東巡撫曾孝序參劾。但西門慶都憑藉著錢權或錢權結合，平安地度過了。然而正在他炙手可熱的時候，他卻不打自倒了。他只知貪淫樂色，卻不防油枯燈盡，髓竭人亡。正如吳神仙所判：「酒色過度。腎水虛竭。病在膏肓，難以治療。」小說開始寫潘金蓮用毒藥藥死武大郎，小說快結束時又寫潘金蓮用春藥藥死西門慶。一前一後，遙相呼應，對西門慶來說，前者是性自由禍及他人，後者是性自由禍及自身。

有不少人責備作者寫西門慶性交細膩，太客觀，少批判，甚至抱著欣賞的筆調，趣味太低級。如果性交如同吃苦果一樣難吞難咽，連白癡恐怕也不會去幹那種事情。古今中外從皇帝到百姓，總有不少人嗜欲如狂，原因就是貪圖一時快感。作者用大量筆墨寫此，目的在為不可收拾的後果蓄勢。這是欲抑先揚的寫法。

湯顯祖的名作《牡丹亭》揭露禁欲主義給青年女子造成的嚴重後果，發出了個性自由的時代呼聲。《金瓶梅》的作者卻慧眼獨具，敏銳地發現個性自由這種正義呼聲背後掩蓋著另一種傾向——放縱性欲，或曰性自由。事實上無論是在當時的社會生活或《三言》、《二拍》等文學作品中都出現了許多放縱性欲的現象。而這種縱欲傾向造成的惡果並不比前者差。寫性自由及其後果，正顯示了《金瓶梅》作者的偉大。

（原載《古典文學知識》2003 年 4 期）

說明：1992 年 9 月陝西人民教育出版社出版了我的《金瓶梅人物悲劇論》一書。1993 年 1 期《唐都學刊》刊登了我寫的「論《金瓶梅》的主題」一文。本文根據以上書、文編寫。

《金瓶梅》章回提要

第一回

　　景陽崗武松打虎

　　潘金蓮嫌夫賣風月

　　宋徽宗政和年間，朝中寵信高、楊、童、蔡四大奸臣，天下大亂，黎民失業，「盜賊蜂起」，宋江等四大寇起事。

　　武松因醉打了童樞密，躲進柴進莊上。武松在景陽崗打虎，並被清河縣知縣留作擒拿「盜賊」的巡捕都頭。

　　張大戶年過六旬，後繼無人，妻子余氏叫媒人買來潘裁的女兒潘金蓮和白玉蓮服侍張大戶。金蓮父死之後，其母度日不過，把九歲金蓮賣在王招宣府裏學習彈唱，王招宣死後潘金蓮被轉賣給張大戶。白玉蓮死後，張大戶趁余氏去鄰家赴宴將金蓮收用了。余氏與張大戶嚷罵，大戶將金蓮白送給武大。余氏於大戶死後把武大、金蓮趕走。

　　武大經常遭金蓮埋怨。武松搬來武大家住。

　　金蓮挑逗武松遭到嚴詞拒絕，反誣武松調戲她。武松仍搬回縣衙前客店住。

第二回

　　西門慶簾下遇金蓮

　　王婆子貪賄說風情

　　武松要去東京為知縣送寄金銀，叮囑武大早出晚歸，多加小心，叮嚀金

蓮時反被惡罵。

西門慶被金蓮失手將叉竿打在頭巾上，託王婆牽線引金蓮上鉤。

第三回

王婆定十件挨光計

西門慶茶房戲金蓮

內容如題。

第四回

淫婦背武大偷姦

鄆哥不憤鬧茶肆

鄆哥鬧王婆門遭罵。

第五回

鄆哥幫捉罵王婆

淫婦藥鴆武大郎

內容如題。

第六回

西門慶買囑何九

王婆打酒遇大雨

內容如題。

第七回

薛嫂兒說娶孟玉樓

楊姑娘氣罵張四舅

薛嫂說長西門慶兩歲的孟玉樓給西門慶。孟玉樓姑娘楊婆貪西門慶之財而允嫁：「這人家不嫁，待嫁甚人家！」孟玉樓阿舅為「圖留婦人手裏東西」，反對嫁西門慶。孟玉樓以賢、德之說拒絕了阿四，嫁給了西門慶。

第八回

潘金蓮永夜盼西門慶

燒夫靈和尚聽淫聲

潘金蓮因給西門慶做的三十個誇餡肉角少了一個，打罵武大前妻之女迎兒。

潘金蓮一月未見西門慶，叫小廝玳安給西門慶帶話。

武松要回清河縣。潘金蓮燒靈。

第九回

西門慶計娶潘金蓮

武都頭誤打李外傳

西門慶正妻吳月娘「舉止溫柔，持重寡言」。

武松告狀，知縣因受賄而不准。武松到獅子樓尋找西門慶不見，把給西門慶報信的皂隸李外傳打死了。

第十回

武二充配孟州道

妻妾宴賞芙蓉亭

東平府府尹陳文昭，做官清廉正直，知道武松冤情，欲提西門慶等一干人犯。西門慶派家人往東京下書楊提督，楊提督轉央內閣蔡太師，太師下書陳文昭，教他免提西門慶並潘氏。陳文昭係蔡太師門生，又見楊提督乃是朝廷面前說得話的官，以此人情兩盡，只把武松免死，問了個脊杖四十，刺配二千里充軍，疊配孟州牢城。

西門慶聞知，和五個妻妾歌筵芙蓉亭。

潘金蓮幫西門慶收了丫頭春梅。

第十一回

潘金蓮激打孫雪娥

西門慶梳籠李桂姐

春梅金蓮挑撥西門慶踢打廚房做飯的三妾孫雪娥。大妻吳月娘、二妾孟

玉樓不管夫事。

孫雪娥在月娘房裏揭金蓮之短，被金蓮偷聽，兩人對罵。

西門慶回家，潘金蓮要休書，西門慶又去打孫雪娥。

西門慶等十人結爲朋友。眾人見他有錢，讓他做了大哥，每月輪流會茶擺酒。

西門慶梳籠李桂姐。

第十二回

潘金蓮私僕受辱

劉理星魘勝貪財

西門慶留戀桂姐，半月不回，吳月娘派人用馬去接，西門慶不回。潘金蓮寫《落梅風》詞一首，託玳安捎給西門慶，被桂姐知道後吃醋使性，西門慶踢了玳安兩腳，把詞箋撕得粉碎。

眾朋友作興吃酒，伴西門慶玩耍，好不快活，臨走又拿了不少。

眾妻妾聽了玳安之言，皆怨西門慶；

潘金蓮與孟玉樓小廝琴童鬼混。李嬌兒孫雪娥到吳月娘處告狀，月娘不信。李、孫要在西門慶來家時揭發，月娘阻攔。

西門慶聽知後打攧琴童，命金蓮脫了衣服，跪在地上，打了一馬鞭子。春梅撒嬌說情，方被饒恕。孟玉樓與西門慶晚睡時爲金蓮說情、辯護，又說李嬌兒、孫雪娥與金蓮「有言語，平白把我的小廝紮罰子」。

桂姐向西門慶要潘金蓮的頭髮，西門慶要剪金蓮頭髮，金蓮先不給，西門慶一嚇二哄，剪了金蓮頭髮。金蓮說：「奴凡事依你，只願你休忘了心腸隨你前邊和人好，只休拋閃了奴家。」

劉賊瞎爲金蓮算命。

第十三回

李瓶兒隔牆密約

迎春女窺隙偷光

西門慶勾引十兄弟之一的花子虛之妻李瓶兒。瓶兒叫花子虛備禮感謝西門慶攙扶回家之恩，吳月娘又叫西門慶還禮。九月重陽，花子虛宴請眾兄弟，

李瓶兒與西門慶趁機私約。

李瓶兒接西門慶越牆偷期。

金蓮撮合西門慶與李瓶兒，又以此爲把柄挾制西門慶。

第十四回

花子虛因氣喪身

李瓶兒送姦赴會

花子虛因家產紛爭吃官司，李瓶兒把金銀財寶送往西門慶家。

西門慶用李瓶兒銀兩打通關節，花子虛免遭官府一頓棒打，花子虛要所剩銀兩，西門慶和李瓶兒一起不給，花子虛病亡。

李瓶兒來西門慶家給潘金蓮做生日，眾娘們留其住宿。

第十五回

佳人笑賞玩月樓

狎客幫嫖麗春院

西門慶爲吳月娘備禮，向李瓶兒做壽。

應伯爵等人同西門慶在桂姐處踢氣球，聽彈唱。

第十六回

西門慶謀財娶婦

應伯爵慶喜追歡

李瓶兒要嫁西門慶，西門慶要她等孝滿再說。

李瓶兒贊孟玉樓與潘金蓮，罵吳月娘「性兒不是好的，快眉眼裏掃人。」

西門慶用李瓶兒折變水銀等得的銀兩蓋花園。花子虛百日，李瓶兒又求西門慶娶她。

潘金蓮叫西門慶問吳月娘關於娶李瓶兒的事，吳月娘不同意。潘金蓮叫西門慶回了李瓶兒的話。

第十七回

宇給事劾倒楊提督

李瓶兒招贅蔣竹山

西門慶正和李瓶兒歡會，玳安來報，女婿陳經濟和女兒一更時分來家，言說楊提督被參倒問罪。

西門慶閉門不出，只在家焦愁。

李瓶兒相思成疾，蔣竹山為之看好了病，言說西門慶嫁不得：抱攬說事，舉放私債，販賣人口，家人妻妾稍不中意拉了去賣，親家遭罪，正受干連。

李瓶兒聽信蔣竹山，以馮媽媽為媒，招贅蔣竹山為上門女婿。

第十八回

來保上東京幹事

陳經濟花園管工

來保進城花了五百兩銀子，把要定罪的「西門慶」改為「賈慶」。

西門慶又出世了，得知李瓶兒招贅蔣竹山，氣惱回家，踢了潘金蓮兩腳。吳月娘從貞操觀出發說明孝服未滿嫁人之不道德，孟玉樓，潘金蓮被觸動心病而退。

潘金蓮對西門慶說，李瓶兒未娶來是聽了月娘的話了。西門慶著惱，不理月娘。

西門慶怨恨蔣竹山大刺刺在他眼下開生藥鋪做買賣。

陳經濟與潘金蓮勾搭。

第十九回

草裏蛇邏打蔣竹山

李瓶兒情感西門慶

吳月娘請眾妾賞玩花園。月娘請來陳經濟一齊吃酒，陳經濟要為潘金蓮撲蝶，與之親嘴，被推一交，玉樓看見，叫過金蓮去了。

西門慶用銀兩收買光棍流氓魯華、張勝去打蔣竹山。蔣竹山因滿足不了李瓶兒淫欲而被趕到鋪子裏睡，張勝賴竹山借魯華三十兩銀子發送王妻，竹山不認帳而被打。與西門慶一路貨的夏提刑捉去竹山又打一頓，要竹山還銀與魯華。竹山回家向李瓶兒要銀，被李瓶兒罵為「王八」，「中看不中吃」。竹山跪下哀求，李瓶兒將銀三十兩給了魯華。魯華、張勝回明西門慶，西門慶酒飯相待，說替他出了口氣。

李瓶兒趕出蔣竹山，叫馮媽媽備了一錫盆水趕著潑去，說道：「喜得冤家離眼前。」

月娘生日，西門慶因與之不說話，到李桂姐家坐了一天。

西門慶不對月娘說，用轎子抬了李瓶兒過門。轎到門口，無人去接。玉樓叫月娘去接，月娘欲不去，又怕西門慶性子，只好接了來。西門慶三日不進李瓶兒房，李瓶兒自縊被救。西門慶拿著馬鞭進房，要李瓶兒上弔給自己看，拖李瓶兒到地下，命其脫光衣服跪著，抽了幾鞭子，大罵李瓶兒不等自己招贅蔣竹山，「在我眼皮子跟前開鋪子，要撐我的買賣。」西門慶說明自己使計打蔣竹山的事，李瓶兒感激西門慶可憐了她，西門慶問李瓶兒自己比蔣竹山如何，李瓶兒大贊西門慶，大眨蔣竹山，西門慶聽了歡喜不盡，攙起李瓶兒，以酒菜相待。

第二十回

孟玉樓義勸吳月娘

西門慶大鬧麗春院

玉樓，金蓮偷聽西門慶打瓶兒，金蓮見二人和好，心生嫉妒，李瓶兒把金銀珠寶一一拿給西門慶看。

玉樓勸月娘與西門慶和好，月娘叫她們不要管，她只當沒漢子在屋裏守寡，金蓮叫李瓶兒為月娘、西門慶說和，月娘發誓：「就是一百年，也不和他在一答兒哩。」眾丫頭開李瓶兒玩笑說，朝廷要她口外和番。

西門慶家中吃會親酒，應伯爵諸人奉承讚美李瓶兒。金蓮對月娘說：「他們世世夫妻，把姐姐放到哪裏？」月娘氣惱。月娘之兄吳大舅勸月娘當個「賢女畏夫，三從四德」的「好好先生」；月娘罵西門慶「有了他富貴的姐姐，把俺這窮官兒家丫頭，只當亡故了的算帳。」

潘金蓮惱西門慶與李瓶兒和好，唆調月娘與瓶兒不睦，又在李瓶兒前說月娘容不得人。

西門慶得了李瓶兒，又得了兩三場橫財，家道遂盛。陳經濟管鑰匙出入。西門慶對陳經濟說自己若無兒，這份家當就是陳經濟兩口兒的。

應伯爵等拉西門慶到李桂姐家，虔婆哄西門慶說桂姐去她五姨兒家過生日，西門慶到後邊更衣時，發現李桂姐正陪著一個杭州販綢絹的丁相公，大鬧一場，發誓不登李家門。

第二十一回

吳月娘掃雪烹茶

應伯爵替花勾使

吳月娘拜天告神，希望丈夫早早迴心，生子持家，西門慶潛聽後感動地抱住月娘，「你一片心都是為我的，一向錯見了」，要月娘饒恕他。

孟玉樓向金蓮說西門慶與月娘和好之事，兩人皆不悅，玉樓又建議金蓮等輩各出五錢銀子為兩人和好設筵，隨便賞雪玩耍。

潘金蓮打趣西門慶與吳月娘。眾人賞雪飲酒，月娘叫丫環小玉掃雪烹茶喝。

第二日應伯爵、謝希大來西門慶家為桂姐陪情，請西門慶去院裏吃酒。月娘罵應、謝二人。

老虔婆向西門慶跪著陪禮，應伯爵說笑話圓和，西門慶笑的要不得。

為孟玉樓做生日。

第二十二回

西門慶私淫來旺婦

春梅正色罵李銘

西門慶與來旺妻偷期被金蓮發現。

李銘捏春梅手，春梅罵出去了。西門慶回家後從金蓮口中得知此事，不許李銘進門，春梅身價遂高。

第二十三回

玉簫觀風賽月房

金蓮竊聽藏春塢

眾妻妾在金蓮房中飲酒，西門慶在月娘房裏和來旺媳婦惠蓮吃酒，惠蓮趁機要茶、要錢，西門慶給了一二兩銀子。孫雪娥旁聽後發牢騷，西門慶咳嗽了一聲，孫雪娥才回到櫥房去了。

惠蓮看月娘等擲骰子，揚聲插話，玉樓惱了，教訓了一頓。

西門慶要和惠蓮在金蓮房中過夜，金蓮說春梅不許，西門慶叫丫頭生上火，他和惠蓮在山子洞裏過夜。惠蓮向西門慶說他和金蓮是露水夫妻。金蓮

在外偷聽後，用銀簪把門倒鎖了回房。

第二天惠蓮去伏侍金蓮，金蓮用昨晚惠蓮所說露水夫妻的話挖苦惠蓮和西門慶是正名正頂的夫妻。惠蓮跪下求饒，金蓮聲言自己是眼裏放不下沙子的人，否認自己竊聽，說西門慶對她什麼話都說，惠蓮聽後閉口無言。

第二十四回

經濟元夜戲嬌姿

惠祥怒詈來旺婦

西門慶於元宵節領妻妾飲酒歡樂。惠蓮不得上坐，又不去服侍，只磕瓜子皮讓畫童掃。

金蓮趁西門慶叫她給陳經濟斟酒之機，互相調戲，被惠蓮發現了。

惠蓮仗著和西門慶的關係，和眾妻妾一起玩，家中大小人全不放在眼裏。

第二十五回

雪娥透露蝶蜂情

來旺醉謗西門慶

來旺從杭州織造蔡太師生辰衣服回來，給了和他有首尾的孫雪娥許多東西。孫雪娥把西門慶和惠蓮的事告訴來旺，來旺醉打惠蓮，罵西門慶是「沒人倫的豬狗」，要「白刀子進去，紅刀子出來」。來興把此事告訴金蓮，金蓮哭訴於西門慶，西門慶打了孫雪娥一頓。

惠蓮在西門慶面前為來旺辯護，並出主意叫來旺出去做買賣。

西門慶準備叫來旺往東京押送蔡太師生辰擔去，回來後再叫他去杭州做買賣，來旺大喜。金蓮得知此情，告訴西門慶：留下來旺難以防範，打發出去使了你本錢，不如斬草除根。西門慶大悟。

第二十六回

來旺兒遞解徐州

宋惠蓮含羞自縊

西門慶叫來保代替來旺去東京。惠蓮尋問西門慶，西門慶說叫來旺在家門首開個酒店。當晚來旺聽說後邊喊有賊，拿稍棒去趕，被絆倒抓住，與來

旺有矛盾的來興拿著刀誣告來旺持刀要殺西門慶，惠蓮哭跪求情未允。來旺被押提刑院，月娘來勸，西門慶圓睜二目喝退。月娘說家中「亂世為王，九條尾狐狸出世，恁沒道理昏君行貨」。西門慶給夏提刑、賀千戶一百石白米作賄，夏提刑在來旺申辯後打其嘴說：「滿天下人都像你這奴才，也不敢使人了」，打了二十棍，西門慶聽後大喜，叫瞞著惠蓮。金蓮發狠說如果讓惠蓮做了西門慶第七個老婆，「就把潘字弔過來哩。」

來旺被遞解原籍徐州為民。惠蓮聽鈇安說明真情，哭後上弔，月娘等人解下，惠蓮罵來看她的西門慶：「你原來就是個弄人的劊子手。」西門慶拿馬鞭子去打躲在金蓮房裏的鈇安，金蓮奪過馬鞭扔了。

金蓮挑撥孫雪娥與惠蓮關係。李嬌兒生日，雪娥、惠蓮相打，月娘罵「家反宅亂」，惠蓮氣不過，自縊而死，年二十五歲。雪娥向月娘求情，月娘給西門慶說惠蓮因想漢子哭了一天。西門慶賄賂知縣，要燒其屍。惠蓮父親宋仁聞知上告。

第二十七回

李瓶兒私語翡翠軒

潘金蓮醉鬧葡萄架

西門慶給知縣一個帖兒，宋仁被打了二十大板，回家不日身亡。

西門慶為蔡太師打造壽日銀人。

李瓶兒懷孕。

西門慶與潘金蓮在葡萄架下飲酒作樂，金蓮兩隻腿被弔葡萄架下。

第二十八回

陳經濟因鞋戲金蓮

西門慶怒打鐵棍兒

金蓮丟了一隻鞋尋不見，秋菊誤將惠蓮一隻鞋找來，金蓮叫她頂塊大石頭跪著。

小鐵棍拾了金蓮的鞋送給了陳經濟，陳經濟拿鞋換了金蓮的汗巾子。

西門慶聽了金蓮的話把小鐵棍幾乎打死。鐵棍兒娘一丈青罵了一二日。

西門慶說看見金蓮穿紅鞋心裏愛。金蓮先把惠蓮鞋扔出去，又叫秋菊拿回來要剁成幾截。

第二十九回

吳神仙貴賤相人

潘金蓮蘭堂午戰

孟玉樓在金蓮面前挑動對月娘的不滿，叮嚀金蓮放在心裏不要使出來。金蓮對西門慶說了。

西門慶要趕來昭、一丈青和鐵棍，月娘叫去看獅子街房，並惱恨金蓮。

吳兩神仙爲西門慶及眾妻妾看相，定一生之所爲。月娘對所謂春梅生子戴冠之說頗不以爲然。春梅對月娘不信看相之論深表不滿。

金蓮仗著西門慶愛她，嫌秋菊所斟酒涼，朝秋菊臉上一潑，春梅嫌打秋菊濁了她手，叫秋菊頂著石頭跪到外邊去了。

第三十回

來保押送生辰擔

西門慶生子喜加官

蔡太師收了西門慶壽禮，叫西門慶頂賀千戶員缺，做提刑所副千戶。

李瓶兒生子，潘金蓮忌恨，說自己是「養了隻母雞不下蛋」。

西門慶做金吾衛副千戶，居五品大夫之職。

第三十一回

琴童藏壺覷玉簫

西門慶開宴吃喜酒

西門慶十弟兄之一的吳典恩要做驛丞（蔡太師所賜之官），通過應伯爵向西門慶借銀一百兩。西門慶只要本，不要利。

玉簫和書童調情私會。

西門慶爲賀兒子官哥兒請客吃酒。金蓮在西門慶面前挑撥與李瓶兒關係，西門慶怒而斥之，金蓮臉紅而回。

潘金蓮和孟玉樓對李瓶兒不滿，玉樓激金蓮發怒，金蓮大罵西門慶。

應伯爵等誇西門之子富態。

兒子彌月之辰，西門慶請薛內相、周守備、劉太監、薛太監、夏提刑等吃酒。

第三十二回

李桂姐拜娘認女

應伯爵打諢趨時

西門慶宴請本縣四宅官員：知縣、縣丞、主簿、典史。

桂姐拜月娘爲乾娘，自己做乾女兒。

西門慶宴請眾親朋。

金蓮趁李瓶兒不在，硬抱官哥兒出去，舉得高高的，官哥兒驚哭生病，服藥方愈。

第三十三回

陳經濟失鑰罰唱

韓道國縱婦爭鋒

西門慶在獅子街開絨線鋪子，應伯爵從中扣銀三十兩。

金蓮設酒還席請李瓶兒，席間春梅拉來陳經濟吃酒，陳經濟忘了鑰匙，金蓮藏了起來，罰經濟連唱數曲。

月娘發現奶子如意兒抱官哥兒坐在房門前石臺階上，說前日小孩驚寒，今日不該抱出。

孟玉樓要月娘去瞧對門吳大戶家，月娘上樓梯滑腳，幾乎跌下來，肚痛服藥打下五個月男胎。

西門慶絨線鋪夥計韓道國之妻與弟韓二通姦被街坊人捉拿。

第三十四回

書童兒因寵攬事

平安兒含憤戳舌

韓道國找應伯爵託西門慶向知縣說情，西門慶允情，把街坊人打了一頓下獄。這幾個街坊人的親屬湊了十五兩銀子給應伯爵，應二把銀子給了書童，書童備了好吃的孝順李瓶兒，又請眾夥計，未請平安。

西門慶調戲書童，平安給金蓮說了西門慶與書童的勾當及書童與瓶兒吃酒的事。

金蓮回拜眾妻妾，聽說西門慶在李瓶兒房裏，才來拜瓶兒，但不拜西門

慶。西門慶說「恁大膽!」金蓮說:「奴才不大膽,什麼人大膽!」暗指書童之事。

第三十五回

西門慶挾恨責平安

書童兒妝旦勸狎客

西門慶與夏提刑發放了四個鄰舍。來安告訴書童,是平安向金蓮說了書童之事。西門慶關門戲書童,書童趁機說了平安告他黑狀之事。西門慶藉口平安把白來創放進屋裏,又打又拶。金蓮和孟玉樓說及打平安的事,罵西門慶和李瓶兒。

月娘請眾妾吃螃蟹,金蓮說吃金華酒,燒鴨子(暗指書童請李瓶兒所吃之物)。

韓道國備禮來謝西門慶,西門慶只收鴨、酒,請應伯爵、謝希大來花園同吃。應伯爵叫書童裝女的唱曲兒,西門慶叫裝扮了唱玉芙蓉,書童只看西門慶眼色行事,應伯爵叫西門慶不要虧了這孩子。

金蓮挑動月娘罵玳安,月娘未答應。

應伯爵榨了賁四三兩銀子給孩子做冬衣。

第三十六回

翟謙寄書尋女子

西門慶結交蔡狀元

蔡太師府裏翟管家要西門慶討一女子,以補無嗣之虞。月娘叫認真尋,「人家明日也替你用的力」。

蔡太師假子蔡狀元及同榜進士安忱探親經過西門慶家,吃酒看戲。蔡狀元拉西門慶說:「此去學生回鄉省親,路費缺少。」西門慶給他吃了定心丸。第二日贈送不少禮物給蔡、安。

第三十七回

馮媽媽說嫁韓氏女

西門慶包占王六兒

馮媽媽把韓道國的十五歲的女兒說與翟管家，西門慶辦了妝奩，叫韓道國和來保趕去東京。

西門慶通過馮媽包佔了韓道國妻子王六兒。

第三十八回

西門慶夾打二搗鬼

潘金蓮雪夜弄琵琶

韓道國之弟二搗鬼戲嫂要酒被拒絕，罵王六兒「敘上了有錢的漢子。」西門慶碰上了，第二日提到提刑院一夾二打。

韓道國回家，王六兒說了西門慶勾搭一事，兩口兒將計就計，以此要錢。

西門慶騎上翟管家送的馬，送自己家裏的馬給夏提刑，夏提刑以菊花酒酬謝。

金蓮守空房，夜半彈琵琶。聽到外邊一片聲響，以為西門慶到，叫春悔去看，原來是風起雪飄。

西門慶去李瓶兒房，金蓮冷落而臥。得知西門慶在李瓶兒房中吃酒，彈琵琶高唱起來。

李瓶兒叫繡春，迎春請金蓮吃酒，金蓮不去。西門慶和李瓶兒一起敲門來拉，方才去了。李瓶兒看金蓮臉酸，叫西門慶去金蓮房中歇。

第三十九回

西門慶玉皇廟打醮

吳月娘聽尼僧說經

西門慶拿一百二十兩銀子在獅子街石橋東邊買了一所門面給韓道國。

玉皇廟吳道官送禮給西門慶，月娘提醒西門慶到玉皇廟打醮還願。西門慶去玉皇廟做好事，送兒子寄名。

金蓮生日，見經疏上只有李瓶兒和月娘，氣不順，故意說沒有月娘以挑撥，月娘反不在乎，認為把一隊伍人都寫上，人家笑話。

官哥兒穿道士服，玉樓說像小道士，金蓮說像小太乙，月娘正色責怪金蓮。

家裏給金蓮做生日。吳月娘和妾關起門來聽兩個姑子說因果。姑子講一

員外要修行，眾妻妾攔而不住的情況。吳月娘晚間與姑子同居一室，越發好信佛法。

第四十回

抱孩童瓶兒希寵

妝丫鬟金蓮市愛

月娘吩咐李瓶兒抱官哥兒穿上道袍給西門慶看，西門慶喜愛的眉開眼笑。

金蓮向西門慶要料子做衣服，西門慶叫取南邊造的夾板羅段尺頭給每人做一件、兩套衣服，唯給月娘做六套衣服。

第四十一回

西門慶與喬大戶結親

潘金蓮共李瓶兒鬥氣

西門慶請眾官娘子，叫春梅出去遞酒，春梅不去，說娘兒們新裁了衣服，「俺們只像燒糊了的卷子一般」。西門慶開樓門取綾緞，給丫頭們裁衣服。

吳月娘諸人到喬大戶家。李瓶兒的官哥兒與喬大戶娘子的小女兒結為小兩口兒。西門慶認為喬大戶只是大戶，卻是白衣人，自己居著官，兩下結親不搬陪。金蓮插嘴說：「險道神撞見那壽星老兒，你也休說我的長，我也休嫌你那短。」被西門慶怒罵一頓，臉面羞紅而退，和玉樓在月娘房中發牢騷，說官哥兒「還不知是誰家的種兒哩！」

金蓮使氣回房，嫌秋菊開門遲了便打。第二天叫秋菊頂塊大石頭跪院子，打秋菊罵李瓶兒。李瓶兒哭睡，西門慶來家相問，未說金蓮罵她之事。

第四十二回

豪家攔門玩煙火

貴客高樓醉賞燈

院中吳銀兒拜李瓶兒為乾娘，桂姐知道後和吳銀兒使性子不說話。

西門慶和應伯爵到獅子街房裏去看放煙火、觀燈。小鐵棍看西門慶和王六兒行房事，被其母一丈青罵回去了。

第四十三回

爲失金西門慶罵金蓮

因結親月娘會喬太太

西門慶因生子得官得財，心中高興，拿著四個黃烘烘金鐲兒要往李瓶兒房中去，金蓮要看，西門慶不給，金蓮把西門慶罵了一頓。西門慶把四錠金鐲給官哥玩，不見了一錠，李瓶兒忙將三錠交還西門慶。

金蓮幸災樂禍地告訴月娘，說「左右是他家一窩子」。西門慶把三錠金鐲交月娘，月娘說不該把金子給孩子耍，冰手砸腳都不好。金蓮奚落西門慶，西門慶把金蓮頭按在炕上要打未打，金蓮哭泣假罵而使西門慶發笑。西門慶奈她不過，去周守備家吃酒去了。月娘叫金蓮休多嘴，去勻臉。

喬五太太來拜親家。

第四十四回

吳月娘留宿李桂姐

西門慶醉捵夏花兒

李桂姐給西門慶及眾妻妾唱十段錦。

李嬌兒房裏的丫頭夏花兒躲在馬槽底下，被玳安、琴童抓來見西門慶，夏花兒腰裏掉下一錠金子，正是官哥玩丟了的那只，西門慶叫取捵子來捵了半日，夏花兒說是在金蓮屋地下拾的，西門慶叫李嬌兒領出去賣了。

李瓶兒和吳銀兒吃酒，言說不是西門慶和月娘，孩子活不到今日。

第四十五回

桂姐央留夏花兒

月娘含怒罵玳安

應伯爵設計爲李三、黃四向西門慶借銀子。

李桂姐替其姑娘李嬌兒房中丫頭夏花兒說情，西門慶允了。

月娘罵玳安兩頭做人情，一會兒叫賣夏花兒，一會兒又不叫賣。

第四十六回

元夜遊行遇雪雨

妻妾笑卜龜兒卦

玳安與月娘拌嘴，月娘大怒而罵。

月娘等在吳大妗子家吃酒。因落雪，讓玳安回去取皮襖，只無金蓮的，把一件「黃狗皮」襖拿來給金蓮穿，土樓打趣金蓮。

月娘等叫卜龜兒卦的老婆子算命。月娘叫金蓮算，金蓮不算，說：「常言算的著命，算不著行。想著前日道士打看，說我短命哩，怎的哩，說的人心裏影影的。隨他明日街死街埋，路死路埋，倒在洋溝裏，就是棺材。」

第四十七回

王六兒說事圖財

西門慶受贓枉法

揚州苗天秀員外要去東京謀官，途中被家人苗青和兩個賊人殺了，分了財產。隨身安童落水未死，被漁翁所救，告到夏提刑那裏。苗青託人通過王六兒求情於西門慶。西門慶開始嫌銀子少，苗青把值一千兩銀子的貨賣了一千七百兩銀子，拿出一千送西門慶。西門慶叫他回揚州去了，自己請夏提刑來家平分了銀兩，只問兩賊陳三、翁八之罪。安童到東京開封府黃通判衙內，告了苗青。黃通判修書一封並安童訴書一起，叫安童往巡按山東察院去投。

第四十八回

曾御史參劾提刑官

蔡太師奏行七件事

巡按御史曾孝序，寫本參劾提刑院兩員問官受贓賣法。

西門慶清明上祖墳，要帶官哥兒同去，月娘勸阻不住。

金蓮和陳經濟戲謔一處。

西門慶回家，夏提刑來家，說明兩人被巡按御史所參之事，西門慶大驚。兩人打點禮物銀兩往東京蔡太師處求情。

官哥兒回家驚哭，發燒，劉婆子看後服了藥不哭了，不驚了，仍發燒。

來保、夏壽到東京見到翟管家，翟管家見西門慶書信後，請蔡太師只把巡按本立案，不復上去，使下情不能上達。西門慶聽知大喜。

蔡京奏七件事與皇帝。

第四十九回

西門慶迎請宋巡按

永福寺餞行遇胡僧

曾巡按御史見本上不行，當朝去奏，稱七法不可行。蔡京大怒，將曾公付吏部考察。後黜陝西，又除名。

西門慶迎接蔡御史和宋巡按御史，蔡宋到西門慶家吃飯，哄動了東平府，抬起了清河縣。西門慶花銀子千兩多，又送了宋、蔡許多禮，留蔡御史一人在家住宿，用橋抬來董嬌兒、韓金釧兒爲蔡唱曲兒（蔡御史就是前面的蔡狀元）。

蔡御史與董、韓二妓下棋，書童在旁清唱。蔡御史對西門慶感激涕零，董嬌兒請蔡御史扇上留詩，陪寢。蔡御史第二天給董嬌兒一兩銀子，西門慶又給了五錢，打發走了。

西門慶長亭送別蔡御史，叮囑苗青之事。蔡御史答應給宋巡按說，捉來放了。

西門慶回方丈，向一異相長者胡僧要滋補藥吃。胡僧步行，西門慶騎馬，胡僧竟先於西門慶到家。西門慶請胡僧大吃一頓酒肉。胡僧給西門慶春藥。

第五十回

琴童潛聽燕鶯歡

玳安嬉遊蝴蝶巷

西門慶到王六兒處試春藥。琴童、玳安去妓院（在蝴蝶巷）。

西門慶回到李瓶兒房中，不給李嬌兒上壽。李瓶兒趕忙叫西門慶去給李嬌兒祝壽，西門慶去李嬌兒那裏打了個照面，又回到李瓶兒房中。

第五十一回

月娘聽演金剛科

桂姐躲在西門宅

金蓮惱西門慶到李瓶兒房裏，第二天對月娘說李瓶兒的壞話，月娘聽後怒怨李瓶兒，要當面質問她。金蓮慌了，叫月娘不要和她一般見識。

西門大姐對李瓶兒說了金蓮的話，李瓶兒哭紅了眼。西門慶來問，卻不言語。西門大姐又對月娘說明真情，吳大妗子說金蓮不如李瓶兒。月娘說潘、

李拿她墊舌根。

西門慶派人去東京替桂姐（東京行下批文，要縣裏拘拿桂姐）說情。桂姐主動為月娘等人彈唱。

欽差安主事、黃土事仕荊州督運皇木途中拜訪西門慶。

月娘因西門慶不在，叫薛姑子講說佛法，演頌金剛科儀。

宋巡按差門子給西門慶送禮。

潘金蓮拉李瓶兒到儀門，發泄對月娘聽姑子講佛法的不滿，又到陳經濟房裏，西門大姐因陳經濟丟落三錢銀子沒給她買汗巾子罵丈夫「養老婆」。李瓶兒墊錢叫陳經濟給她和潘金蓮買汗巾兒。

第五十二回

應伯爵山洞戲春嬌

潘金蓮花園看蘑菇

西門慶在夏提刑家吃酒，夏提刑因見宋巡按送禮與他，敬重勝過往日。

西門慶請應伯爵、謝希大吃酒。

小周兒給官哥兒剃頭，官哥兒哭得憋住了氣，小周兒嚇跑了。

桂姐去花園，伯爵叫唱曲兒給他聽。桂姐與西門慶在藏春塢雪洞兒裏鬼混，應伯爵闖了進去。

西門慶、玳安、書童去劉太監莊上赴席。

月娘與眾人吃酒下棋。金蓮撲蝶，陳經濟相調戲，李瓶兒瞧見了，先迴避，後叫散了二人，與金蓮抹牌玩耍。李瓶兒被月娘叫去，金蓮叫出躲在洞裏的陳經濟，陳經濟叫進金蓮求歡。

官哥兒在外被一隻貓嚇著了。

第五十三回

吳月娘承歡求子息

李瓶兒酬願保兒童

官哥又被貓嚇得怪哭，月娘聽金蓮和玉樓埋怨她關心官哥兒，又氣又怒又哭。

月娘服薛姑子懷胎藥，金蓮與陳經濟鬼混。

官哥兒病危，西門慶叫請施灼龜來灼一個龜板，又叫殺豬羊獻神。

劉婆爲官哥兒收驚。西門慶拜土地，拜酸了腰，要陳經濟替拜送紙馬，陳經濟死睡不起。

第五十四回

應伯爵郊園會諸友

任醫官豪家看病症

應伯爵準備請哥兒們的客，白來創和常時節下棋，白來創反悔，常時節不讓，應伯爵調解。西門慶來，吃喝已畢，到郊外一遊。

應伯爵和眾打賭，說董嬌兒午前來。結果未來，應二輸了喝酒。

擊鼓傳花，韓金釧撒尿，應二用草戲牝口。

李瓶兒病，西門慶請任太醫來，診爲不足之症，用「降火滋榮湯」、「加味地黃丸」。

第五十五回

西門慶東京慶壽旦

苗員外揚州送歌童

任太醫給李瓶兒用清火止血藥。

西門慶要從山東到東京（半個月路程）給蔡太師做壽，當晚眾妻妾爲西門慶設酒送行。第二日打發二十擔行李先行。到東京後在翟管家中歇，通過翟管家給蔡太師拜乾兒子，蔡太師單請西門慶：西門慶會揚州苗員外。

金蓮和陳經濟被玉樓驚散。西門慶歸，應伯爵等來看，常時節借銀買房。

苗員外對西門慶不辭而別不滿，但還是送兩個歌童與西門慶，歌童不去，苗員外說：「西門慶金銀富貴，居右班左職，蔡太師乾兒子，內相朝官都與之往來，家開兩個綾緞鋪，又要開個標行。」

西門慶稱頌苗員外之德。歌童唱罷，眾人贊口不絕。

第五十六回

西門慶周濟常時節

應伯爵舉薦水秀才

常時節拉應伯爵吃酒，託應二向西門慶借錢。二人到西門慶家，西門慶和妻妾尋花問柳。應伯爵向西門慶爲常時節求銀，西門慶先給二十兩碎銀，

叫常時節尋下房子後再兌銀子給他買房。西門慶說積錢有罪,應伯爵說濟人積德。

常時節婦人先罵常時節,常時節拿出銀子,又喜的要不得。常時節買肉、米、衣給婦人。

西門慶要尋秘書,應伯爵薦一秀才,才學班馬之上,人品孔孟之流,就是在李侍郎府坐館時因慈悲丫環而被勾搭上,趕了出來,人說他無行,他其實坐懷不亂,今來西門慶家肯定不會再亂。西門慶一聽不要了,說另請一溫秀才。

第五十七回

道長老募修永福寺

薛姑子勸捨陀羅經

西門慶和月娘看官哥兒,西門慶要兒子長大做文官,不要當武職,武職雖有興頭,卻沒十分尊重。金蓮在外聽見,大罵李瓶兒、月娘和西門慶。

永福寺長老向西門慶要錢修寺,西門慶給銀五百兩。

月娘要西門慶少幹貪財好色的事體,積陰德給孩子。西門慶說只要消盡家私廣為善事,就是姦了嫦娥、娶了織女,也不減他潑天富貴。

薛姑子、王姑子來西門慶家,西門慶把給永福寺長老五百兩銀子的事說了,金蓮氣惱而退。薛姑子大贊西門慶的功德高,要他幫印千卷經。

不滿西門慶的潘金蓮碰見陳經濟,就像貓兒見了魚鮮飯。

西門慶叫玳安拿銀三十兩交薛姑子印經。

西門慶請眾親友吃酒。

第五十八回

懷妒意金蓮打秋菊

乞臘肉磨鏡叟訴冤

西門慶醉後到孫雪娥房中歇;第二天西門慶生日,鄭愛月未到,西門慶發怒:「這個小淫婦,這等可惡,在別人家唱,我這裏叫他不來。」後來總算叫來了。

玉樓、金蓮對孫雪娥自稱「四娘」不滿,說「奴才不可逞,小兒不可哄。」

西門慶待客吃酒慶壽。

溫秀才作西賓，專修書柬，回答往來士大夫，每月三兩報酬。

潘金蓮因西門慶歇在瓶兒房中、請任醫官給官哥兒看病而使氣關門打狗嚇官哥兒，又打丫環秋菊，嚇醒了已睡的官哥兒，潘老老解勸反被惡罵一頓，秋菊臉和腮被指甲掐得稀爛，李瓶兒敢怒不敢言。

金蓮和玉樓看西門大姐，金蓮當著大姐罵李瓶兒，咒官哥兒。

玉樓、金蓮磨鏡，磨鏡老漢哭窮。金蓮、玉樓送給臘肉、小米等東西。

第五十九回

西門慶摔死雪獅子

李瓶兒痛哭官哥兒

韓道國回家，卸了十大車緞貨。韓道國與王六兒歡飲。

西門慶使銀子、紗衣給鄭愛月兒，到院中與鄭愛月兒纏綿。月娘和金蓮誤以為找李桂姐。

金蓮房中養了一隻雪獅子貓，把官哥兒身上抓破，官哥兒嚇得倒咽口氣不言語了。月娘質問金蓮，金蓮不忿。

劉婆子來叫熬燈心薄荷湯給官哥兒喝。

西門慶聽月娘之言後摔死雪獅子，金蓮大罵西門慶是「變心的強盜」。

劉婆子針灸後艾火把風氣反於內，官哥內臟俱抽。

李瓶兒睡夢中被花子虛怒罵：「你如何抵盜我財物與西門慶，如今我告你去也。」李瓶兒求饒不迭。

官哥兒死，只活了一年零兩個月。李瓶兒哭得死去活來。

孫雪娥趁西門慶等人去葬官哥在家陪李瓶兒，揭金蓮之狠毒。

第六十回

李瓶兒因暗氣惹病

西門慶立段鋪開張

金蓮指丫頭罵李瓶兒，李瓶兒因氣而病。一晚花子虛抱著官哥兒叫她，新尋了房子，同去居住。李瓶兒不捨西門慶，去抱官哥兒，被推倒而醒，原是一夢。

來保南京貨船到，裝了二十大車行李。親朋來賀，大擺酒席。

新開張，賣銀五百兩。西門慶滿心歡喜。

應二瞭解到鄭春是鄭愛月兒弟弟，要他唱曲下酒。以討西門慶歡心。

眾人吃酒行令。

西門慶託應伯爵給常時節五十兩銀子，叫買房開鋪做買賣。

第六十一回

韓道國筵請西門慶

李瓶兒苦痛宴重陽

王六兒建議韓道國請西門慶，感謝其照顧，掙了不少錢來，韓道國同意了。西門慶到韓道國家赴席，王六兒叫申二姐來給西門慶唱曲兒。末了，韓道國到鋪子裏睡去了，留下老婆和西門慶飲酒擲骰，在後房中幹事，被胡秀看見。王六兒和西門慶商量，長期打發韓道國遠去作商，投身西門慶。

西門慶回家要在李瓶兒房中歇，李瓶兒叫他去金蓮房中。自己下面流血不止。

金蓮諷刺西門慶「照顧」了韓道國的老婆，西門慶否認說，夥計家沒有這道理。

重陽令節，西門慶要月娘接申二姐來家唱曲兒。申二姐爲李瓶兒唱曲，月娘叫李瓶兒喝酒，李下淋而歸。

應伯爵陪常時節以螃蟹鮮爐燒鴨兒感謝西門慶。應伯爵誇劉太監給西門慶送的二十盆菊花。

李瓶兒尿血暈倒，西門慶請任醫官來爲李瓶兒看病，吃了「歸脾湯」越發流而不止，請來胡太醫、何老人下藥，均不抵事。

月娘說吳神仙說瓶兒二十七歲有血光之災，今整二十七歲，快請吳神仙。

西門慶差人尋吳神仙不見，又差陳經濟請算卦的黃先生。黃說其命合休。

第六十二回

潘道士解禳祭燈法

西門慶大哭李瓶兒

西門慶守李瓶兒哭泣，李瓶兒勸西門慶去衙門幹公事。李瓶兒說睡夢中花子虛抱子要她去，西門慶叫玳安去玉皇廟要符來貼於門上。

李瓶兒又說花子虛來拿她，見西門慶來才走了。又請馮媽媽來作陪，差玳安隨應伯爵去五嶽觀請潘道士。

王姑子來看李瓶兒，奶子如意兒大贊瓶兒「好性兒」，李瓶兒說：「天不言而自高，地不言而自卑。」李瓶兒說她死後叫王姑子「多誦些血盆經，懺我這罪業。還不知墮多少罪業呢。」

李瓶兒與西門慶對哭，叫西門慶去衙內幹公事。西門慶要做壽材衝衝，李瓶兒叫將就使十來兩銀子買副熟料材兒，埋於先頭大娘房裏，不要將她火化。西門慶聽罷大哭，說窮死也不辜負李瓶兒。

月娘也來叫準備棺材。用三百二十兩銀子買了副好板。

李瓶兒給王姑子銀子、綢子，叫她於自己死後誦血盆經；給馮媽媽四兩銀子，襖裙、一根銀掠兒；給奶子如意兒紫綢子襖兒等物；又送迎春、繡春東西。眾人非常感激，又拜又哭。

李瓶兒不叫西門慶用大錢買棺材，「休要使那枉錢，往後不過日子哩。」

月娘、李嬌兒來房裏，李瓶兒吩咐安排迎春，繡春及奶子。又單獨叮嚀月娘不要像她「心粗，吃人暗算了」。

潘道士捉鬼不成，言李瓶兒爲「宿世冤愆所訴於陰曹，非邪祟也，不可擒之。」

潘道士看西門慶禮貌虔切，爲李瓶兒祭本命星壇，看其命燈，原來獲罪於天，無所禱也，本命燈已滅，難以復救，命在旦夕。道士臨走叮嚀今晚西門慶不可往李瓶兒房裏，「恐禍及汝身」。拂袖而去。

西門慶不聽道士之言，願寧死也廝守李瓶兒，李瓶兒告訴他花子虛領人來罵，發恨而去，西門慶和李瓶兒抱頭痛哭，李瓶兒打發走西門慶，西門慶去月娘房裏，說李瓶兒來了多年沒惹一個人。

迎春做夢，李瓶兒推她辭行，醒後已死。西門慶哭「有仁義好性兒的姐姐，」說自己也「不久活於人世了，」一跳三尺高，哀聲動地而哭。說李瓶兒三年來一日好日子沒過。月娘聽了不耐煩，「她沒過好日子，誰過好日子來。」

西門慶不梳頭洗臉，只顧哭李瓶兒。罵金蓮「狗肏的淫婦」，月娘、金蓮、玉樓發洩對西門慶哭李瓶兒之不滿。誰叫西門慶吃飯，就踢誰一腳，陳經濟不敢叫，玳安說等應二來後擺飯，應二兩句話可使爹喜歡。

伯爵哭有仁義的嫂子，金蓮、玉樓罵「俺每都是沒仁義的」。西門慶對伯

爵說「平時我又沒曾虧欠了人，天何今日奪吾所愛之甚也。」「只是一個孩兒也沒了，今日他又長伸腳去了，我還活在世上做什麼，雖有錢過北斗，有何大用。」

應伯爵說一仕三在，一亡三亡，全家靠西門，出主意叫給瓶兒念幾卷經，大發送葬。說得西門慶心地透徹，茅塞頓開，也不哭了，叫玳安看飯，伯爵聽沒吃飯，用孝經「教民無以死傷生，毀不滅性」，又用常言說「寧可折本，休要饑損」相勸。

第六十三回

親朋祭奠開筵宴

西門慶觀戲感李瓶

請畫師韓先生爲李瓶兒傳神子，畫好半身，美人圖一般。西門慶叫玳安拿給月娘等看，月娘不喜，說不像；金蓮反對畫，孟玉樓、李嬌兒說畫的像，只是嘴唇略扁了些。月娘說左邊額頭略低，瓶兒眉角還彎。韓先生改了，喬大戶稱讚。

小殮停當，搭卷棚、罩棚、榜棚，請僧念倒頭經。強著陳經濟做孝子，西門慶在靈傍邊搭涼床、圍圍屏，自歇宿。

李瓶兒乾女兒吳銀兒來哭，月娘拿出李瓶兒留給她的衣物。

胡府尹素衣金帶來上紙。擺席唱戲。西門慶看戲聽到「今生難會，因此上寄丹青」一句，睹物思人，見鞍思馬，流淚。金蓮不服，指與月娘、玉樓。金蓮說是假弔淚，若能唱出她弔淚，我才算他好戲子。

第六十四回

玉簫跪央潘金蓮

合衛官祭富室娘

傅夥計和玳安閒話，玳安說李瓶兒帶來金銀珠寶甚多，「俺爹心裏疼，不是疼人，是疼錢。」又說李瓶兒的性格，「這一家子都不如他。」「使俺們買東西只拈塊兒」，一家子沒有不借他銀使，只有借出來，沒個還進去的。五娘和二娘性吝，給一錢銀子只有九分半或九分，俺們莫不賠出來。

書童和玉簫偷期，被金蓮發現，玉簫答應在月娘房裏當金蓮暗探，書童

拿了許多銀兩衣物逃奔蘇州原籍去了。

薛內相、劉內相（均爲太監）聽戲，兩人議論朝政罵蔡京。

第六十五回

吳道官迎殯頒眞容

宋御史結豪請六黃

知縣，縣丞、主薄、典史、陽谷縣知縣等前來上紙帛弔問。

黃主事要西門慶辦酒席爲黃太監做東。宋巡按差人央煩西門慶出月迎請六黃太尉。

李瓶兒三七、四七，長老念經，下葬掩土。

西門慶伴靈宿歇，大哭佳人。夜半與奶媽如意兒親嘴入眠。如意兒得寵恃強，被金蓮看在眼裏。

迎送黃太尉，宴請諸親友，伯爵誇西門慶迎送黃太尉爲山東省出名。

西門慶酒席間稱讚李瓶兒，伯爵叫他不要冷淡了別的嫂子的心。金蓮聽說去告訴月娘，月娘對西門慶分散李瓶兒房中丫頭不滿，對李瓶兒房中媳婦、丫頭輕狂不滿。

金蓮又說如意兒得簪自誇於人的事。

第六十六回

翟管家寄書致賻

黃眞人煉度薦亡

僧道念經。翟謙差王玉下書西門慶，聲稱西門慶要陞官，「有掌刑之喜」。

黃眞人、吳道官爲李瓶兒念超生經。

第六十七回

西門慶書房賞雪

李瓶兒夢訴幽情

西門慶到花園書房，叫王經派來安兒請應伯爵，叫來小周兒篦頭捏身，和應伯爵說準備謝孝的事。應伯爵喝了給他和西門慶的兩盞酥油白糖熬的牛奶子。

韓道國報說去松江販布的事。西門慶、應伯爵，溫秀才、韓道國，陳經濟吃粥。溫秀才已給翟管家寫好回書，西門慶送禮送銀，交與來人王玉帶去。

西門慶和溫秀才賞雪。鄭春替月娘給西門慶送兩盒茶食，又送私物及親口嗑好的瓜子仁。

黃四為其丈人官司說情，應伯爵叫西門慶收了銀子，說不收像嫌少，難為了他等。西門慶、應伯爵、溫秀才吃酒行令。伯爵拿泡螺說笑，西門慶喜的兩眼沒縫兒。

西門慶和如意兒睡，如意兒極力取其寵愛。西門慶瞞著月娘，把銀錢衣服首飾與她。

金蓮向月娘告西門慶的狀，嫌他和如意兒睡了，用來旺媳婦作比，月娘說她不管這閒帳。

月娘提醒西門慶給喬親家女兒送禮做生日。

玳安為黃四辦事，勝利而歸，西門慶大喜。西門慶夢見李瓶兒，說被花子虛告了一狀，蒙西門慶說了人情，減了三等之罪，那廝還要拿西門慶，要他提防，說完而去。西門慶夢中哭醒。

伯爵添子，來西門慶處討錢二十兩，西門慶慨然相助五十兩。伯爵問黃四之事，說不收銀子白不收。

孟玉樓之弟孟銳要去川廣販雜貨來辭西門慶。

月娘說伯爵房裏花兒新生兒子滿月，要去看他。

第六十八回

鄭月兒賣俏透密意

玳安殷勤尋文嫂

金蓮要薛姑子像給吳月娘吃符水藥一樣，給他配坐胎氣符藥吃。

薛姑子和王姑子為念經爭錢鬧矛盾。

西門慶和應伯爵要去黃四家吃酒，安郎中來拜。

到鄭家院中，鄭愛月兒、愛香兒插燭也似磕了頭。溫秀才來，伯爵言「老先生何來遲也，留席久矣」，鄭愛月兒給西門慶遞酒沒給他，他說「你看這小淫婦兒，原來只認得他家漢子，倒把客人不放在意裏。」

吳銀兒（在鄭家後邊住）給西門慶送茶。吳銀兒（還給瓶兒戴孝，故西門慶喜）過院來和西門慶攀話，說西門慶想李瓶兒等。

鄭愛月兒要應伯爵跪下，打兩個嘴巴，應說「再不敢傷犯月姨了」，才吃了應伯爵獻的酒。又要應二跪下，才償他一鍾酒。一會拿果碟來，應推讓溫秀才，只顧不住手拈放在口裏，一邊又往袖中褪。

西門慶想李瓶兒夢中所言，少在外夜飲，便淨手退席。

鄭愛月兒給西門慶講李桂姐被王三官拴住一事，惹惱了西門慶。鄭愛月兒叫西門慶勾引王三官母親和王三官媳婦。

西門慶說鄭月兒「既貼戀我心，每月我送三十兩銀子與你媽盤纏，也不消接人了，我遇閒就來。」鄭愛月說：「什麼三十兩二十兩，兩日間掠幾兩銀子與媽，我自恁懶待留人，只是伺候爹罷了。」西門慶說他決然送三十兩銀子來。

西門慶叫玳安問陳經濟舊時給他說媒的文嫂，要文嫂連絡王三官的母親和妻子。

第六十九回

文嫂通情林太太
王三官中詐求奸

西門慶給文嫂五兩一錠銀子，要她說王三宮母親（王招宣妻子）林太太。

林太太見西門慶。文嫂以設法杜絕引誘王三官眠花臥柳的歹人爲由請來西門慶，西門慶與林太太歡會。回衙門後抓打引誘王三官的幾個光棍。卻放過他的朋友孫寡嘴、祝日念等。光棍們說：「龍鬥虎傷，苦了小張」，幾個光棍到王三官家混鬧，王三官求母親林氏相救，林氏請文嫂向西門慶求情。文嫂先用酒肉讓光棍們吃，自己領三官到西門慶家求救。西門慶使人捉拿，痛責一頓放出去了。

西門慶在月娘面前罵王三官不上二十歲，年小小兒的，通不成器。月娘說他「你不曾溺泡尿，看著自家，乳兒老鴉笑話豬兒足，原來燈檯不照自。」

應伯爵說西門慶「明修棧道，暗度陳倉」，「眞人不露面，露面不眞人」，「智謀大，見的多」，「有鬼神不測之機」，「所算神妙不測」。

第七十回

西門慶工完升級
群僚庭參朱太尉

西門慶被提升爲正提刑，要上京謝恩，夏提刑約西門慶一起在令親崔中書家歇宿。

西門慶與夏提刑去蔡太師府中，送翟管家禮物。何太監侄男要做副提刑，與西門慶同行，何太監去找剛在午門前謝了恩的西門慶。

何千戶來拜西門慶。

眾官拜見朱太尉，西門慶和何千戶見朱太尉。

第七十一回

李瓶兒何千戶家託夢

提刑官引奏朝儀

何千戶請西門慶到家中吃飯。何太監贈西門慶萬歲賜與他的蟒衣，何太監硬是要西門慶從夏提刑令親崔中書家搬來後花園中住。

西門慶夢見李瓶兒來說「已尋下房子，今見一面，不久要搬取去」，再告之：「休貪夜飲」。西門慶第二日所見造釜巷裏有雙扇白板門，與夢中所見一般，一問乃袁指揮家，不勝歡異。

西門慶拜見夏提刑。翟謙給西門慶送禮。夏提刑來拜西門慶、何千戶。

西門慶晚與王經相摟而睡，以男當女。

皇帝設朝，蔡太師奏本，朱太尉奏千戶繳換箚付，至旨下，照例準領。

何千戶西門慶回山東途中，於黃龍寺歇宿。

第七十二回

王三官拜西門爲義父

應伯爵替李銘釋冤

春梅洗衣向如意借棒槌，如意兒不給，春梅告金蓮，金蓮讓罵如意兒。金蓮和如意兒相打，說自己聞得聲喚，「你來雌漢子」，打如意兒。

孟玉樓拉潘金蓮到自己房中，問緣故，金蓮說自己是眼裏放不下沙子的人，說如意兒是李瓶兒出世，說吳月娘在後邊裝聾作啞。又說今不禁下她，「到明日又叫她上頭腦上臉的，一時捅出個孩子，當誰的。」玉樓稱其「有權術」。

西門慶回家，吳月娘告他：「逢人且說三分話，未可全拋一片心。」老婆還有個裏外心兒，休說世人。

伯爵，溫秀才來拜，第二天擺酒與何千戶接風。

帥府周守備來拜。

工部安郎中來賀，要借西門慶府爲蔡老先先第九公子蔡少塘中途洗塵。

西門慶到王三官家，林太太叫王三官拜西門慶爲義父。

金蓮在家磕瓜子等西門慶，要西門慶若會如意兒，要告訴他一聲兒。

應伯爵約請西門慶五位夫人到家給兒子做滿月。李銘買燒鴨二隻，老酒二瓶求伯爵向西門慶說情，「爹動意惱小的，不打緊。同行中人，越發欺負小的了。」伯爵對西門慶說：「……他（李銘）小人有什麼大湯水兒，你若動動意兒，他怎的禁得。」李銘跪說：「爹從前已往，天高地厚之恩，小的一家粉身碎骨，也報不過來。不爭今日惱小的，惹的同行人恥笑，他也欺負小的，小的再向那裏是個主兒。」

伯爵對李銘說：「他有錢的性兒，隨他說幾句罷了。常言嗔拳不打笑面，如今時年尚個奉承的，拿著大本錢做買賣，還放三分和氣，你若撐硬船兒，誰理你，休說你們，隨機應變，全要四水兒活，才得轉出錢來，你若撞東牆，別人吃飯飽了，你還忍餓。」

第七十三回

潘金蓮不憤憶吹簫

郁大姐夜唱鬧三更

孟玉樓做生日。金蓮要給西門床做白綾帶兒，薛姑子給金蓮送那安胎氣的衣胞符藥。

月娘叫小優兒唱「比翼成連理」。西門慶卻思念李瓶兒，叫唱《憶吹簫》。唱到「他爲我褪湘裙杜鵑花上血」，金蓮羞西門慶：「沒對兒一個後婚老婆，又不是女兒，那裏討杜鵑花上血來。好個沒差的行貨子！」西門慶說：「怪奴才，我只知道聽唱，那裏曉得什麼。」

金蓮只顧和西門慶拌嘴，月娘叫她去陪楊姑娘、潘姥姥去了。

西門慶穿東京何太監送他的青段五彩飛魚蟒衣，伯爵說：「此是哥的先兆，明日高轉，做到都督，不愁玉帶蟒衣，何況飛魚。」

李銘彈唱，金蓮當著玉樓、月娘說西門慶懷念李瓶兒之事。

金蓮因不見了一個柑子，撛得秋菊臉上發腫。

第七十四回

　　宋御史索求八仙鼎

　　吳月娘聽宣黃氏卷

　　潘金蓮要去應二家給小孩做滿月，要李瓶兒的皮襖穿。西門慶叫如意兒把李瓶兒的貂鼠皮襖拿出來給金蓮穿。如意兒趁機要了李瓶兒幾件襖和衣。

　　如意兒拿皮襖給金蓮，二人和解，金蓮要如意兒把西門慶給她衣服的事給月娘說知。

　　月娘說西門慶不該把李瓶兒皮襖給金蓮穿，「她見放皮襖不穿」。

　　桂姐爲勾引王三官一夥之事給西門慶磕頭，推卸責任。月娘爲之說情，西門慶說不惱桂姐了。桂姐還要西門慶笑一笑才起，不笑跪一年。金蓮說「今日在這裏你便跪著，明日到你家他卻跪著，你那時別要理他。」西門慶、月娘均被說笑了。

　　宋御史、安郎中送禮來賀。宋御史要借西門慶府置酒爲巡撫侯石泉上京奉餞，西門慶答應了。

　　招待蔡九知府。

　　月娘對玉樓發泄對西門慶去金蓮房中的不滿。

　　月娘叫薛姑子高聲宣讀黃氏女卷。

　　桂姐要求唱曲兒給娘們聽。

第七十五回

　　春梅毀罵申二姐

　　玉簫愬言潘金蓮

　　西門慶要到李瓶兒房裏與如意兒睡，向金蓮要淫器包兒，被金蓮臭罵一頓，金蓮兩次叫回西門慶，要他只和如意兒睡一回，不准和如意兒談閒話等。

　　如意兒趁機向西門慶要穿戴。

　　到清河口拜蔡知府。

　　荊都監送來二百石白米，請西門慶向宋巡按說情，年終舉劾地方官員時能使他有所寸進。

　　玉簫對金蓮說明月娘、玉樓對金蓮留西門慶的埋怨。金蓮說西門慶不在她房裏。玉簫又說月娘對西門慶把李瓶兒皮襖給金蓮穿不滿意。金蓮罵月娘。

　　四個婦人往應伯爵家吃滿月酒。

家中春梅要叫申二姐唱曲兒她聽，申二姐不來。春梅大罵申二姐，把申二姐攆了出去。郁大姐、迎春、如意兒連忙服侍說好話。郁大姐給春梅唱曲兒聽。

月娘等回家拜西門慶，唯孫雪娥給西門慶磕頭，起來又給月娘磕頭。月娘說應伯爵生小孩的妻子春花「只剩下個大驢臉」，西門慶說「那奴才撒把黑豆只好教豬拱罷。」

月娘聽說春梅趕走申二姐，惱說「成甚麼道理」，要金蓮管管春梅。金蓮笑罵申二姐。月娘滿臉通紅說了金蓮一通，告訴了西門慶，西門慶笑爲春梅辯護，月娘惱起來。

金蓮吃薛姑子符藥，叫西門慶到她房裏去。月娘偏不讓去，「自你是他的老婆，別人不是他的老婆，」並向西門慶提出「一視同仁，都是你的老婆」。

月娘說孟玉樓掉了口冷氣，在應二家喝了口酒都吐了，要西門慶到玉樓房去睡。西門慶到玉樓房中，玉樓正吐，說「今日日頭打西出來。」西門慶要他吃劉學官送的十圓廣東牛黃清心蠟丸。

月娘和大妗子、三位師父數說春梅罵申二姐的事。

玉簫又對金蓮說月娘如何對西門慶數說金蓮「強汗世界」。金蓮到月娘處，正碰上月娘對大妗子說金蓮「管情不知心裏安排著，要起什麼水頭兒哩」，金蓮進來與之口角，月娘狠揭其短：害死李瓶兒，二婚等。金蓮打滾撒潑，被玉樓、玉簫扯起來送到前邊去了。

月娘又對大妗子數落金蓮無所不爲，「人幹不出來的，你幹出來」，「九條尾的狐狸精」。

西門慶從孟玉樓口中得知月娘和金蓮嘔氣，慌忙來勸月娘。月娘說沒的生下孩子也像李瓶兒，西門慶叫月娘把金蓮當「臭屎一般」看。

喬親家（喬大戶）擺酒請西門慶，要他對胡府尹說納個儀官。

西門慶請來任醫官，月娘不動身，說漢子「睜著活眼，把手捏腕的」，「好與人家漢子喂眼」，玉樓、大妗子相勸，方動身。

第七十六回

孟玉樓解慍吳月娘

西門慶斥逐溫葵軒

任醫官給月娘診脈看病，聽西門慶說宋巡按在他家擺酒請侯石泉巡撫，

越發駭然尊敬西門慶。

玉樓對月娘說金蓮「不知好歹」，「恰似咬群出尖兒的一般，」玉樓要金蓮為月娘磕頭，兩人「笑開」。

玉樓勸金蓮：「你我既在簷底下，怎敢不低頭」，「甜言美語三多暖，惡語傷人六月寒」。

金蓮插燭也似給月娘磕了四個頭，說「娘是個天，俺們是個地，娘容了俺們，俺們骨禿权著心裏。」

西門慶向宋御史推薦荊都監和妻兄吳鎧（吳大舅）。

為侯巡撫設筵。

西門慶家宴賞梅飲酒。

月娘叫西門慶往李嬌姐房裏去，西門慶只好答應。

金蓮、春梅使性，西門慶陪著叫秋菊準備了茶飯來吃。

何九叔因其弟何十乞賊攀著，和王婆找西門慶說情放掉何十。西門慶升衙，打強盜，放何十，拿弘化寺一名和尚頂替，因強盜在其寺內宿了一夜。

月娘、金蓮從畫童口中得知，溫秀才叫畫童侚屁股，畫童哭而不去。

西門慶回家聽月娘說了，叫來畫童提問，畫童又說出溫秀才把他升提刑官的書稿給倪師父看，倪師父給夏提刑看，夏提刑曾到京打點，幾乎擠掉西門慶。

西門慶一怒之下解雇了溫葵軒。

第七十七回

西門慶踏雪訪愛月

賁四嫂倚牆盼佳期

汪、雷、安等人來拜，要借西門慶家作東，請新升京堂大理寺丞的趙大尹。

潘金蓮當家管錢，春梅數錢提等子，眾小廝經常挨罵挨打。

西門慶和何千戶在夏提刑離去後同去看房子。

何九給西門慶送禮相謝。

西門慶到獅子街看頂替賁四做絲綢買賣的吳二舅。

西門慶在大雪中到鄭愛月兒家去。

愛香兒、愛月兒向西門慶要貂鼠做圍脖兒，西門慶答應雲老爹擺酒叫愛

月兒去喝一天。愛月、愛香和西門慶抹牌、吃酒，唱曲兒，搶紅玩耍。

鄭愛月誇三官娘子標致，說到「明日怕三官娘子不屬了爹的」，三官給愛月美人圖旁題詩一首，西門慶發現，愛月忙忙掩飾。

應伯爵向西門慶薦來友兒做活。來友改名來爵，其妻改名惠元。

西門慶送鄭愛月兒貂皮圍脖，封十兩銀子讓其過節。

西門慶送如意兒金亦虎和簪兒，送迎春一對簪兒。

西門慶叫玳安向賁四媳婦要了汗巾，晚上與其約會，被韓道國媳婦發現，告訴了潘金蓮。

第七十八回

西門慶兩戰林太太

吳月娘玩燈請藍氏

年除日，西門慶家過節，互相行禮。

王三官來拜西門慶、月娘。何千戶、荊都監等來拜。

西門慶與賁四老婆苟且，玳安在其走後，與賁四老婆同宿。

吳大舅冠帶拜謝西門慶。

西門慶趁王三官去東京給外叔父黃太尉磕頭，來會林太太。

西門慶到孫雪娥房中，叫雪娥打腿捏身，捏了半夜。

應伯爵來借衣服頭面給老婆穿，去雲二嫂家吃酒。

婦人們去雲指揮家吃酒。

西門慶在家叫如意兒弄奶和延壽丹吃。

金蓮在玳安跟前揭露西門慶和玳安與賁四媳婦的勾當。

金蓮的潘姥姥沒轎子錢，向金蓮要，金蓮沒給，玉樓給了一錢銀子。金蓮要潘姥姥沒錢不要坐轎來，說「驢糞球兒面前光，卻不知裏面受惺惶」，說的婆婆哭起來了。

荊都監（荊忠）新升東南統制兼督漕運總兵官，來拜西門慶。

潘金蓮上壽，西門慶到潘金蓮房中。

潘姥姥在如意兒、迎春前誇李瓶兒為人好，對她好，說潘金蓮沒與她一個錢，春梅來請姥姥吃酒，姥姥說金蓮不給轎子錢，春梅為金蓮辯護。

西門慶、應二等往何千戶家赴席。

賁四送夏提刑回家，西門慶給其鑰匙，讓管絨線鋪。

潘金蓮聽說月娘請有錢的大姨兒來家，慌忙打發潘姥姥家去，月娘爲之裝點心茶食，給一錢銀子作轎子錢。

伯爵領李三來，要西門慶做一椿一萬兩銀子的古器買賣。

十二日西門慶家中請各官堂客飲酒，王三官娘子不來，林太太一個人來。

西門慶見何千戶娘子藍氏魂飛天外。

西門慶在卷棚內陪客吃酒，只想磕睡。

西門慶奸耍來爵媳婦。

第七十九回

西門慶貪欲得病

吳月娘墓生產子

王經的姐王六兒給西門慶送青絲一絡。西門慶看獅子街燈後會王六兒。西門慶醉回家中，金蓮用過量春藥。

西門慶病。月娘審明玳安西門慶嫖娼之事，伯爵來看西門慶。西門慶不上衙門去了。任醫官看病。吳銀兒，李桂姐來看。

鄭愛月兒送鴿子雛來看西門慶，說「一家子金山也似靠著你。」

吳神仙來看：酒色過度，腎水竭虛。當時只恨歡娛少，今日翻爲疾病多。

吳神仙爲月娘圓夢：「大廈將頹，夫君有厄，紅衣罩體，孝服臨身；顛折了碧玉簪，姊妹一時失散；跌破了菱花鏡，夫妻指日分離。」

月娘晚夕天井內焚香發願。

西門慶看見花子虛、武大在他眼前討債。

西門慶向月娘、陳經濟安排後事。

李嬌兒趁月娘昏迷拿了五錠元寶到自己房中。月娘生子，起名孝哥兒。

李三、春鴻、來爵到兗州察院宋御史處討回古器批文，中途聽西門慶死，將批文拿往張二官府去。

伯爵與李三、黃四出主意，送吳大舅銀子，同拿批文投張二官。

第八十回

陳經濟竊玉偷香

李嬌兒盜財歸院

應伯爵等狗肉朋友祭西門慶，水秀才寫祭文，把這起小人之輩臭罵一頓，

眾人粗俗不知。

　　桂卿、桂姐對李嬌兒說：「千里搭棚，沒個不散的筵席。」

　　金蓮與陳經濟勾搭。

　　李銘以幫忙爲名，教李嬌兒暗轉東西到院中。

　　埋西門慶，送殯之人不如埋李瓶兒稠密。

　　應二說張二官府花五百兩銀買李嬌兒做二房娘子，李嬌兒坐轎回院。

　　伯爵到張二官府赴奉，把西門慶家大小之事盡告與他，並建議要過金蓮來。

第八十一回

　　韓道國拐財倚勢

　　湯來保欺主背恩

　　到江南買貨的韓道國，聽西門慶死，拿一千銀子和老婆王六兒到東京太師府女兒那裏去了。

　　來保送迎春、玉簫給東京翟謙。

　　來保用西門慶家買貨先扣的八百銀子開布貨店。

第八十二回

　　潘金蓮月夜偷期

　　陳經濟畫摟雙美

　　陳經濟和金蓮約會荼蘼架下，二次在放生藥處，被春梅發現，亦與之做歡。金蓮懷疑經濟與玉樓有私，冷落了一晚陳經濟。

第八十三回

　　秋菊含恨泄幽情

　　春梅寄柬諧佳會

　　秋菊發現金蓮養女婿，對廚房小玉說了。小玉對春梅說了，春梅對金蓮說了，金蓮藉口秋菊煎粥把鍋打破了，拿棍子向秋菊背脊上，盡力狠抽了三十下。秋菊身上都破了，春梅在旁火上澆油。

　　八月十五，金蓮與經濟賞月飲酒，早睡未起，秋菊先訴月娘，只說五娘

請月娘說話，月娘來到金蓮房中，金蓮藏了經濟，裝穿珠花，月娘被瞞過。

小玉向金蓮、春梅出賣了秋菊。

月娘叫陳經濟和大姐挪進後邊儀門來住，金蓮與經濟間阻了。

金蓮趁月娘眾人聽尼僧宣卷，託春梅給經濟捎東帖，春梅用酒把秋菊灌醉倒扣廚房中，去尋經濟。

金蓮和經濟用《寄生草》傳情，三人做一處。秋菊酒醒看見，告訴月娘，被月娘罵為葬棄主子的奴才。婦人與經濟作《紅繡鞋》詞以自快。

第八十四回

吳月娘大鬧碧霞宮

宋公明義釋清風寨

月娘往泰安州頂上與娘娘進香，為了卻西門慶病重之時許的願心。月娘從岱嶽廟起身登山頂娘娘金殿碧霞宮。

廟中有一四十歲年紀的廟祝道士石伯才，貪財好色，窩藏高廉知州妻弟殷天錫，殷勤款待月娘。殷天錫趁吳大舅出去觀看隨喜之時，要調戲月娘。月娘大聲呼救，玳安、吳大舅趕到，砸門而入，門窗戶壁盡皆打碎。幾個人逃下山，在岱嶽東峰雪澗洞遇到普靜法師，法師要度其子為徒弟。

又至清風寨，遇燕順、王英、鄭天壽，王英要月娘作壓寨夫人。恰逢殺了娼婦閻婆惜的及時雨宋江在此，出面相救，以成全其名節，宋江拉王英說：「既做英雄，犯了溜骨髓三字，不為好漢。」

第八十五回

月娘識破金蓮姦情

薛嫂月夜賣春梅

金蓮懷孕，要經濟為之打胎。陳經濟找胡太醫，打下男胎，滿屋皆知。

一日金蓮、經濟在玩花樓上做一處。秋菊領月娘來看，月娘罵了經濟一頓，數落了金蓮一番。

大姐罵陳經濟，陳經濟罵大姐。經濟託薛嫂子給金蓮稍信。

金蓮階下兩犬交戀，春梅以此慰人。

經濟東帖上寫《紅繡鞋》一詞，金蓮回贈一首作答。

月娘要薛嫂原價賣出春梅，金蓮啼哭，罵月娘無人心仁義。春梅倒「一

點眼淚也沒有」，反勸金蓮寬心，對月娘不准她帶衣出去，說：「好男不吃分時飯，好女不穿嫁時衣。」金蓮要春梅拜辭月娘。春梅跟定薛嫂，頭也不回，揚長決裂，出大門去了。

第八十六回

雪娥唆打陳經濟

王婆售利嫁金蓮

陳經濟去薛嫂家中見春梅，薛嫂趁機要出去年臘月當的兩付扣花枕頂，成就兩個好事。月娘派來安到薛嫂家質問為什麼還不打發春梅，碰見經濟，回告月娘，月娘大罵薛嫂，薛嫂以騙詞相瞞。

薛嫂把春梅賣與周守備，守備給了五十兩一錠元寶，薛嫂只把十三兩給了月娘，又向月娘要了五錢。

西門慶曾向月娘說過他判一案，女婿嫖後丈母被處，今日應到他家了。

陳經濟罵大姐，罵傅夥計。玉樓生日，月娘不讓請陳經濟。

傅夥計向月娘告辭，月娘安撫了一頓，

陳經濟在人前說孝哥兒倒像他養的，叫他休哭他就不哭。奶子如意兒告訴月娘，月娘氣昏於地。

孫雪娥設計棒打陳經濟，賣掉潘金蓮。

眾人棒打經濟，大姐又不來救，經濟脫掉褲子，眾婦人被嚇跑，經濟脫身，往他的母舅張團練住的他的舊房子內住去了。

月娘差玳安請來王婆，領出金蓮，金蓮不從，被王婆一頓說詞，只好出走。到王婆家又和王潮兒廝混。

陳經濟來王婆家會金蓮，王婆會一面要五兩，如娶要一百兩銀子。經濟要休大姐娶金蓮，王婆不鬆口，經濟只好答應到東京取銀子。

第八十七回

王婆子貪財受報

武都頭殺嫂祭兄

應伯爵要把春鴻說與新任掌刑千戶張二官。伯爵又向張二官推薦金蓮，張二官差人往王婆家來，王婆一百銀子不鬆口，張二官聽說其醜事，又不要了。

雲離守見月娘守寡，手裏有東西，垂涎圖謀，與之作爲兒女親家。

春梅哭著要守備娶金蓮，王婆要一百兩，守備給八十兩不肯，給九十兩還不肯，守備說出一百兩抬來，周忠說：丟她兩日。

武松遇赦回清河縣當都頭，聽說金蓮在王婆家，假說娶金蓮回家看管迎兒，將來招個女婿一家過日子，騙王婆、金蓮到家，一齊殺了，上梁山而去。

第八十八回

潘金蓮託夢守備府
吳月娘布施募緣僧

陳經濟不顧父死母寡，騙取行李細軟要娶金蓮，不料被殺，燒紙哭泣。經濟做夢，金蓮求葬，經濟不敢，叫找春梅，金蓮說陰司不收，到處遊蕩，金蓮又託夢春梅，春梅叫張勝、李安埋金蓮。二人埋之永福寺。經濟父親靈柩亦停於永福寺。經濟到寺不參見父親靈柩，拿紙錢祭物到金蓮墓上祭了，哭了一場，再來祭父靈柩。

月娘布施和尚。

薛嫂報知周守備寵愛春梅盛況。

第八十九回

清明節寡婦上新墳
吳月娘誤入永福寺

薛嫂和月娘、大姐來陳經濟家，被陳經濟罵了一頓，大姐未下轎被罵抬回，月娘聽說氣的發昏。

第二日月娘又叫玳安把大姐抬到陳家，經濟不在，其母張氏知禮收留。經濟打大姐，推翻來勸的母親，把大姐又送回家。

清明節月娘爲西門慶上新墳祭掃。

春梅和守備來永福寺燒紙。

月娘等人踏青遊玩，來到永福寺。長老正招待月娘吃茶，春梅來爲金蓮燒紙，長老迎接不送。

春梅和大妗子、月娘、玉樓等見面，說：「奴不是那樣人，尊卑上下，自然之理。」玉樓給金蓮燒紙，月娘與春梅說話。

第九十回

來旺盜拐孫雪娥

雪娥官賣守備府

本縣知縣相公兒子李衙內看上了孟玉樓。雪娥買了來旺首飾欠一兩二錢銀子，叫明日來取。來旺兒取銀，雪娥與之約會。來昭、一丈青兩口作閥，二人私逃至來旺姨娘屈老老家，屈老老兒子見財起意，掠財而走被抓，來旺、雪娥亦被抓。春梅要丟雪娥的人，叫守備八兩銀子買來，打入廚下，燒火做飯，雪娥只叫得苦。

第九十一回

孟玉樓愛嫁李衙內

李衙內怒打玉簪兒

陳經濟以告狀相嚇，要月娘許多床奩嫁妝、又要來使女元宵。

李衙內打發官媒人陶媽媽向西門慶家求娶孟玉樓，玉樓正想嫁李衙內，見月娘來說，假說不允，月娘叫來陶媽，又允了。

玉樓三十七歲，衙內三十一歲，薛嫂在路上和陶媽媽商量先叫算命先生算一算，瞞為三十四歲。

李衙內四月初八日行禮娶玉樓。月娘從衙內處吃酒回來，撲著西門慶靈床兒大哭，玉樓與衙內恩愛。

李衙內先頭娘子丟下的丫頭玉簪，見娶玉樓來便使性兒。衙內看書打盹，玉簪送茶浪言浪語，被衙內喝退。口中胡言亂語，被衙內踢了兩腳。玉簪又罵玉樓，衙內要和玉樓洗澡，玉簪燒水，邊走邊罵，衙內打了幾十下。玉簪要嫁人。衙內叫來陶媽媽領出去變賣。

第九十二回

陳經濟被陷嚴州府

吳月娘大鬧授官廳

陳經濟開布鋪做買賣，結交楊大郎等狐朋狗黨，買下粉頭馮金寶回來，其母張氏嘔氣身亡。

陳經濟拿著舊日花園內所拾孟玉樓的簪子到浙江嚴州府找新升嚴州通判的李衙內父親，冒充孟玉樓兄弟孟銳相見，玉樓以姐夫相稱。陳經濟戲弄玉

樓，玉樓不理而退，經濟拿出簪子口稱昔日與玉樓有姦，誣玉樓貪了他財。玉樓只好暫時俯就，約下相會日期，和李衙內一起商量，於約會時以賊相拿。嚴州府正堂徐知府審理。徐知府讓心腹幹事人假扮犯人，與經濟一處，經濟言說他與玉樓舊日有姦，今來討他家老爺楊戩寄放的十箱金銀寶玩之物，玉樓不與，反誣為賊，幹事人報與徐知府，放了經濟，責怪了李通判一頓。李通判回家把李衙內打了一頓，依夫人之言，送李衙內同婦人歸原籍眞定府棗強縣攻書去了。

楊大郎聽經濟入牢，拐了貨物逃走。陳經濟狼狽而歸，大姐與馮金寶互相誣罵，經濟打大姐，大姐自縊而死。月娘得知，帶人亂打經濟，渾身錐子眼不計其數。月娘又告到舉人出身的霍大立知縣，先判經濟「夫毆妻至死者絞罪」，後經濟用一百兩銀子暗暗送與知縣，改判五年徒刑。月娘跪告知縣，知縣取了經濟杜絕文書，不准他去月娘家纏擾。

第九十三回

王杏庵仗義賙貧

任道士因財惹禍

陳經濟多方打點，坐了半個月監房，來找楊大郎，追問所拐半船貨物。楊大郎之弟楊二風反問經濟追要其兄。

陳經濟大房換小房，小房換賃房，賃房換冷鋪。頂火夫打梆子搖鈴為生，與眾花子為伍。

陳經濟乞討遇見父友杏庵王宣，請去飽吃一頓，又送衣服錢物。他不遵王杏庵之言做買賣，將衣錢花盡，又來找王杏庵。王杏庵又給吃飯送衣送錢，又吃光賣盡，三找杏庵。王杏庵送他到宴公廟任道士處學經當徒弟，任道士為他取名陳宗美，自此做了道士。

任道士故意說雞是鳳凰，酒是毒藥汁，叫經濟看，經濟偷吃了個不亦樂乎。任道士回家，問他為什麼臉紅，他說鳳凰飛了一隻，他怕師父打，喝了毒藥汁，只覺像醉了一樣，任道士從此以為他老實。

馮金寶賣給鄭家改名叫鄭金寶。陳經濟來會。

第九十四回

劉二醉毆陳經濟

酒家店雪娥爲娼

酒店中劉二看陳經濟包佔了馮金寶，以要房錢爲名打了金寶，又打經濟，把二人押至周守備府中。

春梅生子，守備大奶奶死了，將其扶正。一日守備要打經濟，春梅小子要經濟抱，張勝抱回，小哥兒便哭。春梅來一看是陳經濟，以姑表兄弟相稱，要守備饒了他。經濟回到宴公廟，任道士已氣怕而死，連忙又逃回城中。

春梅裝病，守備著忙，春梅藉口雪娥作的湯一會淡一會鹹，叫脫去衣服打得雪娥皮開肉綻，叫薛嫂把雪娥賣與娼門。薛嫂同情雪娥，和張媽媽合計，賣與潘五爲妻。誰知潘五是個水客，買她來作粉頭。

張勝爲守備買麴做酒，碰見雪娥，與之相會。

第九十五回

平安偷盜假當物

薛嫂喬計說人情

平安見月娘把小玉給玳安做了媳婦，還給一間房住。自己比玳安大兩歲，一無媳，二無房，便偷了假當鋪所當頭面去逛院，被新升巡檢吳典恩抓住，吳典恩要平安說月娘與玳安有姦，才將丫頭與他完房，平安說不知道，吳典恩便用挾子挾，平安吃不過，只好說月娘與玳安有姦。傅夥計來領頭面被吳典恩罵了回去，告於月娘，月娘慌得手腳麻木，那在當鋪前討頭面的人又大吵大嚷，月娘更憂。

月娘向薛嫂訴說：「死了漢子，敗落一齊來，就這等被人欺負，好苦也。」薛嫂叫月娘寫個說帖兒給春梅，託周守備給吳巡檢下話要頭面。

周守備出巡回來，聽了春梅之言，捉拿吳巡檢、平安到來，罵了一頓巡檢，打了一頓平安，還了原物與月娘，交與當主去了。

第九十六回

春梅遊玩舊家池館

守備使張勝尋經濟

西門慶三週年，孝哥兒生日，春梅送禮。月娘請春梅。春梅掛念陳經濟在外，叫妓女唱《懶畫眉》。

春梅回府思念經濟，守備叫張勝、李安限五日尋到。

陳經濟遇見楊大郎，被楊又打又踢，舊日冷鋪中一塊睡過的侯林兒看見，向楊大郎要五錢銀子給經濟，同經濟一起去酒店吃酒，侯林兒要經濟一塊到寺院伽藍殿，勝似給花子搖鈴打梆子。

侯林兒和陳經濟一處宿。水月寺葉頭陀給陳經濟看相。一天向陽捉虱，被張勝看見，用馬接往守備府中去了。

第九十七回

經濟守備府用事
薛嫂賣花說姻親

春梅叮嚀經濟以表兄弟相稱，說打發了孫雪娥，才好安排經濟。

春梅生日，月娘派玳安送禮，看見陳經濟，玳安回家告訴月娘，月娘不信。經濟阻攔春梅不要招惹月娘。月娘聽玳安之言也不過府中來，兩家就此不相往還。

經濟與春海勾搭。

朝廷敕旨下來，叫周守備領本部人馬同濟州府知府張叔夜征剿梁山泊宋江。臨走吩咐為經濟定親。

薛嫂說葛員外女兒翠屏為經濟之妻。

第九十八回

陳經濟臨清開大店
韓愛姐翠館遭情郎

守備周秀因宋江招安有功升濟南兵馬制管，經濟被升參謀之職。守備去濟南上任，張勝、李安隨去，周仁、周義看家。

經濟遇見舊友陸秉義，設計告楊大郎。拿守備拜帖，到提刑院何千戶、張二官府理事，打了楊大郎，經濟奪了楊大郎的謝家大酒樓。

韓道國媳婦王六兒和其女兒來到酒樓投宿，與陳經濟相認。

原來蔡太師等被送三法司問罪，發煙瘴地面，永遠充軍。兒子蔡攸被處斬，因此流落於此。

陳經濟與韓道國女兒韓愛姐互相傳情。纏綿之後，愛姐向陳經濟借銀五兩，交與王六兒。

韓道國用王六兒接客賺錢，愛姐與經濟託八老互傳情書。

第九十九回

劉二醉罵王六兒

張勝忿殺陳經濟

愛姐把所作懷經濟詩給經濟看。

酒店坐地虎劉二打與王六兒吃酒的販絲綿的何官人，又打王六兒，劉二是張勝的小舅子。王六兒來找經濟說。

經濟打聽張勝包占孫雪娥，劉二放私債等事。

徽宗見大金南下，一面求和納帛，一面傳位于欽宗，升周秀為山東都統制，兼四路防禦使。

周秀在濟南做了一年官職，賺得鉅萬金銀，叫張勝、李安運往清河縣家中。張勝發覺經濟與春梅於書院中趁翠屏回娘家交媾，並說張勝壞話。張勝拿刀子要殺二人，不想春梅被丫頭叫去看孩子，只殺了陳經濟。又去殺春梅，被李安攔住，打倒綁了。守備回來打死張勝，去拿劉二，雪娥自縊身亡，劉二被打死。

周守備去高陽關上防守。

韓愛姐兒去永福寺哭陳經濟而昏死。春梅與韓道國、王六兒救愛姐兒醒來。愛姐和春梅、翠屏回府為經濟守孝。

第一百回

韓愛姐湖州尋爺

普靜師薦拔群冤

韓道國與王六兒跟何官人往湖州去。

周統制接取家小往東昌府屯地。

春梅與老家人周忠次子周義勾搭。

周統制抗金被賊一箭射中咽喉而死。

愛姐與翠屏守節持貞，到西書院花亭散步，對詩，忽報統制陣亡，全家悲淒。

春梅與周義淫欲不止，患骨蒸癆病症，終死於周義身上。周義盜金銀細軟而走，被抓回打死。

大金人馬搶了東京汴梁，太上皇帝與靖康皇帝都被擄上北地去了，天下大亂，翠屏被娘家領去逃命；愛姐往湖州尋父母，到徐州時在一老婆婆家歇，

與叔叔韓二相遇。韓二在這裏挑河做夫子，第二天引愛姐尋父，到湖州知何官人、韓道國均死，王六兒與韓二結親。愛姐割髮毀目，出家爲尼，三十二歲以疾身亡。

金兵搶過東昌府。

月娘帶玳安、小玉等往濟南府投奔親家雲離守，與孝哥兒成親。途中碰見十年前被殷天錫追趕時投到雪澗洞的老和尚，要收十五歲孝哥兒爲徒弟。吳二舅不許。和尚引月娘來到永福寺，普靜和尚念了百十遍解冤經咒，超度眾生：西門慶，陳經濟、金蓮，武大郎、李瓶兒、春梅。

月娘做夢，見了雲離守，雲因妻亡要與月娘成親，被月娘罵了一頓，雲離守求歡於月娘，月娘使計先叫其女與孝哥兒成婚，事後月娘卻不從，雲離守殺了孝哥兒，月娘驚醒，方知是夢。小玉又說：普靜與鬼說話。月娘同意孝哥兒出家。

普靜點了正睡的孝哥兒一下，孝哥變爲西門慶，又點一下，復變爲孝哥兒。月娘方知孝哥兒爲西門慶所託生，大哭一場。孝哥兒醒後出家，名爲明悟。

月娘回家，改玳安爲西門安，繼承家業，月娘七十而終。

《西遊記》研究

《西遊記》人物善惡論（內容提示）

　　孫悟空的「惡」是「厲害」的意思；唐僧的「善」是「好心」的意思。

　　凡善未必都好，凡惡未必都壞。無論「善」、「惡」，都要區分對象，都要有界限，有限度。

　　取經是個大學校。九九八十一難，嚴酷的現實環境，對悟空和唐僧，都是一次又一次深刻有效的善惡再教育。改造社會，改造人，要善惡並用，不可偏廢。孫悟空也正是在懲惡行善中，完成了從妖仙到神佛的轉變。

　　成佛未必要念經。懲惡行善，善以待人，惡以防身，善惡有界又有度，便是佛的境界。

　　本書 2013 年 2 月由東方出版社出版，書名《中國人的善惡困惑》。

關於《西遊記》

　　一部《西遊記》，可以說是一部孫悟空從妖仙到神佛的轉變史。作者對孫悟空的轉變是通過以下五個方面表現的。

對神佛，從被迫服從到自覺服從

　　佛祖的無邊法力是孫悟空從妖仙轉變為神佛的前提條件。孫悟空沒有在玉帝的權力和地位面前屈服，或鎮壓或招安的軟硬兩手對他都不起作用。然而他終於在佛祖的無邊法力下認輸了，原來他的筋斗雲翻不出如來佛手心，還被壓在五行山下五百年，十分狼狽。他再也不像當年大鬧三界時那樣無法無天了，而是可憐巴巴地乞求菩薩解救，保證「知悔」，希望菩薩「指條門路，情願修行」，滿口答應給取經人做徒弟，入佛門以修正果。他雖然對菩薩給自己戴上「緊箍兒」不滿，但又沒本事去除，只好自認倒楣，乖乖就範，再次向菩薩保證要「棄道從僧」、「改邪歸正」、「脫難消災」、「前求正果」。在取經路上，他與許多妖魔爭鬥不能取勝，求助於神佛才將其治伏。悟淨、悟能、白馬都是觀音化妖為僧。17 回觀音幫悟空降伏黑風山的熊怪；21 回靈吉菩薩幫悟空抓住黃風嶺的黃風怪；26 回觀音幫悟空復活人參果樹，使鎮元子與悟空釋怨；31 回星神幫悟空收伏私自下凡在寶象國作怪的奎木狼變成的黃袍怪；39 迴文殊菩薩收伏變作道士以報復國王浸泡自己之恨的座騎；42 回南海觀音收伏紅孩兒；49 回在通天河，觀音幫悟空收伏從自己池中走脫變成靈感大王的金魚精；52 回如來讓悟空請來太上老君收伏老君座騎青牛變成的獨角兕大王；55 回觀音讓悟空請出昴日星官現出大雄雞嚇死母蠍怪；58 回如來識破六耳獼猴變成的假悟空；59 回悟空從靈吉菩薩處得定風丹使羅剎女扇他不

動；61 回眾護法神助悟空治伏牛魔王；63 回悟空在二郎神與梅山六聖幫助下
鬥敗龍王駙馬九頭蟲變成的九頭巨鳥；65 回彌勒佛使計收伏在雷音寺成精作
怪的自己的司磬黃眉童；71 回觀音收伏因報朱紫國國王射傷孔雀大明王菩薩
子女之恨而拆散國王鶯鳳的自己座騎變成的麒麟山妖精賽太歲；72 回悟空根
據黎山老母所說請來毗藍婆菩薩帶走毒死唐僧的大蜈蚣精變成的道士；77 回
如來令文殊、普賢二菩薩收回自己的座騎青獅、白象變成的獅怪、象怪及鵬
鳥變成的鵬怪；79 回壽星罩住自己的座騎白鹿變的送狐狸變成的美女以迷惑
國王的道士；83 回金星讓天王和哪吒父子收伏在黑松林變為美女要和唐僧成
親的曾被天王收伏拜天王為父的鼠精；87 回悟空上訪九天應元府天尊，請來
雷電雨諸神降雨三日，說服因不敬天而致久旱的鳳仙郡郡侯皈依佛門；90 回
太乙天尊助悟空降了在天竺國玉華城外竹節山盤桓洞作怪的九頭獅怪和黃獅
怪；92 回悟空上天請來奎木狼等 4 星降服犀牛怪；93 回太陰星君收伏變成天
竺國公主要和唐僧結婚的月中玉兔；如此等等。如果說悟空被壓在五行山下，
被戴上金箍咒兒時，不得不對神佛表示敬服，那麼神佛幫他降妖除怪，則使
他看到了這個世界上還有自己鬥不過的妖魔，而且有可以降伏一切妖魔的神
佛，使他對神佛的無上法力有了更進一步的認識，也是他對神佛從被迫服從
到心服口服而自覺服從的關鍵。他雖然一有機會就和神佛開點玩笑，那是他
幽默活潑的性格表現，而不是對神佛的不恭不敬。

佛祖成了他心目中的最高權威

三打白骨精後他被唐僧驅逐，唐僧遇妖，八戒請他降妖救師，他不但不
幹，還打八戒。八戒提起海上菩薩，他「不看僧面看佛面」，去救唐僧。56 回
二次被唐僧驅逐的悟空找菩薩訴苦，菩薩批評他打死草冠，不仁不善；他找
唐僧被拒，要如來去箍還俗，如來批評他「亂想」、「放刁」，命他好生幫助唐
僧，「功成歸極樂，汝亦坐蓮臺」，他不敢造次，規矩侍立。77 回他聽說唐僧
被妖怪夾生而食，取經事業毀於一旦，在此絕望之際，他沒有放棄，而是去
見如來，請佛定奪。總之，一有困難挫折，他便找佛祖訴委屈，聽教悔，指
方向，奔前程。在金平府繳獲的犀牛角也要帶去靈山獻給佛祖。

孫悟空是一種自然力，它的特點是自發性強，有破壞性，但若引導得法，
就可變自發性為自覺性，變破壞性為建設性。對於這種自發的自然力，像玉
帝那樣以力服之不行，以哄騙服之亦不行。而只能像佛祖一樣用法力治服之，

以緊箍咒兒約束之，以平妖伏魔磨煉之，以向佛向善導引之，以取經成佛鼓勵之，在困難之時幫助之。這就是神佛在孫悟空從妖仙到神佛的轉變中所起的作用。

佛是一種超現實的存在。它揚善但不殺惡，而是改惡爲善，使惡爲善所用。這是它具有無限親和力的根源。而無限的法力又是變惡爲善的必要條件。悟空到達西天後，如來佛對他說：「孫悟空，汝因大鬧天宮，某以甚深法力，壓在五行山下，幸天災滿足，歸於釋放；且喜汝除惡揚善，在途中伏魔降怪有功，全終全始，加汝爲鬥戰勝佛」。這是對孫悟空從妖仙到神佛的總結和評價，也是作者塑造孫悟空形象的良苦用心之所在。被壓五行山下，又被解救出來，是肉體的受罰和解脫；歷經八十一難後被封眞佛，是精神的磨煉和解脫。因爲孫悟空已經成佛，頭上的緊箍兒也不摘自去了。他已經實現了由此岸到彼岸的飛躍。

對唐僧，從三心二意到一心一意

唐僧在《西遊記》裏是作爲一種向善向佛的道德和信仰的象徵而存在的，是孫悟空由妖變佛的一面鏡子和參照物。他的是非不分沒有必要深責，因爲妖可變佛，非可變是。對惡是改造而不是消滅。孫悟空不正是從惡變善的嗎？

孫悟空和唐僧關係的變化主要從三次離開三次返回體現出來，他保唐僧取經，從三心二意到一心一意，是他的作惡減少爲善增多的表現。

第一次離開唐僧是兩人認識不久的事。孫悟空開始拜唐僧爲師主要還是爲了擺脫五行山的鎮壓，救其脫身，並沒有認識唐僧向善向佛的意義。他對救他的唐僧口敬行恭，也只是向善棄惡的起步。他的妖氣並沒有因爲認識唐僧而有任何改變。他打死六個剪徑的強盜，唐僧責他「行兇」、「傷生」、「忒惡」，所謂「千日行善，善猶不足；一日行惡，惡自有餘」。他是造反起家的人，受不得唐僧之氣，將身一縱，說聲「老孫去也」，便離開了唐僧。但他畢竟和大鬧三界時的不聽勸告，任性妄爲不一樣了。他是有過在太行山下被壓五百年經歷的人。他聽從龍王勸告：學習漢時張良，「圯下三進履」，從石公學得天書，幫助劉邦平定天下，最後棄職歸山，悟成正道。「大聖，你若不保唐僧，不盡勤勞，不受教誨，到底是個妖仙，休想得成正果。」他經過沉吟思考，聽從龍王勸告，又返回去尋唐僧。因不服緊箍咒兒，欲暗算唐僧，唐僧連念咒語，他疼痛難忍，只得服從，願保唐僧，永無退悔。

　　孫悟空第二次離開唐僧是三打白骨精之後。如果說 14 回他打死六個剪徑的強盜，唐僧因他傷生害命而不容，尚有道理，那麼 27 回三打白骨精驅逐他則毫無道理。悟空一方面對唐僧這一「過河拆橋」、「鳥盡弓藏」、「兔死狗烹」的做法不滿，有去除緊箍、斷絕關係之意，另一方面又怕自己離開後唐僧受到傷害，思想鬥爭非常激烈。這個只有在老君八卦爐裏被煙火薰出眼淚，平時不知流淚爲何物，即使被壓在五行山下五百餘年也不輕彈一滴淚的硬漢，沒有像第一次那樣主動離去，而是對唐僧依依不捨，動情落淚，還叮嚀沙僧他走後如有妖怪傷害唐僧，你「就說老孫是他大徒弟，西方毛怪，聞我手段，不敢傷我師父」，最後硬是拜了唐僧一拜「淒淒慘慘」地離去了。相形之下，倒顯得唐僧不近情理。這表明他頭腦裏「善」的觀念已比前番有明顯增長，他已經從妖仙向神佛又邁出了一大步。但他畢竟妖根未除，離開唐僧，沒有約束，豎旗屯糧，不提「和尚」二字，過起了「天不收，地不管，自由自在」的妖仙生活。唐僧遇妖，八戒來請，他不稱唐僧師傅，直呼其名，不願相救。但因他已有了一段取經經歷，八戒以語相激，他便決意去救唐僧，臨行還特意到東洋大海淨了淨身子，以去妖氣，生怕愛乾淨的唐僧討嫌。

　　第三次離開唐僧在 56 回。悟空因打死幫助四眾的揚老人之子及其強盜同夥，再次被唐僧驅逐。悟空雖然一時「惱惱悶悶」，但這一次他沒有回花果山爲王，而是主動回到唐僧身邊，「罷！罷！罷！我還是去見我師父，還是正果」。雖遭拒絕，對唐僧不滿，但在佛祖幫助下，治服六耳彌猴，與唐僧重歸於好。從此師徒再無猜忌，直至取經而歸。

　　他對唐僧看法有個過程，唐僧對他評價也有所轉變，由愛聽八戒之言轉變爲喜聽悟空之語，不但不再驅逐，還言聽計從。也不稱他「潑猢猻」了，而稱其「賢徒」。經過凌雲度後，三藏感謝三個徒弟，悟空說：「兩不相謝。彼此皆扶持也。我等幸虧師父解救，才成了正果。師父也賴我等保護，喜脫了凡胎。師父，你看這面前花草松篁，鸞鳳鶴鹿之勝境，比那妖邪顯化之處，孰美孰惡？何善何凶？」至此，「花果山」三字再不提起。和唐僧關係的轉變是孫悟空由惡向善轉變的標誌。是他對取經向善由不堅定到堅定的表現。此中雖然有曲折，有反覆，但也是堅定信念過程中難以避免的，最後還是取經成了正果。

對妖魔，從自己為妖到降魔伏妖

《西遊記》前 8 回主要寫孫悟空作為妖仙的所作所為。中間經過幾回轉折，12 回後寫他轉變為佛的艱難歷程。孫悟空是花果山一塊仙石所產的石卵所變的石猴，訪師得名，學成七十二變和筋斗雲，「降妖教子」，闖龍宮，得如意金箍棒；攪地府，銷猴類名號；鬧天宮，向玉帝提出政權要求。玉帝軟硬兼施，鎮壓未成，兩次派人招安，第一次封他弼馬溫，嫌小不幹；第二次給了一個「齊天大聖」空名，他偷仙桃，喝仙酒，吃仙丹，再回花果山稱王，天兵多次被他打敗。後來雖為二郎神所俘，太上老君的煉丹爐不但沒有燒死他，還幫他煉就了一雙火眼金睛和一付鋼筋鐵骨，從此更是所向無敵，玉帝拿他沒法。

第 8 回如來給菩薩交待，金箍咒兒就是對付「勸其學好」但又「不伏使喚」的「神通廣大的妖魔」的，孫悟空正是這樣的妖魔。孫悟空自己也承認這一點，31 回對奎木狼變成的妖怪說「我是你五百年前的舊祖宗」；74 回他對一老者說自己「當年也曾做過妖精，幹過大事。」他說的大事就是指在花果山為王時，「為了躲過輪迴，不生不滅，與天地山川齊壽」，從菩提祖師那裏學得一身過硬本領；又依靠這些本領大鬧三界，「不伏麒麟轄，不伏鳳凰管，又不伏人間國王所拘束」。他打亂了正常的神界秩序。照他這樣鬧騰下去，只能越鬧越亂，越鬧越糟。而在取經的路上，他的這些本領在正確的軌道上得到了「正當」的發揮。他與妖魔作鬥爭，既是對他的考驗，也是對他的磨煉。

取經路上的不少妖魔與神佛有著千絲萬縷的聯繫，如神佛的座騎童子之類，他們有的背著神佛下凡作惡，有的則受神佛指使以試唐僧師徒取經之誠心，如 23 回驪山老母與觀音、普賢、文殊菩薩變成母女四人相試，八戒不堅定而被捆；35 回太上老君受觀音之託，讓兩個童子化做金角、銀角大王考驗師徒四眾。還有的妖魔是某種自然物所變化，如白骨精為一骷髏所變，58 回的假悟空為六耳獮猴所變，64 回荊棘嶺攝去唐僧的四老者為柏、檜、竹、松四樹成精；67 回七絕山的妖怪為蟒蛇成精；72 回盤絲洞毒死唐僧的道士為大蜈蚣成精，七個女妖為大蜘蛛成精；還有 86 回的豹精，92 回的犀牛怪，等等。它們有的給唐僧取經製造障礙，有的惑主害主，有的苦害百姓，還有不少為吃唐僧肉以求長生。孫悟空憑藉自己的本領和對取經事業的忠誠以及神佛的幫助，戰勝了這些妖魔，給取經掃清了道路，在改造客觀世界的過程中改造

了自己的主觀世界，在與妖魔鬥爭中減少妖氣，增加仙氣。他自己在 73 回對毗藍婆說當年大鬧天宮是「壞事」，今日取經是「好事」。他的最後成佛不是靠與唐僧搞好關係，按佛祖眼色行事，而是在與妖魔真槍實棒的鬥爭中提升了自己。九九八十一難度完之日，也即妖氣根除之時。九九八十一難既是對唐僧四眾的考驗和磨煉，更是對孫悟空的考驗和磨煉。

對皇權，從推翻到維護

　　如果他當年大鬧天宮時取代了玉帝，無非是把天庭變成第二個花果山罷了，究竟也好不到那裏去。而放棄爭權奪利，保唐僧取經，向善向佛，把取代皇帝變為幫助皇帝，對他個人來說，不失為另一種有意義的選擇。經過取經磨煉，孫悟空再也不像大鬧天宮時那樣要求「皇帝輪流坐」了，而是竭力保駕皇位永固無虞。在金平府繳獲的犀牛角，也不忘「進貢玉帝，回繳聖旨」。他對已經做了三年烏雞國國王的青毛獅怪說：「我把你大膽的潑怪，皇帝又許你做！」完全是當年捉拿齊天大聖的灌口二郎的口氣。他搬來文殊菩薩，降服了妖魔，又去太上老君處討來「九轉還魂靈」使皇帝死而復生。在比丘國，他降服了變為國丈的妖鹿和變做美後的白面狐狸，不僅救了舉國小兒，也救了國王本人。在滅法國，他使計弄法，教育了四個要殺和尚以湊足殺夠萬僧之數的國王，使其認識到殺生之罪過，拜四眾為師，悟空也祝其「皇圖永固，福壽長臻」。鳳賢郡郡侯冒犯天條，三年不雨，悟空勸其從善，天降喜雨，郡侯感激不盡。在玉華王府，悟空不僅降妖救主，而且教給三個小王般般武藝，使其王位永固，「海宴河清」。在天竺國，在地靈縣，他使寇員外復活延年。如此等等。至此，悟空已經變成上效天庭下保當權派的佛教徒了，而不是動輒反上天宮使玉帝龍位不隱使眾官膽顫心驚的肉刺和心病。

對眾生，從傷生到救生

　　取經事業本身被作者看作是一件於民有利的事業，正像如來最後說明取經宗旨時所說：「你那東土南贍部洲，只因天高地厚，物廣人稠，多貪多殺，多欺多詐；不遵佛教，不向善緣，不敬三光，不重五穀；不忠不孝，不仁不義，瞞心昧己，害命殺生，造下無邊之孽，致有地獄之災。我今有經三藏，可以超脫苦惱，解釋災愆。」其經是否能「超脫苦惱，解釋災愆」，我們不去管他，因為在我們看來，馬列主義產生以前的任何高明理論也不能使眾生「超

脫苦惱，解釋災愆」。但佛祖對東土南贍部洲的斷語，卻是對當時社會現實的評價，有其正確的一面。其目的還是為的和平、光明和正義。這就決定了孫悟空所從事的取經事業是一件追求和平、光明與正義的事業，是為「眾生」，而不是像大鬧三界時那樣為他個人或其猴類而傷害生靈了。他戰勝了揚道抑佛或者崇道滅佛、荼毒生靈、嗜殺成性，貪財好色、邪惡不義、橫行人間、敲詐勒索、謀財害命、霸佔人妻、劫掠人女、禍國殃民、暴殄天物等等妖魔鬼怪，不但為取經的正義事業掃清了道路，在磨煉中使他自己身上妖氣減少，仙氣增多，而且直接造福於人類。孫悟空也從自己為妖傷生到為民除妖，維護眾生。而這也是他從妖仙到神佛轉變的重要標誌。

　　取經四眾也可看做一人。要幹成一件事業，必須具有唐僧一樣的善心和信仰，這是統帥，另有孫悟空的勇敢智慧和本領，有白馬的默默實幹，有沙僧的吃苦和正義感。當然作為一個人，也會有八戒的自私、多嘴、貪財好色、好吃懶做等，但不能讓後者占上風。如果扶持前者，不但能保持向上朝氣，連後者也可由消極因素變為積極因素。一個團體一個民族甚至一個國家又何嘗不是如此。這是對《西遊記》意義的一種解讀。一百個人可以做一百種解讀。但主題只有一個，這就是上面分析的：《西遊記》是寫孫悟空從妖仙到神佛的轉變史。

　　　　原載 2006 年 5 月三秦出版社出版的《中國古典小說戲曲研究論集》

《儒林外史》章回提要

第一回　說楔子敷陳大義　借名流隱括全文

王冕很孝順：

母親因家貧供不起他上學，要他給秦老家放牛，他高興地答應了，說他在學裏讀書心裏悶，不如放牛快活，還可帶書去讀。

秦家給他的魚肉什麼的，用荷葉包回去給他娘吃。積錢買書看。

學畫畫。畫荷花。沒骨花卉。賣畫得錢買的東西孝敬母親。十七、八歲自食其力，不放牛了，畫畫讀詩文。

不求官，不交友，閉戶讀書。

學《楚辭圖》上的屈原，造一頂極高的帽子，一件極闊的衣服，於花明柳媚之時用牛車載母親，口唱歌曲，在村鎮湖邊玩耍，不顧孩子們取笑。

危素賞識王冕之畫，要時知縣約王冕相會。

王冕辭瞿買辦拿來的時知縣的「侍生帖子」。

王冕以戰國時爲避魏文侯請做官而跳牆跑掉以示清高的段干木，和爲避魯穆公請做官而閉門不接見的泄柳爲榜樣，力辭不往。

時知縣一爲討好危素，二爲志書上留名，屈尊親自去請王冕，王冕避而不見，時知縣惱怒而去。

王冕說時知縣依仗危素勢要，酷虐小民，無所不爲，這樣的人，我爲什麼要相與他。爲怕危素找麻煩，出外躲避。

王冕在濟南問卜賣畫爲生。黃河決水，災民流散，王冕回浙江老家。

母親臨死不要王冕做官，因做官的沒甚好收場；王冕高傲，易惹禍。

天下大亂，朱元璋起兵滁陽，得了金陵，立為吳王。吳王見王冕，問何以服浙江人心，王冕答曰：「以仁義服人，何人不服；以兵力服人，浙人義不受辱。」

王冕沒有向秦老自誇吳王來見，而是說向年在山東認識的一個軍官。

王冕向秦老說八股取仕之法定的不好，讀書人既有這一條榮身之路，把文行出處就看輕了。

王冕根據天人感應學說，認為貫索犯文昌，一代文人有厄！文人厄運到了。

王冕隱居會稽山中，死於會稽山下。

厄運，即困苦災難。

第二回　王孝廉村學識同科　周蒙師暮年登上第

夏總甲一副豪紳嘴臉，自誇三班六房請他吃飯。

薛家集的人商量辦龍燈的事，夏總甲提議周進當老師。夏總甲對周進的介紹：六十歲……

周進待遇：每年十二兩銀子

周進出場，先梅玖到，接著門外狗咬，眾人看周進外表。

周進因不是秀才，和有秀才身份的梅玖相讓。

周進遵先母病中許願而吃齋，梅玖用打油詩諷刺周進，周進羞的臉紅一塊紫一塊。

梅玖講自己中秀才之前夢中日落頭頂。

王舉人來學堂避雨，自誇中舉前弄神作文的事。後又說夢做不得准，無鬼神之事。

王舉人的飯，雞鴨魚肉，堆滿春臺；周進的飯，一碟老菜葉，一壺熱水。

王舉人去後，周進掃雞骨鴨翅魚刺瓜子殼，周進昏頭昏腦，掃了一早晨。

申祥甫背地說周進壞話，夏總甲也嫌周進呆頭呆腦，不知常來承謝，被眾人辭掉。

周進隨姐丈金有餘到省城，給做買賣的記賬。

周進撞號板，哭得僵死過去。

第三回　周學道校士拔眞才　胡屠戶行兇鬧捷報

周進哭號板，哭得口吐鮮血。

金有餘向眾人說明周進痛哭的原因是因爲念了幾十年的書，連秀才也不曾做得一個，故見貢院傷心而哭。

眾人要湊銀爲周進捐監生。（備銀 200 兩）

周進中舉，汶上縣的人不是親的也來認親，不相與的也來相與，申祥甫在薛家集斂份子買了四隻雞、五十個蛋和些炒米、歡團之類，賀喜。到京會試又中進士，後又升御史，欽點廣東學道。

范進出場，儼然又一個當年的周進。

周進則「緋袍金帶，何等輝煌」，和范進恰成鮮明對比。

范進老實相告年齡：謊報三十，實則五十四歲。范進又告訴周進，從二十歲考到現在，已考了二十餘次，范進說自己文字荒謬，各位大老爺不曾賞取。

從范進告訴年齡、考試次數、不怨考官怨自己等看，此人忠厚。

周進先看范進卷子不入眼；但同情其「苦志」，又看一遍，覺得有點意思；看了第三遍認爲是「一字一珠」，只有看三遍才曉得是天地間之至文，抱怨世上糊塗官不知屈煞了多少英才。取筆細細圈點，卷面上圈了三圈，塡了第一名。

魏好古要做詩詞歌賦，周進說：「而今天子重文章，足下何須講漢唐。」塡了二十名，兩人都成了秀才。

周進鼓勵范進。

范進：出場、考試、錄取、回家、老實、可憐、清貧。

范進家庭：一間草房，一廈披子，門外茅草棚。

胡屠戶來賀喜，不要范進和平頭百姓平起平坐，拱手作揖。罵女婿「現實寶窮鬼」，「爛忠厚沒用的人」，吃得醺醺，腆著肚子而去。

范進向丈人借錢鄉試，被胡屠戶罵個狗血噴頭。「啐在臉上」，「癩蛤蟆想吃起天鵝肉」，「尖嘴猴腮」，「撒泡尿自己照照」，「不三不四，就想天鵝屁吃」。瞞著丈人去考，家裏已餓了兩三天。

母親叫范進賣唯一的一隻生蛋母雞，買幾升米來煮餐粥吃，母稱自己已餓得「兩眼都看不見了」。

別人報喜找范進，范進以爲哄他。

范進賣雞，不信別人說自己中了，後發瘋。

眾鄰拿雞蛋、白酒、斗米、捉雞來備飯管待報錄人。報錄人中說平時最怕的人打一耳光可治瘋病。

胡屠戶領著二漢，拿著肉、錢來賀喜，不敢打「天上的星宿」，怕被閻王打一百鐵棍，發在十八層地獄，永不得翻身。

胡在眾人勸導下喝酒壯膽，拿出凶相，打了范進一個嘴巴，因心中怕，手早就顫起來，不敢打第二下，范進醒後，胡屠戶就覺得手隱隱作疼，巴掌仰著彎不過來，心中懊喪打了天上文曲星，菩薩怪罪下來了，想著疼的更狠，向郎中討膏藥貼著。向「賢婿老爺」說明情況，表示道歉。向人誇讚女婿才高貌好，相貌體面超過張府周府的老爺，自吹自己眼力不錯，把女兒嫁給了一個老爺。回家路上替女婿扯了幾十回滾皺的衣裳後襟。到家門高聲喊叫「老爺回府了」。張府老爺來拜，胡屠戶忙躲進女兒房中不敢出來。

張敬齋和范進拉扯「親近的世兄弟」。送銀五十兩，要范進搬進自己東門大街上三進三間的空房中住。

胡屠戶說范進今非昔比，罵兒子死砍頭短命的奴才，該死行瘟的，不要讓拿銀子給范進。

范進家有人奉承，有送田產，有送店房，還有的破落戶兩口子投身為僕圖蔭庇的。兩三個月，奴僕丫環都有了，錢、米不消說。

范老太太因見所有東西連丫環都是自己的，哈哈大笑，往後跌倒，不省人事，痰透心竅，喜極而亡。

第四回　薦亡齋和尚喫官司　打秋風鄉紳遭橫事

僧官到佃戶何美之家去喝酒，何美之渾家介紹說胡屠戶女兒在娘家時：一雙紅鑲邊的眼睛，一窩子黃頭髮，鞋也沒見一雙，夏天靸著個蒲窩子，歪腿爛腳的，而今弄兩件「屍皮子」穿起來，做了夫人，好不體面。

僧官和何美之兩口兒被眾人一繩捆到關帝廟前戲臺下侯知縣出堂報狀。

僧官求范進拿帖子向知縣說了，三人被放，眾人（光棍）被帶著明日早堂發落，眾人求張敬齋向知縣說情亦免。兩方都在衙門口用了幾十兩銀子。

僧官和張敬齋是田鄰，揭發張敬齋使人捉拿他和何美之夫婦，費他的銀，好把屋後那一塊田賣與他。

張敬齋和范進到高要縣打秋風，遇到嚴貢生，誇獎高要縣湯知縣「豈弟

（音凱替）君子」，和他一見如故的情況。

嚴貢生向張范吹噓說自己「為人率真」，「不占人寸絲半粟的便宜，所以歷來的父母官，都蒙相愛。又說前任潘父母歲斂萬金，湯父母不過八千金。

蓬頭垢面的小使來找嚴貢生，說隔壁王家到家討豬，嚴說：「他要豬，拿錢來！」

湯知縣對張敬齋屢次來打秋風，甚覺可厭，但因范進來見，不好回絕。

湯知縣招待范張吃飯，范進不用銀鑲杯箸和象箸，後換成白竹方吃，但卻吃大蝦元子。在拿什麼筷子上顯孝盡禮，在吃葷上一點也不顯孝盡禮了。

張敬齋向湯知縣出主意整回民老師父。

原來現今奉旨禁宰耕牛，一回民老師父要湯知縣鬆寬些，送湯五十斤牛肉。張敬齋出主意叫把老師父打幾十個板子，取一面大枷枷了，把牛肉堆在枷上，出一張告示在傍，申明他大膽之處，上司得知，陞遷指日可待。湯知縣照辦，老師父枷到三日而死。

眾回民罷市鬧衙，要揪張敬齋算賬。

南海縣的張敬齋和高要縣的湯知縣勾結害民。

第五回　王秀才議立偏房　嚴監生疾終正寢

張、范從縣衙後溜跑。

按察使和高要縣湯知縣官官相衛，把幾個為頭的回回發落了。

張敬齋詭詐隔壁王小二家的銀子，為豬的事。

黃夢統老人向湯知縣告嚴貢生詭詐銀子的事。

嚴貢生曾向張敬齋、范進誇湯知縣怎麼和自己關係好；湯知縣對他打秋風不滿，現在又說他如此騙人，其實可惡，派書辦傳人，嚴貢生卷包逃往省城。

府縣廩膳生員王德、王仁為嚴監生出主意，出了幾十兩銀子為嚴貢生了結了官司。

王德王仁和嚴監生議論嚴貢生吃窮了喝窮了，不如自己節約。

嚴貢生（哥）是個好吃懶做，監生是個吝嗇鬼。

嚴貢生——嚴監生——王仁王德。

嚴監生的妾趙氏在嚴妻王氏病重時殷勤服侍，王氏說把趙扶正，趙忙叫嚴監生進來，監生說要徵求王德王仁意見。

趙氏爲把自己扶正而裝賢慧。

王德王仁在王氏面前聽了王氏（已不能言）用手指指鏡子，點點頭，可「把臉本喪著，不則一聲。」嚴監生拿出銀子，每人百兩，二王雙手來接，並答應把趙氏扶正。監生又拿出五十兩銀子交與二位，義形於色的去了。

王德王仁親自出面在王氏臥病在床時讓嚴監生把趙氏扶了正。一邊吃喜酒，一邊斷了氣，很有點黛死釵嫁的味道。

兩位舅奶奶（王德王仁之妻）趁亂擄掠王氏東西於一空。

趙氏對二王感激不盡，把王氏私房錢拿了做好事外，其餘的給二王，做鄉試盤纏。

王氏存錢的罐子被貓撞倒，惹得嚴監生又哭了一場王氏。

嚴監生臨死前伸著兩個指頭不咽氣。

第六回　鄉紳發病鬧船家　寡婦含冤控大伯

嚴貢生在二王面前抱怨「亡弟不濟」，使王小二、黃夢統兩個奴才放肆。實際上他爲逃官司去省城，多虧亡弟爲之收拾殘局。

趙氏兒子因出天花而死，要立嚴貢生第五個兒子過繼過來，王仁王德不主事，叫人去省城請嚴貢生，嚴貢生正給二兒子辦喜事。

嚴貢生和兒子兒媳坐船回高要縣，中途因掌舵的船家偷吃雲片糕事詭詐不給船錢而去。

嚴貢生要叫兒子兒媳霸住監生家，王仁王德看此人難惹以作文會而迴避了去。

嚴貢生要叫兒子兒媳住正房，把趙氏趕往偏房，以弟妾相待，把弟弟家產看做自己的，家僕看成自己的。

趙氏告到湯知縣那裏，湯知縣批叫同族親戚處理回覆，王仁王德像泥塑木雕的一樣，不置可否。

趙氏告到湯知縣那裏，湯知縣是妾生的，批倒嚴貢生，嚴貢生又告到府，又敗訴下來，準備通過周學道再告，以正名分。

第七回　范學道視學報師恩　王員外立朝敦友誼

嚴貢生冒從周學道爲親戚，周學道不理。

范進中了進士，欽點山東學道，周進叫他照顧自己當年作館時的學生荀

玫。

范進不知蘇軾爲什麼朝代人，爲什麼人，把他當「文章不好」的當朝考生看。

荀玫卷子查出，范進化愁爲喜。

薛家集荀玫連連高中，在周進所教書的寺裏把周進用過的東西細心保存。

荀玫和王惠（老頭）結識。荀玫殿在二甲，王惠殿在三甲。先授工部主事，俸滿轉了員外。

陳山人（和甫）爲王惠和荀玫扶乩。

荀玫母去世，爲了不誤「考選科、道」，王惠要荀玫隱瞞事實眞相，侯考選過了再處。

荀玫想隱瞞眞相而不能，王員外寧誤考期也要同往辦喪事。王員外借了上千兩的銀子給荀家。

本回荀玫、梅玖、王惠出場。要荀玫隱瞞母親去世的消息以免誤了科考。未能如願。

第八回　王觀察窮途逢世好　婁公子故里遇貧交

婁公子的父親婁太守因病告老，王惠接班。二人相談，婁公子認爲「人生賢不肖，倒也不在功名」。

王惠打聽地方人情出產詞訟中有何通融？婁太守在位時，衙門裏是「吟詩聲，下棋聲，唱曲聲」，婁公子說王太守要將此三聲換成「戥子聲，算盤聲，板子聲」。

作南昌太守的王惠把衙役百姓用板子打得魂飛魄散。他見婁公子言其父清廉，口說：「可見『三年清知府，十萬雪花銀』的話，而今也不甚確了。」

江西寧王反亂，朝廷把王惠升爲南贛道，催趲軍需。

查看臺站，中途於公館中關聖帝君顯靈，王惠方信當日陳和甫乩卦之靈，萬事分定。

寧王反亂，破了南贛官兵，攻下城池，王惠逃走時，在船上被捉，降於皇族第八子寧王，寧王賞他江西按察使之職。應了關聖帝君所判「琴瑟琵琶」（頭上八個王字）。

寧王被王守仁打敗，王惠逃走浙江烏鎮地方，在一點心店與婁太守之孫婁公孫相遇。婁贈與二百兩銀子，王惠到太湖更姓改名，做了和尚。

　　蓬公孫從王太守枕箱內得到一本《高青丘詩話》，其祖父說這是天下第一本，不要外傳，公孫便刻了，上面寫高季迪，下面寫自己補輯，到處散發，落了個少年名士之名，乃祖教他做些詩詞，寫斗方，與諸名士贈答。

　　蓬太守親內侄婁三婁四公子（婁中堂的公子）來拜，公孫出迎。

　　婁三、婁四公子因科名蹭蹬，不得早年中鼎甲，入翰林，一肚子牢騷，每常只說「自從永樂篡位之後，明朝就不成個天下。」

　　蓬太守為公孫捐了個監生，「舉業也不曾十分講究。」

第九回　婁公子捐金贖朋友　劉守備冒姓打船家

　　給婁家看墳的鄒吉甫誇洪武皇帝時各樣都好，「二斗米做酒，足有二十斤酒娘子」；永樂掌了江山，事事改變，人情淡薄，連米做出來的酒都是淡薄的，「二斗米只做的出十五六斤酒來」。（婁三婁四曾認為永樂和寧王一樣是有功的，只是永樂事成稱王，寧王事敗為賊）。

　　鄒吉甫告訴婁家三、四公子，楊先生貶斥永樂皇帝，是個讀書人，因不懂也不用心管賬，虧空了七百多銀子被收監中，婁三婁四要去救。

　　婁三、四公子用別人贖田的七百五十兩銀子派辦事家人去贖回楊執中（貢生）。

　　楊先生愛議論朝政，和婁家兩公子一樣。

　　楊執中不知自己為婁家公子義贖的事。

　　婁三婁四因楊不來謝認為品行不同，要去親自上門拜訪。

　　劉姓運租米的船打著婁三公子的旗號打船開路，恰遇婁三婁四，婁三認為雖不是本家，卻是鄉里，借個官銜燈籠何妨，提醒他們在河道裡行兇打人使不得，壞了婁家名聲，提醒他們下次不要如此。

　　婁家公子拜訪楊執中未遇，楊執中誤以為是縣裏打官司的原差來找錢，把約婁家公子再來的老婆又罵又打，自己在外閒混，早出晚歸。婁家公子二訪楊執中未遇，卻看見楊執中把元人七律後四句充為自己所寫的「襟懷沖淡」的詩。

第十回　魯翰林憐才擇婿　蓬公孫富室招親

　　魯編修告假返舍，船上遇見婁家公子。

　　婁四說自己總是閒遊無事的人。

魯編修認爲婁三婁四這種「信陵君、春申君」式的人物，不應周旋楊執中這種「只做兩句詩」而不中科舉的人。——看來他也不知楊執中所謂詩是元人呂思誠所做。

婁四認爲魯編修是個「俗氣不過的人」。但爲禮尙往來，故設席接風，請蘧公孫作陪。

牛布衣來會婁家公子。

請魯編修來吃席酒，席間，魯編修說王惠是江西保薦第一能員，及期就是他先降順了，而今朝廷撲獲得他甚緊。

婁三、四公子把蘧公孫的詩及刻的詩話拿來請教編修，極誇少年美才，魯編修歡賞了許久，問明公孫生辰點頭記心而去。

有人來會婁三婁四，婁三以爲楊執中來了，忙去會，卻是陳和甫（占卜扶乩者）。

陳和甫見婁三書房旁「院宇深沉，琴書瀟灑」，感歎「天上神仙府，人間宰相家」。

陳和甫奉魯編修之託來與蘧公孫及魯小姐作伐成親。

蘧太守回書及白銀五百兩，讓婁家公子辦事，牛布衣和陳和甫爲媒。

蘧公孫招贅魯編修家，席間，一隻老鼠掉到滾熱的燕窩湯碗裏，將碗打破。從新郎身上爬過，把新衣弄油了。

廚役只顧看女妓演戲，跌落手中粉湯，廚役用力去踢搶吃粉湯的兩隻狗，把靸著的釘鞋踢出老遠，落在陳和甫席上，把陳正吃的點心打的稀爛。魯編修認爲不吉利。

第十一回　魯小姐制義難新郎　楊司訓相府薦賢上

魯小姐是個才女，被當做兒子，五六歲開蒙，讀《四書》《五經》，十一二歲講書讀文章，八股大家的文章記了三千多篇，做的文章「理眞法老，花團錦簇」，魯編修如是兒子，幾十個……料想公孫舉業已成，不日就是少年進士，而公孫卻說自己於此道不甚在行，並稱做八股文爲俗事。魯小姐因此愁眉不展。公孫反說小姐俗氣。小姐認爲好男不吃分家飯，好女不穿嫁時衣，自掙的功名好，靠著祖、父，只算做不成器。魯編修也因公孫做的不是「正經文字」，心裏悶而說不出來。

婁家公子請公孫家宴，鄒吉甫席間誇獎楊執中是個忠厚不過的人。

　　鄒吉甫替楊執中備下雞肉酒和米線，要請婁家公子。楊執中和老婆以摩弄爐子過日，「是個窮極的人」。

　　楊執中二子賭輸錢又喝醉酒回到家裏，要吃鄒吉甫給婁家公子準備的雞肉酒飯，被楊打出。

　　楊執中壁上懸的畫上寫：三間東倒西歪屋，一個南腔北調人。

　　婁家公子和公孫到。

　　楊執中當年補得一個廩，鄉試過十六七次，並未掛名榜末。

　　婁公子聽楊執中一番辭官言語，更加仰其品高德重。楊執中書旁箋紙聯上寫著：嗅窗前寒梅數點，且任我俯仰以嬉；攀月中仙桂一枝，久讓人婆娑而舞。兩公子飄飄如遊仙境。

　　魯編修因公孫不做舉業，心裏著氣，要娶一個如君養一個兒子讀書中舉，夫人勸他不必，他著氣跌交後半身麻木，口眼歪斜，經陳和甫切脈服藥而漸好。

　　楊執中向婁公子推薦「處則不失為真儒，出則可以為王佐」的權勿用。

第十二回　名士大宴鶯脰湖　俠客虛設人頭會

　　婁三婁四剛要與楊同去會權勿用，魏廳官從京帶回大老爺家書，要丈量土地。

　　婁三婁四派家人晉爵的兒子宦成帶了禮物、書箚，往蕭山請權勿用。途中船上有人向他介紹權勿用是個大沒用的人，是個大廢物。

　　婁三婁四讓楊執中住在家，又把書房後的軒敞亭子換匾上寫道「潛亭」，等權勿用（權潛齋）來住。

　　權勿用來湖州，帽子撞丟了，把魏廳官的轎子幾乎撞跌。張鐵臂為之解了圍，二人同往婁府。

　　張鐵臂向婁家公子說明自己外號「鐵臂」的來歷，車壓臂，臂助車過，臂不留跡，故名。

　　張鐵臂自吹馬上十八，馬下十八，路見不平，周濟窮人，故流落於此。

　　張鐵臂舞劍。滴水不漏。

　　權勿用和楊執中因楊執中兒子拿權錢賭輸不還而不合。

　　婁三婁四等九人宴會鶯脰湖。魯編修對婁家公子不閉戶做舉業，結交這些人招搖豪橫不以為然。婁家公子以編修為俗。

編修陞遷，擺酒慶賀，痰病大發，登時中臟，不省人事。

（魯編修陞遷喜而痰病亡。）

張鐵臂黑夜踏瓦至婁公子內室，聲言一生一恩一仇，提仇人頭於革囊中，拿走婁公子五百兩銀子而去報恩人。片時回來後將人頭化為水，毛髮不存。

第十三回　蘧駪夫求賢問業　馬純上仗義疏財

婁三婁四要做「人頭會」，讓眾人一抱眼福。直到天晚革囊放臭，打開方見是豬頭。

權勿用奸拐霸佔尼姑事發，差人來拿，婁公子送銀而別，兩差人把權勿用一條鏈子鎖去了。

兩公子意興稍減。

蘧太守病重，魯小姐到蘧家，上侍孀姑，下理家政，井井有條。

公孫因見兩個表叔（婁三四）半世豪舉，落得一場掃興，把做名的心也看淡了，詩話也不刷印送人了。

魯小姐生子四歲讀《四書》，講文章，公孫也想相與幾個考高等的朋友談舉業。

公孫拜望馬純上。馬純上出場。稱自己補廩二十四年，科場不利，不勝慚愧。

馬二回拜公孫，大講文章以理法為主，不可帶注疏氣，尤不可帶詞賦氣。

馬二向公孫大講舉業的道理。公孫聽了如夢方醒。

公孫要在馬二選本上附自己的名字，被馬二正色回絕。

馬二無肉招待公孫，公孫掏腰包買肉二人同吃。

魯小姐督子讀書。

公孫從王惠那裏得到的枕箱落入丫環雙紅手中，雙紅和宦成私奔，被公孫告狀拿回，差人要宦成詭詐公孫銀子，說公孫交結欽犯王觀察（王惠），藏著欽贓，差人拿一個出首叛逆的呈子找到馬二先生，說「錢到公事辦，火到豬頭爛」，要馬二拿銀子買回王觀察送公孫的枕箱。

宦成及其父都是貪財之人。馬二為朋友捨銀九十餘兩，連生活費也沒了。

第十四回　蘧公孫書坊送良友　馬秀才山洞遇神仙

差人騙馬二先生選文章的錢九十二兩，又把宦成威脅了一番，給了十幾

兩銀子讓他往他州外府尋生意去了。

公孫給魯小姐贊馬二是「斯文骨肉朋友，有意氣！有肝膽！正人君子」，譏笑他妻家表叔結交的人出乖露醜，聽見他交的馬純上先生，豈不羞死！

馬二辭公孫要往杭州去。

杭州乃三十六家花酒店，七十二座管絃樓。馬二遊西湖。

第二天睡了一天。

第三天又遊，不知李清照蘇若蘭為何人。

馬二到書店瞭解自己編選的《三科程墨持運》行情，書店人說墨卷只行得一時，哪裏比得古書。

馬二先生遊西湖，只有山光水色作伴，非常窮酸。

到「丁仙祠」，求籤解困問吉凶，忽遇洪憨仙。

第十五回　葬神仙馬秀才送喪　思父母匡童生盡孝

馬二先生在丁仙祠求籤詢問發財機會，洪憨仙領他來到伍相國殿後花園中的樓上，馬二先生說「只要發財，那論大小」。

馬二按洪憨仙指教燉煤取銀六七錠，前後共八九十兩。

胡三公子要富上加富，要學洪憨仙燒銀之法，憨仙要他拿出萬金做為爐火藥物之費。為騙胡三公子，憨仙認馬二為舍弟，借馬二選家之名。

憨仙萬金未及到手，斷氣身亡。原來憨仙的四個長隨：一個兒子，兩個侄兒，一個女婿。女婿向馬二說出憨仙騙人底細，馬二雖替胡三公子感到幸運，但覺得自己應該感激憨仙，送憨仙出殯。

原來憨仙和兒子女婿等是做生意的人。

馬二在城隍山吃茶，茶室旁邊遇見拆字度日的匡超人，給馬二取茶陪坐，馬二覺其「乖覺」。匡超人因聽說家父病重，自己落難難返，眼淚如豆。馬二先生說拆字難以糊口，領他到自己住處，要他做一篇文章，誇他又勤學又敏捷，文章有才氣，只是理法欠些。給匡講了許多虛實反正，吞吐含蓄之法。又送匡超人十兩銀子，一件舊棉襖，一雙鞋，匡感激涕零，主動提出和馬結為兄弟。馬二教導他以舉業文章為重，人生除此別無出頭之路。還從書架上取出幾部文章送給匡超人。

匡超人回家途中，船上遇到鄭老爹。鄭老爹說現時人情淡薄，念書的人都不孝順父母。他這次就是要捉三個不孝父親的秀才問罪。

第十六回　大柳莊孝子事親　樂清縣賢宰愛士

匡超人回到家裏，母親訴說做夢想兒子的心事，父親也癱瘓家中。父聽子到，病爲之減輕，身體爲之精神。

父親訴說三房裏叔子爲買其房而不得，周族中人一起欺負他，使他致病的經過。大子分出去不管老人了。

匡超人賣豬肉賣豆腐，給老人說笑話。肩捧老人兩條腿出恭。夜晚守候老人身旁看書。第二天早起又殺豬磨豆腐。

阿叔來討房，匡超人以禮相待，阿叔見他說話有禮，倒不好意思催逼了。

潘保正爲匡超人看手相，說是貴人相，印堂發黃，不日貴人星照命，又看耳朵邊，說一場虛驚過後一年好似一年。

三日之後失火。在潘保正說服下，超人和父母住進和尙庵。白天殺豬賣豆腐，晚間點燈念文章，被縣官發現，託潘保正轉告超人參加童生縣試，文章做得好，縣官提拔他。潘保正拿著「侍生李本瑛拜」的帖子給了超人。

超人趕考中了，知縣送二兩銀子叫他侍父母，鼓勵他參加府考院考，自己給匡超人盤費。

李本瑛知縣在學道前極誇超人多麼孝順，學道認爲「士先器識而後辭章」。

第十七回　匡秀才重遊舊地　趙醫生高踞詩壇

超人趕考 20 多天，苦壞其父，望眼欲穿。

匡大和人爭地攤鬧仗，潘保正說了對方，匡大用知縣壓人，老人說不聽。

超人取中秀才，門斗來賀。

超人辭過宗師回家，潘保正等備酒作賀。原來不要他住庵的和尙也來奉承。

超人開小雜貨店，和哥嫂合住，去縣裏謝知縣，拜知縣爲老師。

門斗要超人拜專管秀才的學裏老師，還要進見之禮，超人只認李本瑛老師不認學裏老師，潘保正批評後方拿了進見禮去見學師。

太公臨終前說：功名乃身外之物，德行是要緊的，說他不可因後來的日子過得順利些就添出一肚子的勢利見識來，改變了小時的心事，要他娶窮人家女兒做妻，不可攀高結貴，要他敬兄如父。

李本瑛被解職，百姓罷市抗議，事後安民的官來訪抓爲首鬧事的人，有

人密告了匡超人,潘老爹給杭州布政司裏充吏的潘三寫信,讓超人投奔他。

匡超人在船上遇到看詩詞的景蘭江,說各處詩選上都刻過他的詩,今已二十餘年。景蘭江又把趙雪齋介紹給匡超人。

匡超人到文翰樓未找到馬二,到方巾店未找到景蘭江,卻在街上遇見景蘭江及其詩友(斗方名士)浦墨清先生和支劍峰先生。三人到酒店吃一錢二分銀子的雜膾,兩碟小吃(一樣炒肉皮,一樣黃豆芽)。幾個人談論趙、黃兩公同年同月同日生,趙爺 59 歲,未中進士,卻是兒孫滿堂,夫妻齊眉,且會作詩,外邊詩選上刻著趙雪齋的名;黃公中了進士,做縣官,卻是孤身一人,大家認為做人要做趙爺,有名有福。匡超人才知道天下還有這一層道理。

(匡超人與景蘭江等一批斗方名士相與)

第十八回　約詩會名士攜匡二　訪朋友書店會潘三

匡二在文翰樓為店主人批文章,景蘭江拿來名士斗方,領他去會胡三公子。路上遇見金東崖先生和嚴致中先生。

胡公子在冢宰公去世後經常受欺,因與趙雪齋來往,趙詩名大,府司院道現任官員都來拜趙,人們見趙的轎子常到胡三家來,疑猜胡三有些勢力,才不敢欺負胡三了。

在胡三公子家會衛體善先生,隨岑庵先生。

衛體善講前科無文章,因文章是代聖賢立言,有一定規矩。前科無文入選,故說無文章,又說馬二把選事壞了,因其講的是雜學,不知文章理法。

匡超人六日之內批完了 300 多篇文章,又把在胡府聽的一席話敷衍起來,做個序文在上。書店誇獎了一番,給了二兩選金。

朋友約請在西湖作詩,匡超人便在書店裏拿了一本《詩法入門》點燈看,並做,自我感覺良好。

花園主人說胡三慳吝,不借給酒吃。眾人只好到於公祠和尚家坐著吃茶。

胡三公子拉景蘭江買東西,用耳挖截鴨子脯子上肉,試厚不厚,胡三又和賣饅頭的討價還價吵架,不買饅頭買掛麵下吃。胡三不叫廚役伺候,交給和尚收拾,怕費錢。

吃過飯,吃酒賦詩,拈鬮分韻。

胡三公子查問和尚剩米幾升,押家人挑著回城。

回家路上,支劍峰被鹽捕分府命人一條鏈子鎖起來,浦墨卿被送在儒學

去，景蘭江和匡超人黑影裏溜走。

書店考卷刻成，受請大醉。

第十九回　匡超人幸得良朋　潘自業橫遭禍事

潘三揭露景蘭江和支劍峰的無能，要匡超人不要和這些人混，要幹一點「有想頭的事。」

潘三請匡超人到司門口一家飯店吃酒用飯，和胡三公子大不一樣，大方義氣。

（匡超人結識包攬詞訟的潘三）

匡超人來到潘家，一夥人賭錢，開賭場的王老六和潘三商量賣一臨清縣逃出來結果被輪姦的使女荷花。

又有郝老二來向潘三告訴，施美卿賣弟媳不成反把妻子被人搶去，現要討妻的事。

潘三辦出賣荷花和施美卿贖妻的事，對匡超人說：「像這都是有些想頭的事，不枉費一番精神，和那些呆瘟纏甚麼！」

第二天潘三得了兩份銀子，分給匡超人二十兩，分些給哥添本錢，又選文得錢，身上漸漸光輝，和斗方名士們來往少了。

一日潘三請匡超人到自家，有人找潘三，說金東崖兒子尋替身進學，潘三要他出五百兩銀子，替身他找，衙門裏他打點。

匡超人到紹興府替金躍高中了秀才，一切都是由潘三親自安排使計。回到家給了匡超人二百兩銀子，叫超人做些正經事，不要花費了。

潘三做媒，匡超人入贅鄭老爹。又在潘三幫助下，在書店左近典了四間屋往下，自己選點文章，潘三幫襯點，過起日子來，又生了一個女兒。

李本瑛平反覆任後，朝廷授給事中，捎書叫匡超人進京，要照看他。

又接匡老大書信，要他回去應考，超人歲考取在一等第一。

景蘭江向匡超人說潘三被抓了。景蘭江領匡超人看潘三款單（罪狀單子）：包攬欺隱錢糧，私和人命，短截本縣印文及私動朱筆，假雕印信，拐帶人口，重利剝民，威逼平人身死，勾串提學衙門，買囑槍手代考。

第二十回　匡超人高興長安道　牛布衣客死蕪湖關

匡超人感到潘三罪狀中有兩條於已有關，嚇得面如土色。動員娘子回東

清鄉下老家，娘子不肯，兩人吵鬧了幾次，最後還是回了鄉下。

匡超人到京見了李本瑛李給諫。李問匡是否婚娶，匡怕說出丈人是貢院的差惹老師笑，謊說未娶。李本瑛把外甥女嫁給匡超人，倒賠數百金妝奩。匡開始嚇了一跳，想說娶過怕與前日說未娶不符，但要允他又怕理上有礙，後來一想：戲文上說的蔡狀元招贅牛相府，傳為佳話，這有何妨！便答應了，宴爾新婚，享了幾個月的天福。

匡超人回浙江杭州，見老丈人，哥也在，說妻子死了。

匡超人還沒有上任當教習（已考取了）就叫他哥凡事立起體統，不要自己倒了架子。

匡超人向請他吃酒的景蘭江誇口教習的氣派和威風。蔣刑房傳達潘三要會匡超人的願望。匡回說潘是個豪傑，但怕連累自己而不會。

匡超人在去揚州的船上遇到牛布衣和馮琢庵，自我吹噓文名夠了，出了九十五本書。牛布衣當場揭穿「先儒匡子之神位」的荒謬。

匡評馬二理法有餘，才氣不足，選本不甚行。說自己的選本外國都有的。

牛布衣到蕪湖甘露庵住下。牛布衣日間訪友，晚上吟詩，與老和尚相得。

牛布衣因病向老和尚叮嚀後事，將兩卷詩稿交與老和尚，希望後來的才人替他流傳。

老和尚盡心盡力為牛布衣辦了後事。

（埋葬牛布衣的甘露庵老和尚是個好人）

牛浦郎甘露庵讀書。

第二十一回　冒姓字小子求名　念親戚老夫臥病

牛浦郎被老和尚邀往殿裏讀書。和尚原以為他念文章應考，不想他念詩，為的是商人念念詩破破俗罷了。

牛浦郎趁老和尚下鄉念經偷來牛布衣兩本詩稿，心下歡喜。看見詩名寫著呈相國某大人，懷督學周大人等，心想能寫兩句詩便可與現任老爺們來往，何等榮耀，於是想冒名牛布衣。

浦郎在郭鐵筆店裏刻圖書，郭鐵筆聽說是牛布衣，非常尊重，要與人會他，布衣謝絕，仍回庵裏讀詩。

（牛布衣只知念詩交官圖虛名）

浦郎爺牛老爹和開米店的卜老爹說孫兒牛浦郎出外討賬三更半夜不來

家，發愁自己無人送終。卜老把外甥女嫁了牛浦。

甘露庵裏老和尚，受曾拜在他名下如今做了京城九門提督的齊大人之請，要去京裏報國寺做方丈；本不願去，為的是到京裏找著牛布衣那位上京會試的朋友，把布衣的喪奔了回去，了一番心願。和尚走後，牛浦郎寫了「牛布衣寓裏」幾個大字掛在庵門外，自認做牛布衣了。

牛老爹因生氣致病而亡。浦郎賣房還債，卜老叫浦郎兩口兒搬回自己家裏來住。

卜老爹臥病。

第二十二回　認祖孫玉圃聯宗　愛交遊雪齋留客

卜老病逝，卜家對浦郎和「之乎者也」的人來往說呆話，不像個生意人，覺得可厭。

去京城會試的董瑛要會牛布衣，浦郎決定冒名頂替，要他來卜家相會，嚇唬卜家兄弟。

董孝廉來會，浦郎把妻舅卜信作僕人向董謙謝「不知禮體」，卜信不滿。董走後，卜信說自己是舅丈人，長親，對浦郎當著董老爺臊他不滿。卜信從上頭往下頭走送茶，不懂禮數，但浦郎未責怪，說明他也不懂。他只責怪卜信不懂對官府該換三遍茶，而卜信只換了一遍就不見了。

浦郎說沒他在家，卜家一二百年也不會有官家走進屋來。卜家兄弟和他爭辯起來，浦郎和兩位舅丈卜誠、卜信到縣門口打官司，被郭鐵筆勸開，批評浦郎不懂「尊卑長幼」之禮，卜誠卜信要趕浦郎出去。牛浦回到和尚庵裏住，沒的吃用，把和尚的家當當了。

牛浦從郭鐵筆店裏櫃上賣的新《縉紳》上得知董瑛為淮安府安東縣知縣，便要搭船去投奔，船上搭的是一位官家，酒肉葷米長隨伺候，浦郎吃的一碟蘿蔔乾和一碗飯。

船上官家叫牛玉圃，和牛浦認作五百年前一家，以祖孫相稱。

船到儀徵，進了黃泥灘，牛玉圃領浦郎去天觀樓吃素飯，在大觀樓遇見王義安老先生，兩個秀才進來，認出豐家巷婊子家掌櫃的烏龜王義安，見王義安戴著秀才方巾，扯下方巾，打嘴巴，王義安嚇得磕頭，牛玉圃來勸，被兩個秀才說了一頓，拉著浦郎走路。兩秀才要送王義安見官，王義安拿出三兩七錢碎銀給秀才做好看錢方罷。

船到揚州，牛玉圃領浦郎去會萬雪齋。玉圃把浦郎當舍侄孫介紹給萬雪齋，萬雪齋問話浦郎答應不出來。牛浦在和玉圃循塘沿轉遊時，玉圃問他萬雪齋問話爲何不答，牛浦眼瞪瞪的望著牛玉圃的臉說，一腳蹉空，半截身掉下塘去，鞋襪濕透，衣服淋漓，玉圃惱了，說他是個上不的臺盤的人。

第二十三回　發陰私詩人被打　欺老景寡婦尋夫

牛浦回到下處，玉圃第三天又去萬家，只留浦郎在寺，道士要去看師兄，牛浦隨往。

牛浦向道士吹噓董老爺如何禮遇他，完全是編造。和尚（道士？）向牛浦揭萬雪齋的老底，開始當書童伴讀，後給鹽商做「小司客」趁機發了財。

玉圃批評牛浦不看家。牛浦吹噓自己被敝縣的二公叫他去船上談。玉圃叫牛圃去蘇州用萬雪齋的三百兩銀子給他第七位夫人買雪蝦蟆下藥。

玉圃在萬家吃酒當著兩位鹽商的面揭萬雪齋借徽州主人程明卿發財的事，萬雪齋氣得兩手冰冷，一句話也說不出來。

牛玉圃因上牛浦的當，當面揭出萬雪齋是程明卿的管家，刺著萬雪齋痛處，萬雪齋不再和牛玉圃打交道。玉圃方悟出上了牛浦郎的當。使人把牛圃打了一頓攆到岸上。被一董瑛任縣令的安東縣客人所救。

路上害痢疾，吃了碗綠豆湯好了。安東縣救他的黃客人見他和董瑛縣老爺相與，把自己第四個女兒嫁他做妻。

董知縣升任貴州知州，與馮琢庵主事說了一句牛布衣的話。馮主事派管家給牛布衣妻子送了十兩銀子，牛奶奶以爲丈夫尚活，便去蕪湖甘露庵尋夫，丈夫死了不知，按郭鐵筆所言，去安東縣董縣爺那裏去尋牛布衣。

第二十四回　牛浦郎牽連多訟事　鮑文卿整理舊生涯

牛浦招贅到黃家，門口貼著「牛布衣代做詩文」。

石老鼠來牛浦賴錢，兩人到縣衙，石老鼠揭牛浦騙卜家的女兒，現又停妻再娶，眾頭役又哄又嚇，石老鼠走了。

牛布衣老妻找到黃家，牛浦原以爲石老鼠把卜家外甥女賈氏撮弄來鬧，進門方知是眞牛布衣的妻子，牛妻向牛浦要丈夫，告到向知縣（董知縣離任前曾向向知縣交待照看牛浦）。

向知縣判案，第一件是和尚騙牛賣錢，給禿頭上搽鹽叫牛舔的事，被知

縣重責二十，趕了出去。第二件是胡賴誣告陳安醫生給他哥看病服藥後他哥跳河事，胡賴被向知縣趕了出去。

第三件，向知縣把牛奶奶解往浙江紹興去了。

崔按察司要參處包庇牛布衣的向知縣向鼎，門卜一個戲子鮑文卿為向知縣說情，崔按察見他有愛惜才人念頭，免參安東縣，派一衙役拿著書連同鮑文卿一起送到安東縣，為的是安東縣知情謝鮑文卿幾百兩銀子回家做本錢。

向知縣以恩人和上司衙門裏的人對待鮑，鮑不肯，只和管家說笑，一起吃飯。

向知縣謝他五百兩銀子，他不收，回到按察司那裏，按察司升京堂也帶他進京，按察司病故，鮑文卿回南京。

（鮑文卿施恩不圖報。鮑文卿很重封建等級、禮法、名教。綱常名教典型——文卿。）

鮑文卿在茶館裏遇見同班唱老生的錢麻子，批評他穿讀書人的衣服，又說錢麻子不安本分，來生豈止做戲子，變驢變馬都是該的。

鮑文卿又譏笑黃老參不像戲子，倒像尚書、侍郎回來的排場。

第二十五回　鮑文卿南京遇舊　倪廷璽安慶招親

鮑文卿到城北覓孩子學戲，在鼓樓坡上遇見修理樂器的倪老爹。

倪老爹到鮑家修補樂器，鮑以禮相待。

倪老爹二十歲進學，做了三十七年秀才。自述壞在讀了幾句死書，拿不得輕，負不的重，一日窮似一日，兒女多，只得借修樂器糊口。

鮑文卿敬重倪老爹是個秀才

倪老爹六個兒子，一個死了，四個賣了，只剩下一個，鮑文卿為之垂淚。聽說倪老爹要賣掉小兒子，便要把倪老爺小子過繼到屋，將來再把兒子歸還。

倪老爹把兒子鮑廷璽過繼給鮑文卿，鮑給倪二十兩銀子。

鮑文卿領鮑廷璽到天長杜府去做戲，賺了一百幾十兩銀子。

（倪老爹訴當秀才的苦！鮑文卿對鮑廷璽非常關照，因他是正經人家兒子。杜家出場。）

父子倆在坊口遇見升了官的安東縣向鼎老爺。

父子倆要到向太爺衙門裏去，路上安慶府裏的兩個書辦要鮑文卿在向太爺跟前打通關節，拿銀子給鮑文卿，鮑稱自己為「下賤之人」，聲言自己是個

窮命，便是骨頭裏掙出來的錢才做得肉，不肯瞞著太爺拿人的錢，還說尋人情，喪陰德，說道「公門裏好修行」。

向太爺做媒，把手下一個姓王的管家女兒許給鮑廷璽做妻，一切由向太爺辦理。

第二十六回　向觀察降官哭友　鮑廷璽喪父娶妻

撫院差官來委派向老爺去摘寧國府的印。

王家招鮑廷璽為女婿。

向知府要下察院考童生，帶鮑廷璽父子去巡場查號，以防作弊。童生作弊甚多，鮑文卿看不上眼，但拉住一個挖洞接文章的也不告向太爺，說了一頓送他入號。

季守備兒子季葦取了案首，聽說鮑文卿是個老梨園腳色，臉上有些怪物相，向知府講了一通鮑的為人「頗多君子之行」，季守備才肅然起敬，並請鮑到家吃了一餐酒。

鮑文卿向向知府稱讚季守備的兒子季葦蕭前途不可限量。

王家女兒難產身亡。

鮑文卿患痰火疾。向太爺升福建汀漳道，向太爺給鮑文卿一千兩銀子，灑淚而別。

鮑文卿病逝。向道臺親自為鮑文卿寫銘旌。

金次福為鮑廷璽說媒，鮑老太派歸姑爺瞭解女方，女方不成器，歸姑爺明知，故意撮合。

第二十七回　王太太夫妻反目　倪廷珠兄弟相逢

鮑廷璽要想娶個窮人家女兒，怕娶來王太太淘氣，鮑老太一頓臭罵，鮑廷璽只得答應。

王太太娶進門聽說有公婆就惹了一肚子氣，使兩個丫頭川流不息地在家前屋後的走，叫的太太一片聲響。鮑老太不許叫她老，只能叫相公娘，王太太氣了個發昏。

王太太使聲攢氣到廚房做魚。

王太太原以為鮑廷璽是個舉人，聽說是個戲班子裏管班的，氣成了失心瘋。說媒的沈大腳被抹了一臉一嘴的尿屎。

醫生看病說要吃人參琥珀，害了兩年，東西賣了，兩個丫頭賣了，鮑老太聽信女兒女婿的話要把鮑廷璽兩口子趕出。

鮑老太給鮑廷璽二十兩銀子，趕了出去。鮑廷璽無錢領戲班，別的生意不在行，坐吃山空，王太太只是坐著哭泣咒罵。

鄰居王羽秋說明鮑廷璽哥哥倪廷珠派阿三來找六弟，兄弟倆相會痛哭。

倪廷珠在巡撫姬大人衙裏做館（做幕客），給鮑廷璽不少周濟，自己隨姬大人到蘇州赴任。鮑廷璽和王太太租下施御史空房住，太太又吃起藥來，銀子漸漸花光。

鮑廷璽要去蘇州尋大哥，到了儀徵，在黃泥灘遇見鮑廷璽原丈人王老爹的孫女婿季葦蕭。

第二十八回　季葦蕭揚州入贅　蕭金鉉白下選書

鮑廷珠因妻子死而著急身亡。鮑廷璽哭倒在地。

鮑廷璽到揚州找到季葦蕭，季葦蕭入贅尤家為上門婿。

季葦蕭向鮑廷璽介紹能做詩寫字的揚州大名士辛東之、金寓劉二先生，辛、金二位罵揚州有錢的鹽呆子（鹽商）其實可惡，無非是向人要銀子人家不給而罵人。或者是寫字待價而沽遭侮辱而罵。

季葦蕭出來一起取笑揚州的鹽商。

鮑廷璽問季葦蕭為何停妻再娶，季葦蕭指著對聯說：「才子佳人信有之」，我們風流人物，只要才子佳人會合，一房兩房，何足為希。又向鮑廷璽說荀年伯要他在瓜州管關稅，要在揚州住幾年，所以又娶一個親。

辛先生、金先生領霞士、郭鐵筆來鬧房。

鮑廷璽回南京，季葦蕭託他給來時同路的季恬逸帶個信，叫季回去，不可在南京，南京可以餓死人的。

鮑廷璽太太臭罵丈夫一頓，從施御史家搬出住進暫借的胡姓家房子。

季恬逸在南京狼狽度日，諸葛先生要季恬逸尋一個選文章的來為他選一部文章。季恬逸說出選文家——衛體善、隨岑庵、馬純上、蘧駪夫、匡超人、季葦蕭。

季恬逸把從安慶來的蕭金鉉介紹給諸葛祐（字天申），季恬逸因此沾光混飯吃。

三人到報國寺尋住處，因和和尚房錢講不到一起而離開。

找到一位僧官家，熱情非常，不計較房錢多少，出語不俗，便住下了。諸葛天申是鄉下人，連香腸都認不得，以爲「豬鳥」。

和尚領三位進三藏禪林裏玩。到第三日，和尚到僧官任請客，三人赴席。

第二十九回　諸葛祐僧僚遇友　杜慎卿江郡納姬

僧官請人吃到任酒，龍三裝成個太太來胡鬧，僧官拿他沒法。

金東崖來了認得龍三，嚇唬了一番，龍三走了。

董書辦對金東崖說荀大人因貪贓拿問，就是這三四日的事。

諸葛天申會見杜慎卿。作者對杜慎卿出場的描寫。杜慎卿對選的文章不感興趣，認爲其中一首詩「遊鳥龍潭」詩句清新，認爲詩以氣體爲主，「桃花何苦紅如此？楊柳忽然青可憐」，是加意做出來的；又說前一句加一「問」字，便是《賀新涼》中間一句好詞，季恬逸把它拉來做了詩，下面又強對了一句，便覺索然。幾句話把季恬逸說的「透身冰冷」。——相互揭發。

杜慎卿在家擺了幾個清清疏疏的盤子，請鮑廷璽、季恬逸等吃酒清談。蕭金鉉要分韻即席賦詩，杜認爲這是而今詩社裏的俗套，堅持以清談爲好，鮑廷璽吹笛子、小子唱李太白《清平調》，牡丹花開，月照如雪。和尚放炮爲杜慎卿醒酒。

諸葛天申、季恬逸、蕭金鉉三人請杜慎卿在聚升樓還席。

三人邀慎卿到雨花臺去散步。杜慎卿誇永樂皇帝振作了一番，如信著建文軟弱，久已弄成個齊梁世界，又認爲方先生迂而無當，朝服斬於市不爲冤枉。

到三人住的寺裏，季葦蕭已在座，季恬逸向他介紹了諸葛天申、蕭金鉉、杜慎卿。季葦蕭和杜慎卿又相稱頌。鮑廷璽也來了。

第三十回　愛少俊訪友神樂觀　逞風流高會莫愁湖

鮑廷璽把季葦蕭考案首，娶王管家女兒，今又在揚州尤家招女婿的事說與慎卿，又把自己娶王太太的事說了，杜慎卿大笑了一番。

次日，季葦蕭同王府裏的宗臣（復古派七子之一）來拜。杜慎卿討厭開口就是紗帽，故對季葦蕭表示對宗臣不滿。

沈大腳給杜慎卿說媒納妾，季葦蕭說才子佳人，正宜及時行樂，杜慎卿說太祖高皇帝說：我若不是婦人生，天下婦人都殺盡。說他自己若不是嗣續

大計，不會納妾，婦人那有一個好的，小弟是和婦人隔著三間屋就聞見他的臭氣。

郭鐵筆獻上兩方圖書，上寫「臺印」，杜慎卿送郭走後說郭一見他偏有這些惡談。

杜慎卿酒醉思男情種作知心，季葦蕭要他到神樂觀去會一個男美。

杜慎卿把相看小妾的時間後移，到神樂觀拜男美，原來所謂男美就是來霞士。又肥又黑又老。

杜慎卿冷笑書辦金東崖講究《四書》，「聖賢可是這些人講的！」

宗臣家一個小廝拿著一封書子送一副行樂圖來求題，杜慎卿只覺得可厭，也只得收下。

杜慎卿娶妾，季葦蕭來賀。

杜慎卿商議要把一百幾十班做旦腳的叫來做戲，評定優劣，取色藝雙絕的排在前列，貼在通衢，另每人賞一些錢物。決定在五月三日於莫愁湖大會。

杜慎卿妻子王氏之弟王留歌來看姐姐，杜見他比他姐姐標致，對他說了辦會之事，王留歌大喜，唱了一首《長亭餞別》。

杜慎卿細看六七十個旦角的「嫋娜形容」。杜同季葦蕭暗中記下各人。王留歌做了一齣「思凡」，寫尼姑趙色空的故事。過了一日，水西門口掛出一張榜，第三名是王留歌，第一名鄭魁官，第二名葛來官。

此事傳遍水西門，鬧動淮清橋。杜十七老爺名震江南。

第三十一回　天長縣同訪豪傑　賜書樓大醉高朋

鮑廷璽見杜慎卿慷慨，向他借銀搭戲班子過日子，杜慎卿說自己現有幾千銀子，但要預備下「中」時花費。

杜慎卿說出贛州府知府（伯父）的兒子、杜慎卿第二十五兄弟杜少卿，伯父過世後，家有不上一萬銀子，自己就像十幾萬似的，紋銀九七都不認識，……

杜慎卿又叫鮑廷璽先找奴才王鬍子，杜少卿聽信王。

鮑廷璽在四號墩遇見韋四太爺，韋四太爺說杜家六七十個兄弟，只有慎卿少卿招接四方賓客，其餘閉門做舉業。又說慎卿雖是雅人，帶些姑娘氣，少卿是個豪傑。

杜少卿讓管家的婁老伯住家治病，向韋四老爺極誇婁老伯之為人。

　　王鬍子向杜少卿引見鮑廷璽，開始不見，王鬍子說太老爺說過照顧他，才讓領進來見。少卿外貌像關夫子，和愼卿姑娘氣不同。

　　在花園賜書樓擺宴請韋四老爺、給婁老爺看病的張俊民大夫、鮑廷璽吃飯。

　　韋四老爺說出少卿父埋在小屋裏已有九年零七個月的酒。

　　王鬍子說婁老爹是太爺的門客。養在家裏當祖宗看。一早一晚自己服侍。

　　臧三爺要少卿去會王縣官，少卿說這是一宗灰堆裏的進士，不去會。說王縣官是想叫人拜門生受些禮物。

　　臧蓼齋臧三爺與韋四老爺、張俊民大夫、鮑廷璽一起吃陳年老酒。

　　裁縫母亡要借幾兩銀子，少卿叫王鬍子把裁縫做的一箱子衣服拿去當二十兩銀子送裁縫楊，給母親辦喪事。

　　鮑廷璽吐著舌頭說：「天下那有這樣好人。」

第三十二回　杜少卿平居豪舉　婁煥文臨去遺言

　　杜少卿因韋四老爺是其先君拜盟的兄弟中唯一的一位而送韋一隻環和贛州公的兩件衣服，非常尊重。

　　叫王鬍子賣了圩裏的田，不管銀子多少，送給來服侍婁太爺現要回去的孫子一百兩銀子。

　　在公祠堂裏看祠堂的黃大要修房子，杜少卿給了五十兩。

　　臧蓼齋請少卿吃酒要三百銀子買秀才、補廩，少卿答應了，鮑廷璽拍手道「好爽快好爽快！」

　　杜少卿聽說補廩爲做官。罵臧：「你這匪類，下流無恥極矣！」

　　少卿說學裏秀才未見得好似奴才。王鬍子激少卿叫張俊民外鄉人的兒子去冒本地籍貫考秀才。

　　臧蓼齋說王縣官被摘印，縣裏人都說他是混賬官不給借房子住，少卿叫王鬍子去縣裏叫王縣官到他家園裏住。少卿堅信先君有大功德在於鄉里，百姓不會因王縣官住在他家花園而拆他房。少卿因王縣官在位時曾對臧說仰慕少卿，認爲這是「一點造化」，過去不拜他爲防奉承本縣知縣之嫌，現在官壞了，又無房子住，就該照應。

　　陳俊明又來要一百二十兩銀子修學宮求入籍。少卿給了。

　　王知縣到。

少卿說鮑廷璽這梨園中人知道思念父親孝敬母親，「這就可敬的狠了」，給一百兩銀子，叫用完了再來要。

婁太爹病重要回陶紅鎮，臨走囑咐少卿學令先尊。婁太爺認為臧蓼齋、張俊民、王鬍子、鮑廷璽均不可靠，慎卿雖有才情，但也不是厚道人。

第三十三回　杜少卿夫婦遊山　遲衡山朋友議禮

杜少卿在婁太爺去後沒有人勸，銀子花光了，要到南京去住。中途王鬍子看不是事，拐了二十兩銀子走了，少卿付之一笑。

表侄盧華士向他介紹遲衡山。

少卿同遲衡山去看秦淮，走到狀元境，書店裏賣馬純上和蘧駪夫同選的《歷科程墨持運》，便進去與馬、蘧相會。

二人尋房。季葦蕭來拜，言說慎卿加了貢，進京鄉試去了。郭鐵筆、來霞士等來拜。

少卿接了家眷。和遲衡山談禮樂甚是相合。安好家後，擺了四席請季葦蕭等人。鮑廷璽領了王太太來拜。

少卿陪娘子看景致，在清涼山大醉，攜著娘子的手，手執金杯，大笑下山。

回到河房，聽說婁太爺去世，大哭一場，次日清晨坐轎去陶紅鎮奔喪。哭住了四五日，陶紅鎮人說「天長杜府厚道。」給了許多銀子。

安慶李大人舉薦少卿，少卿把金杯賣了三十兩銀子去拜李大人，少卿推辭不做官，李大人執意要薦。

回南京經蕪湖，在吉祥寺吃茶餅因錢少出不了門，來霞士解了圍。在識舟亭廟裏遇見韋四老爺。韋四老爺給了他十兩銀子。回家給娘子說起路上沒有盤程的笑話，娘子聽了也笑。

到北門橋拜莊紹光，浙江巡撫徐大人請去遊西湖；又去倉巷盧家去會遲衡山，遲衡山批評而今讀書人只講舉業，若會做兩句詩賦，就算雅極，經史上禮、樂、兵、農全然不問。又說本朝太祖功不差湯武，卻不曾製作禮樂，要少卿應徵後做了正經事。

少卿說徵辟之事已辭，「正爲走出去做不出甚麼事業，徒惹高人一笑，所以寧可不出去的好。」

遲衡山倡議修泰伯祠，仲春仲秋（二八月）用古禮古樂致祭，習學禮樂，

成就人才，助一助政教。少卿捐資三百兩，遲捐二百兩。

第三十四回　議禮樂名流訪友　備弓旌天子招賢

少卿聽小廝說李大老爺吩咐縣裏鄧老爺請他去京裏做官，便僞裝得了暴病不去，並向娘子說去京裏要凍死娘子，不能在南京好頑的地方玩了。

鄧老爺到河房裏定要會少卿，少卿裝作有病拜見，懇辭。李大人調往福建任巡撫後，他高興地說：我做秀才，有了這一場結局，將來鄉試也不應，科、歲也不考，逍遙自在，做些自己的事罷。

鼓樓街薛鄉紳家請酒，少卿未到，遲衡山對薛鄉紳同士大夫宴會卻要梨園中人一席同坐不以爲然。

席間六合的現任翰林院侍讀高大老爺一個前輩，不做身份，胡說亂笑，罵杜少卿是杜家第一個敗類。遲衡山紅臉爲少卿辯護。高走後，遲說高之話爲少卿添了不少身份。馬二認爲高的話也有幾句說的是。遲衡山認爲少卿是自古及今難得的一個奇人。

少卿爲金東崖做的《四書講章》中對「羊棗」的解釋太不倫了，認爲古人解經也有穿鑿的。

少卿解《詩經·凱風》、《女曰雞鳴》、《溱洧》，與眾及前人不同，遲衡山大加稱讚。

季葦蕭問少卿爲什麼不娶妾，少卿說娶妾最傷天理，一個人占幾個婦人，天下必多幾個無妻之客。他認爲人生四十無子可娶妾。

少卿同遲衡山去會莊紹光，斟酌行禮樂的底稿。莊閉門著書，不肯妄交一人。認爲修祭泰伯祠是「千秋大事」。莊言禮部侍郎浙撫徐穆軒薦他上京做官。

在山東辛家驛遇見蕭昊軒，此人百步之內，用彈子擊物，百發百中。途中林裏遇見盜賊，蕭昊軒弓折受挫，返回用頭髮續好弓弦，打退盜賊。

第三十五回　聖天子求賢問道　莊徵君辭爵還家

在盧溝橋遇到收集當朝名人文集的盧信侯。莊徵君的君權觀念特重；不願做官，但皇帝徵召，便召之而來；明知高青丘（啓）文字並無譏謗朝廷的言語，但認爲既然太祖惡其爲人，且現在又是禁書，認爲盧信侯不看高啓的文集也罷。認爲讀書要「由博而返之約。」「總以心得爲主」。

在禮部侍郎徐基推薦下朝見嘉靖皇帝，二次召見「特賜禁中乘馬」。嘉靖帝自稱在位已 35 年。莊徵君正要應對皇帝之問，不想頭巾裏一個蠍子咬得頭頂心裏一點疼痛，只好辭朝，在下處細細做了十策，寫了一道「懇求恩賜還山」的本，從通政司送了進去。

大學士太保公見皇上有大用莊徵君之意，欲收之爲徒，「以爲桃李」。莊徵君認爲「世無孔子，不當在弟子之列」，辭而不爲，太保不悅。皇帝徵求太保意見時，太保認爲莊尚志不由進士出身，一下子提拔到很高的地位，違反祖宗法度，助長天下人僥倖心理，皇帝只好歎息允令還山，賜銀五百，把元武湖賜給著書立說。

回南京途中住在臺兒莊一七十多歲老人草房裏，老人老伴早上去世，無錢掩埋，半夜走了屍，婦人屍體竟站了起來，而老頭卻死了。第二天走的屍也倒了。一間屋橫著兩具屍體。莊徵君花了幾十兩銀子把兩位窮老人埋了。

在揚州，兩淮總商等不斷來拜，莊君甚煩。回到南京，又是許多官場人物來拜，莊徵君不願和這些人混，同娘子搬到元武湖去住。

莊徵君住在元武湖中間洲上一座大花園，給娘子念杜少卿做的《詩說》。

一日盧信侯來訪，緊接著中山王府發兵把花園圍住，總兵要抓家藏《高青丘文集》的盧信侯。莊徵君保證盧明日自己來投監，總兵去了，盧信侯不願連累莊徵君，自己投監去了。莊徵君給京裏大官們寫了十幾封信，遍託京城大老，盧信侯獲釋，出首者問罪，盧信侯又住到莊徵君花園。

杜少卿、遲衡山來商訂祭泰伯祠的禮樂。

第三十六回　常熟縣眞儒降生　泰伯祠名賢主祭

常熟縣麟紱鎮虞博士虞育德，十四歲在祁太公家教書。十七八歲隨從雲晴川先生學詩文，祁太公說他是位寒士，單學詩文無益，須學兩件尋飯吃本事，於是把自己知道的地理、算命、選擇等都教與虞博士。又聽祁太公的話，買些考卷看了，二十四歲應考進學，在二十里外楊家村一位姓楊的包了去教書，每年三十兩銀子，正月到館，十二月回祁家過年。

後來又娶妻，買房，生兒育女。三十二歲沒了館，他說無妨，事情有個「一定」，「不必管他」，過去自己做館，有時銀子少，就有補足的法子；銀子多，反而出事花了。可見事有定數。果然祁太公找他爲姓鄭的看葬墳，得謝銀十二兩。回家途中，救了一位被田主掠奪得父親死了無錢買棺木的長工，

給了四兩銀子。下半年又有館做了，生了個兒子叫「感祁」（感謝祁太公之意），四十一歲鄉試時，祁太公說他積了些陰德所以要中，果然中了；但上京會試未中進士。他求人薦自己，到皇上面前又辭官不做，都不是真心。

在山東又進京會試一次，又不曾中。五十歲時中進士，皇帝補他為南京國子監博士。翰林院侍讀王老先生託他照顧一位「事母至孝，極有才情」的武書。到位後，為武書母親節孝的事關照申報旌表。

（虞博士是進士，但是真儒。可見作者並非把中進士者說得一無是處。）

會莊徵君，未遇；會杜少卿向莊徵君說虞博士雖是教官，無學博氣，無進士氣，襟懷沖淡，上而伯夷、柳下惠，下而陶靖節一流人物。虞博士對武書說自己不耐煩做時文。莊愛虞「渾雅」，虞愛莊「恬適」，結為性命之交。虞感祁娶祁太公的孫女為妻，祁太公賠來的使女配給嚴管家為妻。把嚴管家交來的十兩身價銀子交還給他備辦婚具。

虞博士和杜少卿賞梅飲酒，儲信和伊昭要虞博士八月生日二月做，八月再做，收幾份禮過春天，虞博士說豈有此禮，這就是笑話了。中山王府家有烈女，託虞博士做碑文，禮銀八十兩，虞博士說自己不如少卿有才情，把銀給了少卿，讓少卿去做。

借虞博士房子住的表侄湯相公把借住虞博士的房子賣了，還要借銀當幾間屋住，虞博士表示理解他的困難，借給他三四十兩銀子拿去了。

儲信伊昭說少卿沒品行，同乃眷上酒館吃酒，虞博士說「這正是他風流文雅處，俗人怎麼得知」；又說他不應考，做出的碑文怕壞了老師的名，虞博士說少卿的才名人人知道，所做詩文無人不服。

一個鄉里姓端的監生被門斗和衙役拉來收管，說他犯賭博。虞博士把監生留在書房吃飯，住宿，把他的冤情向府尹辯明，把他放了，監生感激不盡。

第三十七回　祭先聖南京修禮　送孝子西蜀尋親

遲衡山等人來請虞博士四月初一日做泰伯祠主祭，虞博士答應了。

主祭人虞博士，初獻，助祭人莊徵君，亞獻，助祭人馬純上，三獻（終獻）。從這三個人可看出作者對馬純上的看法。遲衡山和杜少卿都是引贊。這五個人都以助人為樂。而不管其是否中考。考上考不上，考與不考都無所謂。

兩邊百姓扶老攜幼，挨擠著看，歡聲雷動，說主祭老爺是一位神聖臨凡。

馬純上和蘧駪夫在河房杜少卿家遇見在婁府以豬頭充人頭的張鐵臂，杜

少卿說此人叫張俊民，在天長住。馬蓬走後，杜問張俊民是否叫張鐵臂，張見事露，同臧蓼齋迴天長去了。

武書向杜少卿講虞博士在六堂會考時發現一學生做假袋，成全了這個人，這個人取在二等，來謝虞博士。虞博士不認賬，他說讀書人全要養其廉恥，他沒奈何來謝我，我若再認這話，他就無容身之地了。

武書又向杜少卿講虞博士把丫頭嫁給嚴管家，嚴管家要帶丫頭走，嫌衙門清淡，沒有錢尋，虞博士不但不怪，還送他十兩銀子，薦他在一知縣衙門裏做長隨。杜說虞兩次賞銀給奴才，並非要他說好，所以難得。

武書在利涉橋遇見郭孝子，要到四川尋父，武書帶他見杜少卿，杜少卿聽說他父親原在江西做官，降過寧王，所以逃竄在外，爲之駭然，但又見郭孝子二十年走遍天下尋父，心裏敬他，留他住宿，叫娘子爲他漿洗衣服，給辦酒肴款待，並要親自找虞博士寫書信，給他的同年（西安府的尤知縣），以幫助郭孝子。

第三十八回　郭孝子深山遇虎　甘露僧狹路逢仇

虞博士慨然寫書，拿出十兩銀子託少卿給郭孝子，但不要說自己給的。少卿當銀四兩，武書當了二兩，交郭孝子做盤費。莊徵君聽說也寫了一封書子，四兩銀子送給杜少卿。杜少卿轉給郭孝子共二十兩銀子。

郭孝子所要找的尤扶徠是南京一位老名士，去年到陝西同知縣做知縣，廣東一個人充軍到陝西邊上來，中途死了，妻子難過，尤知縣拿一塊白綾寫了一篇文，寫上名字，取奉銀五十兩，差老差人送婦人回廣東，一路上官府看見尤知縣的文章，對婦人生悲傷之心，送了十兩八兩銀子，婦人到家積下二百多兩銀子，婦人本家望空謝尤知縣的恩典。差人說他也沾了尤老爺的光。

尤知縣看了虞博士的書，著實欽敬郭孝子，自己有急事下鄉，留郭孝子到海月禪林住。要給成都一故人捎書去讓照顧郭孝子。

海月禪林的老和尚接受了郭孝子送的兩個梨，把梨搗碎在兩缸水裏，讓二百多僧眾一人吃一碗梨水，郭孝子爲之歎息。

尤知縣給成都東山的蕭昊軒寫了一封書，給郭孝子五十兩銀子，讓他帶上書子去找蕭昊軒。老和尚還要郭孝子找著父親之後寄書與他，以免懸望。

郭孝子在去成都的半路山林中遇見老虎，被虎抓來坐在屁股底下，見其眼閉，以爲已死，抓到坑裏用落葉蓋住而去。郭孝子把自己縛在樹上，老虎

領來一個怪物尋人不見，被怪物一掌打掉虎頭，那怪物又在撲向郭孝子時被枯乾戳死。在和尚庵裏吃飯時，看到庵外前面山上蹲著的怪獸羆九。又在雪夜樹林裏遇見裝鬼嚇人的木耐婦女，郭孝子給銀十兩，叫他們做小生意過日，又教木耐刀法、拳法，木耐拜郭孝子為師父，送郭三十里外方回。

郭孝子二次遇虎嚇昏，老虎亦在郭打大噴嚏時嚇跑跌入深澗中凍死了。

郭孝子在竹山庵找到做和尚的父親，父親不管他慟哭，推搡出門，郭孝子在庵外通過道士搬柴運米，養活父親；身邊銀子用完後，又給人挑土打柴尋幾分銀子養父。

海月禪林的老和尚接到郭孝子的信，要去四川峨眉山走走，並會郭孝子，在離成都百十里地的庵裏遇見惡和尚（專吃人腦子下藥酒的響頭賊頭趙大）。

第三十九回　蕭雲仙救難明月嶺　平少保奏凱青楓城

一賣藥酒婦人告訴老和尚去一里路外的明月嶺找正在那裏打彈子的美俊少年，少年讓和尚打著酒原回庵裏，不露聲色，惡和尚正要刀劈老和尚腦中心腦漿之處，被少年彈子飛來打瞎眼睛而跌到，少年背老和尚走出四十里路之外安全地帶，未告訴自己姓名。

原來少年叫蕭雲仙，是蕭昊軒的兒子，郭孝子背著父親骸骨回故鄉，在店裏遇見救了梅月禪林老和尚的蕭雲仙。

郭孝子稱讚雲仙「剪除惡人，救拔善類，這是最難得的事。」又勸蕭雲仙不要學春秋戰國時的俠客，要為朝廷出力，博得個青史留名，封妻蔭子。因為天下一家的明朝，荊軻聶政都會被叫做亂民。雲仙如「撥雲見日」，送郭孝子二十里路外灑淚而別。

松潘衛邊外生番與內地民人互市，因買賣不公而打鬧，番子佔了青楓城，朝廷派少保平治征剿生番，蕭昊軒叫兒子蕭雲仙投軍報國。蕭雲仙路遇郭孝子徒弟木耐。一起投軍，蕭雲仙被授千總之職。

蕭雲仙領兵攻打下椅兒山（青楓城門戶），又攻下青楓城。少保回京，雲仙請求修理戰爭毀壞的城，少保同意了。

第四十回　蕭雲仙廣武山賞雪　沈瓊枝利涉橋賣文

蕭雲仙花了三四年築好了城，又動之錢糧，雇齊民夫，親自指點百姓興修水利，功成與眾百姓痛飲一日，在大路旁栽桃種柳以記其事。百姓感其恩

德，在蓋起的先農祠裡中間供著先農神位，旁邊供蕭雲仙長生祿位牌。又在牆上畫蕭雲仙紗帽補服，領著木耐勸農的光景。每月初一十五到廟裏焚香跪拜。

蕭雲仙又請一位江南來的沈先生給孩子們和兵士們教書識字，做些破題、破承、起講。

蕭雲仙不但沒有封賞，反被工部核減追賠，回家對臥病在床的父親說明，父親不但不責，反把產業七千金拿來一總呈出歸公。他見父親病重，衣不解帶，伏伺十餘日，父臨末教他「為人以忠孝為本，其餘都是末事。」父死他盡心辦理，心中慶幸為追賠事回家，親自為父送終，算是塞翁失馬，安知非福。

蕭雲仙見少保，慰勞了一番，雲仙被推升應天府江淮衛的守備。

在路經廣武衛時，遇見木耐（做外委把總），木耐陪他到廣武山阮公祠賞雪，蕭雲仙看見「白門武書正字氏稿」（七言古風），凄然淚下，記在心裏。

上任後，到花牌樓會見武書，把自己的「西征小記」（椅兒山破敵、青楓取城、春郊勸農）給武書看，要武書為之作詩，以垂不朽。武書給蕭介紹了虞博士等一批人。

在揚州鈔關上擠馬頭時遇見青楓城教書的沈先生，送其女嫁揚州宋府上。

沈瓊枝要嫁的是鹽商宋為富。自稱「一年至少也娶七八個妾」，丫環回覆沈瓊枝人物標致，「只是樣子覺得慍懶，不是個好惹的。」

宋為富用五百兩銀子打發了常州沈老，沈老見女兒被買做妾，向江都縣告狀，知縣開始護沈大年，後得賄賂，押解大年回常州。

沈瓊枝逃出宋家到南京賣詩度日。

第四十一回　莊濯江話舊秦淮河　沈瓊枝押解江都縣

杜少卿給國子監的武書做生日，飲酒秦淮河，看見利涉橋馬頭上貼著「毗陵」（常州別稱）沈瓊枝刺繡作詩的招牌，武書以為是暗娼，少卿不以為意。

少卿武書遊船遇盧信侯和莊紹光，又遇四十年前曾與少卿父終日相聚的莊濯江，莊徵君的舍侄，又一少年，莊濯江小兒。

莊紹光向少卿介紹莊濯江之為人。莊雖較紹光年長，但極敬重。莊濯江四十年前和人在四川合本開典當，那人窮了，他把自已經營的兩萬金和典當拱手讓了那人，自已往來楚越，經營而致數萬金，替他尊人治喪，不要同胞

兄弟出一分錢，敬重文人，現拿三四千銀子在雞鳴山修曹武惠王廟。

武書杜少卿去王府塘看沈瓊枝，有人來買繡香囊，地方上幾個喇子想來拿訛頭（抓人短處以敲詐），卻無實跡，倒被瓊枝罵了一頓。瓊枝見少卿武書既不疑爲倚門之娼，也不疑他爲江湖之盜，既無狎玩她的意思，又無疑猜她的心腸，便準備到河房向少卿妻將心事細說。

武書對瓊枝的評價很有意思：這個女人實有些奇，若說是個邪貨，他卻不帶淫氣；若說是人家遣出來的婢妾，卻不帶賤氣；雖是女流，卻帶豪俠。輕倩人裝飾，雖覺撫媚，一雙手指卻像講究勾、搬、衝等拳術，怕是負氣鬥狠，逃出來的。

沈瓊枝到杜家，以杜家夫婦爲知己，說了自己經歷，少卿認爲她視鹽商爲土芥，這就可敬的極了。

江都縣差人提拿瓊枝，少卿、武書以詩和銀子相贈。

少卿所在知縣見沈瓊枝作詩不錯，又知她和本縣名士倡和，便給江都縣知縣（同年相好）寫書一封，教他將此女開釋，斷還其父。

中途兩個差人要錢，瓊枝不但不給，還一個四門斗裏打了差人一個仰八叉。

第四十二回　公子妓院說科場　家人苗疆報信息

湯由、湯實逛妓院，考試落榜。

第四十三回　野羊塘將軍大戰　歌舞地酋長劫營

杜少卿向湯大、湯二推薦熟悉貴州山僻小路的臧岐做長隨使喚。

萬雪齋的鹽船中途被搶，朝奉們到彭澤縣告狀。縣令說「本縣法令嚴明，地方肅清，那裏有這等事」，把拖工打得皮開肉綻，押船的朝奉託人向湯少爺求情，湯少爺向彭澤縣令說清方免。

湯總鎮領兵剿苗子。然雖勝，卻沒有抓住要犯苗酋別莊燕以及生員馮君瑞。經過臧岐打探，別莊燕要於正月十八日來鎮遠扮鬼報仇。湯鎮臺設計捉了別莊燕和姦賊馮君瑞。

湯鎮臺剿苗有功，反被降三級，說他辦理金狗洞匪苗一案，率意輕進。靡費錢糧，降三級調用，以爲好事貪功者戒。

湯鎮臺歎了一口氣，同兩位公子收拾打點回家。

第四十四回　湯總鎮成功歸故鄉　余明經把酒問葬事

湯鎮臺回儀徵，罵六老爺「下流氣質」，罵六老爺不叫自己為叔父而稱老爺是「下流」「胡說」，六老爺把湯大湯二不叫兄弟而叫「大爺二爺」，湯鎮臺罵他「匪類」「該死」，不幫助照顧反叫「大爺二爺」，罵得六老爺垂頭喪氣。

湯鎮臺那個高要縣知縣，乃兄已告老在家，湯鎮臺不進城，不會官，構了幾間別墅，左琴右書，讀書教子。

湯鎮臺世兄蕭柏泉推薦余特給湯大湯二做老師。

余有達推辭不去，辭了主人，回五河。

五河風俗惡賴，眼界小，親當官的、有錢的。余有達余有重兄弟品行文章從古沒有，但因和有錢有官的人無親友關係，親友們雖不輕他們，也不敬重他們。

余大到無為州拜友求賜；余二到府裏科考，取了一等二名。

余大到無為州替人說清了結一件人命牽連的事，得了一百三十多兩銀子，準備回來埋葬靈柩在家放了十幾年的父母親。

余大到南京看表弟杜少卿，杜少卿說自己有山川朋友之樂，妻子兒女，布衣蔬食，心裏淡然。

遲衡山駁斥風水寶地之說。杜少卿痛斥遷葬之邪說。

第四十五回　敦友誼代兄受過　講堪輿回家葬親

余二寫信給余大，叫住在少卿家，暫不要回。原來無為州說情得銀事發，捕拿的是余特（余大），錯寫為余持（余二），余持幾次寫呈，沒有說出哥哥名字，直到無為州不再催提，余二叫回余大，為二老辦喪事。余大感激余二不盡。

余大余二在本家兄弟請吃酒時，當著人們的面駁斥兩個兄弟余敷余殷，替彭老四胡吹亂謅的騙人謊言。

余敷余殷替人遷葬看土騙人，余大余二當面駁斥。

余大余二請來了張雲峰，不求發富發貴，只要地下乾暖，無風無蟻。

余家兄弟被凌家請去洗澡，因凌家所雇鄉里大腳婆娘被偷吵鬧一團，未洗而歸；又到虞家去吃請，虞家席散門關；回家吃自己的酒席，已被娘娘們吃了。余大對余二說：三處沒吃成，可見一飲一啄，莫非前定。晚上睡覺失火，余大余二將父母靈柩抬出，火熄按風俗不能抬回，抬回就要窮死。兩兄

弟不顧人勸，將父母靈柩請回中堂，擇日殯葬，甚是盡禮。

作者評說：風塵惡俗之中，

亦藏俊彥；

數米量柴之外，

別有經綸。

第四十六回　三山門賢人餞別　五河縣勢利薰心

余有達到南京杜少卿住處，湯鎮臺亦來杜寓，余大和湯鎮臺相識。湯鎮臺自謙剿苗功勞「這是事勢相逼，不得不爾」，又說是意氣用事，不曾報效朝廷，反惹得同官心中不快活，卻也悔之無及。

湯鎮臺拜訪虞博士未遇，又訪莊濯江、莊徵君、遲衡山，又約好舉辦登高會。

眾人在莊濯江家聚會，杜少卿言說「宰相須用讀書人，將帥亦須用讀書人」，誇讚蕭雲仙青楓城之功。

虞博士和杜少卿分別，他說自己是赤貧之士，在南京做了六七年博士，所掙俸金只買得三十擔米一塊田，以後再積能買二十擔米田的俸金，不餓死就行了，教子學醫，能糊口，「我要做這官怎的」。

虞華軒請余大教子，不求舉人、進士，「第一要學了表兄的品行，這就受益的多了。」

虞華軒向唐三痰的哥哥唐二棒椎說叫兒子學余大立品，不做勢力小人。唐二棒椎是前科中的文舉人。

唐二棒椎、姚五爺、虞華軒、余大吃飯，余大怒斥中了舉便丟了天屬之親，叔侄認起同年同門來，這是得罪名教。

季葦蕭受屬太尊之命來查當鋪戥子太重剝削小民的事，虞華軒說只有仁昌、仁大方家兩個當鋪當除，他們是鄉紳，又是鹽典，又與府縣官相與的好，無所不為。

唐二棒椎和姚五爺不相信季葦蕭來拜虞華軒，氣得虞罵小廝酒席未備停當。

余大對姚五爺、唐二棒椎、成老爹等人開口不離中進士呀什麼的，滿嘴勢利，甚覺可厭。「鄉僻地面，偏多慕勢之風；學校宮前，竟行非禮之事。」

第四十七回　虞秀才重修元武閣　方鹽商大鬧節孝祠

五河風俗勢利、愚昧，滿肚子經綸的虞華軒無法開口。

興販行的行頭成老爹被虞華軒捉弄了一番，餓了一天肚子。

唐二棒椎在虞華軒陪同下去會太尊。

節孝入祠，余大、虞華軒請本家人都請不到，他們都參加方六老爺（鹽商）家的隊伍裏去了，——五河人多麼勢利。

賣花牙婆權賣婆大腳，捉虱吃。

余大虞華軒不滿五河，講虞博士南京那裏決不會有此非禮之事。「被了他的德化。」

虞華軒裝意買田，後又不買，捉弄了中人成老爹一番。

第四十八回　徽州府烈婦殉夫　泰伯祠遺賢感舊

余大先生被選為徽州府學訓導。他硬和兄弟余二一起到任，言說弟兄倆聚一日是一日。

秀才們見余先生胸懷坦白，言語爽利，自以為得名師；和余二談談，都是有學問的話，眾越發欽敬。

與王玉輝相會。王玉輝講他要纂三部書嘉惠來學，一部禮書，一部字書，一部鄉約書。

余大不受玉輝門生帖子，要以兄弟相稱。第二天余大先生親自下鄉拜王玉輝。第三天余二給王玉輝送來余大祿米一石，俸銀二兩，余二說余大想學在南京幾十兩銀子送人的虞博士。

王玉輝拿出三樣書的稿子請余二看，余二不勝歎息。

三女兒夫死守節，他說：「我一個大姐姐死了丈夫，在家累著父親養活，而今我又死了丈夫，難道又要父親養活不成？父親是寒士，也養活不來這許多女兒！」

（王玉輝三姑娘殉節不是為名，而是沒人養。）

公婆要養活她，她說做媳婦的不能孝順爹媽，反累爹媽，心裏不安。

王玉輝竟答應女兒殉節。

王玉輝在女入祠那天辭了不肯去，在家妻哭悲慟，要到南京散心刻書，余大給少卿莊紹光等寫了書子。

玉輝一路悲悼女兒。到虎丘去遊，說蘇州風俗不好，婦人在河內遊蕩。

到鄧尉山看老友，因這老友賞識他的書，不想老友已謝世。

找尋少卿等，未遇；同鄉人鄧質夫說閒人君子，風流雲散，領王玉輝看泰伯祠。送王玉輝十幾兩銀子回徽州，拿王玉輝的書子代其會武正字少卿等人。

第四十九回　翰林高談龍虎榜　中書冒占鳳凰池

翰林院高老先生請武正字、秦中書、遲衡山、萬中書在家聚會。

在花園閒步後就茶時，萬中書言說馬二先生進京了，因學道三年任滿，保題了他的優行，可能得手。施御史說有操守的，到底要從科甲出身。高翰林說馬純上講的舉業是門面話，此中奧妙他全不知。揣摩二字是舉業的金針，言說他的三篇文章字字有來歷，所以才中。馬二就是不懂揣摩二字，所以不中。

高翰林用莊徵君的話說馬純上知進不知退，是條小小的「亢龍」。

第二日眾人到秦中書家吃酒，高翰林說武正字、遲衡山沒有什麼學問，否則就不做老秀才了。他倆是虞博士作興上去的，如今也漸漸淡了。

給秦中書弟弟教拳術的鳳四老爹被請來和眾位先生相會。

演戲開始，萬中書被一官員進來揪出。

第五十回　假官員當街出醜　眞義氣代友求名

施御史、高翰林、秦中書先是嚇得面面相覷，接著看戲，只有鳳四老爹提醒他們派人去打探消息。差人去了半天，打聽回來一個稀裏糊塗的結果，鳳四老爹自告奮勇再去打探。經過許多曲折，方從萬中書口中得知萬中書不是中書，而是秀才，爲的是家下日計艱難，爲了鄉紳財主們好照應才冒充中書的。鳳四老爹說服秦中書出銀十二封，每封百兩，交高翰林託施御史進京將假中書辦成眞中書去了。

第五十一回　少婦騙人折風月　壯士高興試官刑

鳳四老爹和萬中書一起去台州審官司，同船上一個收絲的少年客人因不老成被一婦人騙走二百兩銀子，說不出口地哭。

鳳四老爹設計使那烏龜及婦人還了收絲客人的二百兩銀子，客人謝銀五十，鳳四老爹把五十兩銀子分爲三分賞了三個押萬中書的差人。

原來苗鎮臺因疏失了海防，被撫臺參拿，衙門內搜出萬中書寫的阿諛奉承的詩，故要問罪。萬中書把事推到鳳四老爹身上，祁太爺下令三次用夾棍夾，鳳四老爹將那夾棍掙做十八截。巡軍知鳳四老爹是壯士，苗總兵已死，萬中書的保舉中書的知照已到院，便草草收場，一場焰騰騰的官司，卻被鳳四老爹一瓢冷水潑息。

萬中書感激萬分，鳳四老爹未受杯水之謝，說自己偶然高興所爲，若認眞感激，便是鄙夫之見了。萬中書往杭州去了。

第五十二回　比武藝公子傷身　毀廳堂英雄討債

鳳四老爹在杭州遇見秦二侉子和胡尚書八公子胡八亂子，胡八公子說起他三家兄幾乎被洪憨仙欺騙的事，並說他已與胡三公子分房另住。

鳳四老爹秦二侉子到胡八亂子家吃酒，鳳四老爹手拍四尺高的八塊方磚爲十幾塊。

胡八亂子腳踢鳳四老爹腎部，結果腳指頭幾乎碰斷，疼了七八日。

鳳四老爹向欠他五十兩銀子的陳正公的侄兒陳蝦子說明要銀的話，陳蝦子到南京告訴正在與毛二鬍子吃飯的陳正公。

毛二鬍子借了陳正公一千銀子不還，鳳四老爹親自討債，毀廳毀堂，毛二鬍子乖乖把本利奉還。

陳正公給鳳四老爹百兩銀子，鳳四老爹只要五十兩，其餘不要，說這不過是他一時高興所爲罷了。

第五十三回　國公府雪夜留賓　來賓樓燈花驚夢

南京十二樓的來賓樓的雛兒聘娘，喜歡相與官，聽他母舅金修義（金次福的兒子）說徐九公子的表兄陳四老爺要來看她，而相與了陳四老爺就可結交徐九公子，著實高興。

陳四老爺應國公府徐九公子之邀賞梅閒談，徐九公子因不曾會虞博士等賢人君子而認爲是一件缺陷事。陳木楠（陳四老爺）認爲杜愼卿莫愁湖品評旦角後，縉紳士大夫家中筵席間定要幾個梨園中人雜坐衣冠隊中，說長道短，不成體統，杜先生爲始作俑者，「不得辭其咎」。陳木楠向徐九公子借銀二百兩，買緞做衣，進見聘娘。

聘娘叫教她下棋的師父鄒泰來與陳四老爺下棋。鄒泰來先輸一盤，以後

隨便怎麼下，陳木楠都只是輸。

吃酒間虔婆對國公府極爲羨慕，以求一觀。聘娘卻認爲人生在世只要生的好，不在貴賤。

聘娘問陳木楠幾時做官，陳吹說大表兄已薦他，做了知府贖聘娘同到任上，聘娘說自己是好人家的女兒，不貪圖做官，只愛陳的人物（其實她實愛其當官），作者寫她與陳同眠時做夢陳木楠做了杭州府正堂，四個管家婆娘來請聘娘（太太）到任同享榮華。

轎子先要抬聘娘到國公府，路上一尼姑揪著聘娘，說這是她的徒弟，聘娘說自己是杭州府的官太太。罵尼姑是禿師姑，原是南柯一夢。

第五十四回　病佳人青樓算命　呆名士妓館獻詩

金修義說聘娘唱的「李太白」《清平三調》是十六樓沒有一個賽得過她的。聘娘邀陳四老爺晚上再來。

陳木楠寫信又問徐九公子借二百兩銀子用，徐九公子回信說要隨三公子到福建漳州府正堂住所，明天自帶銀子來辭行。

徐三公子、九公子來向陳四老爺辭行，共邀陳四到漳州住所，並送銀子二百。

陳四老爺見聘娘因兩日不見他來而心口疼病發，留下五十兩銀子換人參給聘娘吃治心口疼，聘娘說只吃人參助虛火，合著黃連煨些湯吃才能睡好，陳四老爺答應再弄些黃連來。

延壽庵的師姑本慧來收月米，看聘娘氣色，聘娘雖見過她，今見她倒像是前日夢裏要揪她出家的尼姑，便覺懊惱。

主人董老太提醒陳木楠：船載的金銀，塡不滿煙花債。陳謊說人參黃連是國公府託他換的。

瞎子給聘娘算命，說命裏犯一個華蓋星，瞎子向陳四老爺說上年是沒眼的算命，這些年有眼的都來算命，把他們擠壞了。又說過去陳和甫包攬大老官家算命，陳死後，兒子在瞎子隔壁招親，與丈人家吵嚷，鄰家不得安身。

瞎子回家，又聽陳和甫的兒子和丈人吵架，胡纏。陳和甫兒子做和尚，離開妻子丈人，無妻一身輕，有肉萬事足，測字念詩，十分自在。

同夥測字的丁言志說陳和尚念的是胡三公子鴛胙湖當年與趙雪齋等人唱和的詩，陳和尚說鴛胙湖是婁三婁四公子發起的，未作詩，他現在看的是彙

集了許多名士合刻的，丁言志說那有名士聚會不做詩的。丁言志否認陳思遠（陳和尙）是陳和甫的兒子，兩人亂打。

陳四老爺過來相勸，丁言志說他明知陳和尙是陳和甫的兒子，只因不喜陳和尙擺出一副名士臉來太難看。陳四爲之解和。

陳四說當年權勿用被他學裏幾個秀才誣賴，「後來這件官司也昭雪了。」

陳木楠到來賓樓，虔婆不熱不冷，人參鋪的人又來討債，卷包逃往福建，丁言志拿詩去來賓樓找聘娘，聘娘說妓院不白看詩，「先要拿出花錢來再看。」被聘娘嘲笑挖苦得羞愧而退。

虔婆和聘娘打鬧，聘娘拜延壽庵本慧的徒弟，剃頭出家。

風流雲散，賢豪才色總成空

薪盡火傳，工匠市塵都有韻。

第五十五回　添四客述往思來　彈一曲高山流水

開頭一段表現作者對名士逝盡，官場富豪窮儒的庸俗，市井中間又出了幾個奇人。

會寫字的季遐年。無家業，在和尙隊裏混飯吃。字不學古人，自己創出來的格調。由著筆性寫了去。寫字要擺架子，掙錢吃飯剩下送不相識的窮人。

一次因鞋泥主人要換鞋，他罵了朋友一頓。

施御史的兒子施鄉紳請他寫字，被他大罵一頓後回到天界寺裏去了。

賣火紙筒子的王太。會下棋。他在妙意庵下棋贏了姓馬的大老官，眾人刮目相看，拉他吃酒，他說殺過矢棋快活得吃不下酒去了。

開茶館的蓋寬。看詩畫畫，與一幫不如他詩畫的人說笑。坐吃山空，賣大房子住小房子，妻子死了，開喪出殯，小房子又賣了，領著一兒一女在僻靜巷裏開茶館，東西變賣了，幾本心愛的古書不肯賣，別人說過去受過他的惠的人如今不到他這裏來了，建議他找親戚借錢做大生意，他說「世情看冷暖，人面逐高低。」他窮了去求人，自己也覺可厭。蓋寬向老人說要在當時虞博士那一班名士在，那裏怨沒碗飯吃，不想而今就艱難到這步田地。

（名士有假有真，虞博士也是名士。中科舉者不一定都壞，未中者也不一定都好，關鍵是你對功名富貴看法。）

老頭和蓋寬到雨花臺左首泰伯祠的大殿看，破敗不堪，蓋寬慨歎有錢人不拿錢修理聖賢的祠宇，卻去蓋僧房道院。

後來蓋寬被出八兩束脩的人請去教館。

裁縫荊元，彈琴寫字喜詩。也不與學校裏人相與，過著天地人三不管的日子。

荊元到清涼山背後看於老者，羨慕於老者住在城市山林，是活神仙，荊元為於老者彈琴，於老者聽到深微之處，不覺淒然淚下。

附　録

試談《創業史》表現手法的幾個特點

　　柳青同志的長篇小說《創業史》，是反映我國農村社會主義革命的史詩性著作。它的第一部從問世之日起，就以深刻的思想性和高度的藝術性受到了廣大讀者的歡迎和好評。作品反映合作化運動中各種矛盾衝突的深度和廣度，在同類題材的作品中是很突出的。作者著力塑造的英雄人物梁生寶，以其高度的思想覺悟，堅定不移地走合作化道路的決心和信心，紮紮實實、埋頭苦幹的革命精神，先公後私、公而忘私的共產主義風格，教育和鼓舞著廣大讀者。作者在梁生寶形象的塑造上，提供了極其豐富而又寶貴的經驗，在粉碎「四人幫」之後的今天，很值得提出來研究和探討，以供學習和借鑒。

（一）

　　《創業史》第一部通過梁生寶互助組從成立到鞏固的過程，深刻地揭示了農村合作化運動中尖銳複雜的矛盾衝突，這種矛盾衝突主要表現在三個方面：以梁生寶為代表其中包括高增福、馮有萬、任歡喜等在內的貧雇農，與以郭世富為代表的堅持要走資本主義道路的富裕中農的鬥爭（富農姚士傑是作為富裕中農身後的支持者而出現的），與以黨內郭振山為代表的資本主義傾向的鬥爭，與以梁三老漢、梁大老漢為代表的貧雇農以及其它群眾內部的落後思想的鬥爭。這些矛盾鬥爭都是圍繞梁生寶互助組而展開的，矛盾鬥爭的焦點集中在互助組組長梁生寶身上。作者也正是通過這些矛盾鬥爭的描寫來塑造梁生寶的英雄形象的。值得注意的是，作者在通過這些矛盾鬥爭塑造梁生寶形象時，有著自己的獨特之處。

　　至今我們看到的許多反映農業合作化運動題材而又比較成功的作品，也

都根據作品所反映的主題思想的需要，根據塑造英雄人物的需要，程度不同地表現了如《創業史》中所表現的那些矛盾衝突。而且這些作品的作者大部分是通過主要人物與其對立面的各種形式的面對面的直接衝突來揭示主題、表現人物的性格特點的。這是這類作品取得成功的一條共同經驗，也是今後創作中不應忽視的一條經驗。

藝術貴在獨創。《創業史》的可貴之處正是在於作者敢於突破別人已經取得的現成的成功經驗，大膽地進行藝術創造。《創業史》的作者雖然寫了許多錯綜複雜的矛盾，但是從頭至尾很少寫梁生寶與他的各種對立面面對面的直接衝突。在活躍借貸動員會上，和富裕中農郭世富發生面對面衝突的是農會代表主任郭振山。作品中梁生寶和郭世富這一對冤家對頭狹路相逢的惟一的一次，就是分稻種那一章。但是即使是在這一章，作者也無意於讓這一對作品中的主要對頭直接交鋒，「刺刀見紅」，而是以梁生寶諷刺地對郭世富笑著說了句「我不是稻種販子嘛」而一筆帶過了。對於在身後支持郭世富的富農姚士傑，作者連梁生寶和他打一次照面的機會也不給，而把監視姚士傑不法活動的「任務」交給了高增福。和生寶繼父梁三老漢衝突的是生寶他媽，雖然這種衝突的根源在梁生寶身上。批評郭振山和韓萬祥有拉扯，批評郭振山對互助合作化的不正確思想的是鄉支書盧明昌。和組內落後群眾梁大老漢作鬥爭的是歡喜。作者在寫這些矛盾衝突時，卻讓他的主人公梁生寶去幹別的事情——買稻種、割竹子、處理互助組的各種糾紛去了。作者如此處理，表面上似乎把梁生寶置於各種矛盾鬥爭的漩渦之外，實際上，正是把梁生寶置於各種矛盾鬥爭的漩渦之中了。因為這許多矛盾鬥爭的發端、展開、激化和不斷解決都緊緊地圍繞著梁生寶這一中心人物。

富裕中農郭世富的一系列行動都是針對著梁生寶及其互助組的。如果說這個富裕中農在土改時最怕的是無論職務上、言行上尚能代表貧雇農利益的代表主任郭振山，那麼土改之後農村急驟向兩極分化，互助合作這一新生事物象初春的嫩芽剛剛出土的時候，他已經對思想言行不代表貧雇農利益而代表富裕中農利益的郭振山不以為然了。這個在蓋四合院時把郭振山和姚士傑作為一席招待的富裕中農，已經明顯地感到土改後分了好地的郭振山已經和自己一樣走著自個兒發家的道路。郭振山不但不是他的對頭，而且在事實上變成了他在黨內的支持者、代言人了，因此富裕中農老漢並不為郭振山的表面氣勢洶洶所嚇倒。這時候，郭世富已經明顯地感到梁生寶娃子及其互助組

對自己的嚴重威脅。他雖然和梁生寶沒有像和郭振山那樣面對面衝突過，但他和梁生寶的矛盾卻已經取代了他和郭振山的矛盾，變得無法調和了。「在中國的農村中，兩條道路的鬥爭的一個重要方面，是通過貧農和下中農同富裕中農實行和平競賽表現出來的。在兩三年內，看誰增產：是單幹的富裕中農增產呢，還是貧農和下中農組成的合作社增產呢？在開頭只是一部分貧農和下中農組成的合作社，同單幹的富裕中農在競賽，大多數的貧農和下中農還在看，這就是雙方在爭奪群眾。（毛澤東，《〈誰說雞毛不能上天〉一文按語》以梁生寶爲首的互助組和以郭世富爲代表的富裕中農的矛盾鬥爭正是屬於這種情況。郭世富扯旗放炮地蓋四合院，明目張膽地抵制活躍借貸，「不辭勞苦」地遠走郭縣爲單幹戶買百日黃，打破老例地在春荒時節賣麥子，「就是要和梁生寶互助組較量」，就是爲的把群眾吸引到自己方面來，孤立梁生寶，壓倒梁生寶。而在整黨學習中，已經明確了這場鬥爭的性質、特點的梁生寶，根本不爲富裕中農老漢的張狂勁兒所嚇倒，堅定地認爲富裕中農的張狂勁兒是暫時的，「不耐久」。互助組增產鞏固之日，就是郭世富失敗難受之時。因此，他對郭世富的鬥爭，並不像郭振山在活躍借貸動員會上，用威嚇、呵斥等又轟又炸的辦法，以使富裕中農給貧雇農一點「恩賜」；而是把大氣力花在發動組織貧雇農生產自救、度過春荒、改換良種、搞好互助合作等上面。事實證明，梁生寶此舉是最厲害的一著。郭振山轟炸機轟不倒炸不掉郭世富的自發勢力，而梁生寶互助組的增產和鞏固卻能從根本上制服郭世富，使郭世富從內心深處感到害怕和不安。郭世富大張旗鼓地蓋四合院固然吸引了不少莊稼人（其中有貧雇農，但多數是富裕戶，包括富農姚士傑），使他得意忘形了一陣兒；梁生寶分稻種卻吸引了更多的莊稼人（其中雖有郭世富等富裕戶，但多數是貧雇農這些在農村占壓倒多數的基本群眾），而這卻使郭世富由衷的恐懼。小說最後一章寫道：梁生寶互助組「這八戶組員裏頭，有五戶是年年要吃活躍借貸糧的窮鬼，現在他們全組自報向國家出售餘糧五十石，合一萬二千斤哩，這是活生生的事實——它不長嘴巴，自己會說活的。」「世富老大春天那股神氣，現在完全消斂了。現在，他土改時期吃不下飯的那病，又犯了。」

梁生寶和郭振山的矛盾，是社會主義和資本主義兩條道路鬥爭在黨內的反映。梁生寶處理與郭振山的矛盾時，是非常愼重的，是符合黨內思想鬥爭原則的。梁生寶開始是把帶領大夥兒搞互助合作的希望寄託在有能力有威望

的郭振山身上，他自己則甘心情願給郭振山當個助手，但是郭振山對待互助合作事業卻遠不及他對土改那麼積極熱情。在這種情況下，梁生寶只好挺身而出，學習王宗濟的榜樣，挑起了在蛤蟆灘領導互助合作的重擔。梁生寶在三千人廣播大會上的發言，是對合作化的一面旗幟王宗濟的熱烈應戰，同時也是對名為共產黨員而對黨的中心事業消極應付的郭振山的一次公開挑戰。梁生寶和郭振山在互助合作問題上的分歧是嚴重的。但當繼父在生寶面前提起郭振山悶住頭過光景一事時，「他不在繼父面前，評論村裏另一個黨員的長短」。這當然不意味著放棄原則。他堅持長年互助組，不只是和富裕中農郭世富搞「和平競賽」，同時也是和郭振山應卯性的臨時互助組在「競賽」，比賽誰真正走社會主義道路，比賽看誰真心為貧雇農謀利益，比賽看誰黨性強。作者沒有讓梁生寶和郭振山一見面就衝突，一有分歧就拍桌子瞪眼睛。即使在梁生寶為白占奎入組問題請教郭振山時，雖然聽到郭振山不懷好意的教訓和不近情理的指責，他還是「以一個下級和晚輩應有的謙虛態度」對待郭振山，不斷地在心裏提醒自己「不要大意」，責備自己「說話方面太欠缺了」，「他恨自己不老練」，「要注意不和郭振山把關係搞僵」。這個在資本主義自發勢力猖狂包圍之中堅強不屈的共產黨員，難過地流著眼淚向郭振山檢討自己一個春天因割竹子沒請假而又沒參加黨的會議的「錯誤」（實際上這那裏算什麼「錯誤」啊，純粹是郭振山的偏見）。甚至在郭振山反對白占奎入組時，他都準備接受他的意見了。但一當他發現郭振山以己之私心去揣度別人之心胸時，他「一下子怒火衝天了」，「他發愁怎麼能夠和這個人搞好關係呢」。但是梁生寶畢竟是梁生寶，而不是別個人，他「咬著牙，抿著嘴，兩鼻孔噴火，肚裏發嘔，想不起來再和這位前輩莊稼人說什麼話」、「他吱吱唔唔和郭振山告別了」。「他這樣並不是膽小怕事，只是為了有能力的郭振山同志，有時間終於覺悟過來，領導他梁生寶往前幹。」他清楚地看出郭振山「把世事，看得只有下堡鄉第五村這麼大，任著性子抱住梁生寶解放前發家創業的夢幻當做人生的目的不放，有他難看的日子」。他像打官司一樣把白占奎入組的事向盧明昌作了彙報，得到了鄉支書的支持。他在盧明昌面前隻字未提郭振山，但這場和郭振山沒有面對面直接衝突的鬥爭卻以他的勝利而告結束。小說最後寫動員中農虎頭老二賣餘糧那一段很發人深思。代表主任郭振山把肚裏的辯才使盡，虎頭老二也只答應出售三石五斗，並發誓「要是再加一斗，他就是四條腿了」。可是當梁生寶親切地出現在虎頭老二面前向他表示問候時，「虎頭

老二慚愧地低下了腦袋，再沒有抬起頭來」。生寶什麼話也沒說，虎頭老二把出售的餘糧增加到五石。如果說這一段描寫從群眾角度對梁生寶和郭振山的這一段鬥爭作了「結論」，那麼，盧明昌關於梁生寶、高增福去縣裏學習，預備建立農業合作社，而讓郭振山在官渠岸再搞上一年互助組的談話，以及盧明昌雖沒說出但讀者卻完全可以想像得出的區委關於這些問題討論的真實情況，則是從黨的領導的角度對梁生寶與郭振山這一段鬥爭所作出的初步裁判。這些描寫，梁生寶雖然沒有和郭振山面對面衝突，但他們的矛盾仍然揭示得很深刻，梁生寶其人的性格表現得非常鮮明，他的思想光輝有增無減，使人感到充實有力。

作者在處理梁生寶和他的繼父梁三老漢為代表的老一輩貧雇農的落後意識的矛盾時，也沒有採取讓雙方通過面對面衝突來揭示矛盾、展開矛盾和解決矛盾的方法。這一對父子之間的關係挺有戲劇性。梁生寶繼父作為一箇舊社會備受壓迫、剝削，勞動重、生活苦的雇農，熱愛共產黨，熱愛毛主席，熱愛革命；但作為一個小生產者，過慣了小家小戶小光景的小農經濟生活，因而造成了他落後、自私、保守、散漫和不習慣組織紀律的一面。嘗夠了個人創家立業的苦頭，經過整黨學習認識到只有創社會主義大業才能不僅使自己而且使廣大勞動人民永遠擺脫貧窮困苦而過上美好幸福生活的梁生寶，想的、說的、做的都是互助合作，連晚上做夢也夢的是互助合作。而他繼父想的、說的、做的都是個人發家致富，連做夢也夢的是他當上了富裕中農，梁生寶心目中的榜樣是王宗濟，而梁三老漢心目中的榜樣則是郭世富，他要兒子學習名為共產黨員、思想卻是富裕中農的郭振山。小說中的楊副書記說得好，對於合作化這個新生事物，「有一部分先進群眾，講道理，可以接受，可是大部分莊稼人要看事實哩。」梁生寶和他繼父的矛盾，正是貧雇農中覺悟部分和覺悟不高部分的矛盾。梁生寶懂得，對於像他繼父這種注重實際的莊稼人，要他們走合作化的道路，不能採取鄉長樊富太那種「討賬」、指責的辦法，而要採取細緻耐心的說服教育的辦法，主要的還是用多打糧食增加收入的實實在在的事實叫他轉變看法。基於這種認識，無論梁三老漢怎樣譏諷、刁難，找岔子和他面對面衝突，他總是心平氣和地擺事實講道理，「他相信，他將來能改變繼父的想法」。小說第一部結束寫梁生寶為他爸「圓夢」，梁三老漢流著眼淚穿上一身嶄新棉衣上黃堡街買油一事含義頗深。這鐵一樣的事實要比樊富太罵老漢拉梁生寶的後腿是沒良心，對不起共產黨，忘恩負義，

根本不像貧雇農的樣子更能教育梁三老漢。

總之，《創業史》在處理主要人物梁生寶與郭世富、郭振山、梁三老漢的各種矛盾衝突時採取的是，「你打你的，我打我的」的方針。作品揭示合作化初期階級鬥爭的深刻程度超過同類題材的其它作品，作品塑造的眾多的各階級各階層各類人物，各具特點，栩栩如生。尤其是主要人物梁生寶的形象，平凡而偉大，親切而感人，樸實而光彩四射，所有這些，證明了這種表現手法獲得了巨大的成功。

作品所表現的矛盾衝突的性質內容和特點，決定它的表現形式。作品表現形式選擇得越恰當，表現矛盾的性質，內容和特點也就越深刻。《創業史》第一部對梁生寶與郭世富、郭振山、梁三老漢之間的矛盾作如此這般的處理，恰到好處地表現了實現農業合作化這場鬥爭的性質、特點和內容。不錯，實現農業合作化，無疑是一場偉大革命。這場革命在其複雜性、深刻性上不亞於過去年代推翻三座大山的革命鬥爭，過去那種革命，面前站的是持刀荷槍的階級敵人，而合作化這場革命，對象不是日本帝國主義，不是國民黨反動派，甚至也不是楊大剝皮、呂二細鬼、姚氏父子。這場革命的對象是私有制、私有觀念。它們的代表人物，除了富農姚士傑，都不是階級敵人，是連自己也不諱言是私有制頑固堡壘的郭世富，是富裕中農，是黨在農村的團結對象。土改後迷戀於走個人發家道路的郭振山，是土改中的積極分子，農會代表主任，是生寶的入黨介紹人，在第一部結束時所寫到的糧食統購統銷運動中，「郭振山興奮得心花怒放，跑得滿頭大汗，嗓子都快喊啞了」，和土改時一樣很活躍。至於梁三老漢，雖不是梁生寶生身之父，卻是在關鍵時刻救了他娘倆性命的同甘苦共患難的養父。這些人既是生寶的對立面，又是他的朋友、同志和親人。即使對於姚士傑那種躲在郭世富身後破壞合作化的階級敵人，也不能一殺為快。改變私有制，與私有觀念決裂，這是一場深刻的社會主義革命。進行這場革命，不能用槍用炮，而是憑多打糧食，憑優越性。《創業史》第一部不用主要人物和其對立面的面對面衝突的方式反映這場革命，對這場革命的性質、內容和特點揭示得很深刻，這是作家柳青的一大貢獻。

一部作品採用什麼方式表現主題不僅決定於它所反映的矛盾鬥爭的性質、內容和特點，而且決定於主要人物的性格特點。許多反映合作化題材的好作品用主要人物和其對立面進行各種形式的面對面衝突的方式表現矛盾鬥爭，很好地體現了這一點。《創業史》不用主要人物與其對立面進行面對面衝

突的方式表現矛盾衝突，更加出色地做到了這一點。梁生寶的特殊性格，使他在處理與郭世富、與郭振山、與梁三老漢的矛盾時，不是採用郭振山在活躍借貸會上對郭世富的方式，不是採用高增福對姚士傑、對他哥高增榮所採用的方式，不是採用歡喜對梁大老漢對瞎眼舅爺的鬥爭方式，不是採用他媽對繼父的方式，不是採用……，他是採用自己所特有的鬥爭方式，這就是：用搞好互助組本身工作的實際行動反擊資本主義的挑戰，用活生生的事實教育暫時落後的貧下中農和其它勞動者。出了問題，決不僅僅從階級敵人的搗亂和群眾的落後上找原因，主要還是從自己工作上找原因。正如梁生寶自己所說：「還怪咱的工作做得不夠。咱得狠下勁兒做工作，把互助合作辦好！」梁生寶這種和資本主義作鬥爭的方式在互助合作運動初期，是一種很有效的鬥爭方式，也是很符合梁生寶其人性格特點的鬥爭方式。

《創業史》這種處理矛盾衝突的方式繼承了我國古典小說《紅樓夢》的優良傳統。《紅樓夢》中賈寶玉、林黛玉與王夫人的矛盾是很尖銳的，以至於林黛玉被王夫人逼死，賈寶玉被王夫人逼走。但是作品從頭至尾，幾乎沒有一句王夫人對寶、黛的明顯指責、申斥，更沒有象賈政那樣去打罵。相反，在生活上王夫人對寶、黛的關懷是比較周到的，真可謂掌上明珠、心肝兒寶貝一般。寶、黛也從未對王夫人明顯地流露過不滿情緒。寶黛與王夫人甚至一句小小的口角也沒發生過。但是他們之間的矛盾衝突並沒有因為這種表面上的至親、至愛而緩和下來，相反這種表面上至親至愛的描寫甚至從另一角度使他們之間的矛盾衝突表現得更加深刻了，寶、黛的叛逆性格不但沒有因此而削弱，反而更加深沉了。寶黛與寶釵、鳳姐諸人的矛盾也是如此。《紅樓夢》作者對王夫人與寶黛矛盾作如此處理既符合表現封建衛道者與叛逆者矛盾鬥爭的性質、特點和內容，又符合賈寶玉、林黛玉各自的年齡、經歷，性格、處境等特點。生活中的矛盾衝突，其性質、內容和特點是各不相同的，生活中的人物是各有其個性和特點的，因此文學作品在反映這些矛盾衝突，表現各種各樣的人物時也不能千篇一律地採用一種方式。這就要求作者真正從生活出發，而不是從某種空洞的概念出發；用先進階級的世界觀作指南（而不是把某種先進理論作為教條）對生活進行深入的觀察研究和概括。

（二）

《創業史》所表現的是重大題材。在幾億過慣了小家小戶光景的農民中

組織互助合作，對農業實行社會主義改造，這是一場偉大而深刻的革命運動。在這一運動中按照毛主席指引的航行，率領廣大貧下中農和其它勞動人民通過小農經濟自發勢力的汪洋大海，劈波斬浪，到達彼岸的梁生寶，無愧於時代英雄的稱號。但是，《創業史》在具體描寫梁生寶的英雄形象時，幾乎沒有寫到什麼驚心動魄的場面，震動天地的事件和叱吒風雲的行為。整部作品只正面寫了梁生寶買稻種、分稻種、割竹子、處理互助組的日常事務、人事糾紛和吸收白占奎入組等幾件極其平常的事件。但是，《創業史》的作者，正是通過這些乍看起來不足為奇的事件的描寫，把互助合作這場革命的偉大深刻之處表現出來了，把梁生寶這個社會主義革命時期的英雄人物的英雄性格揭示出來了。梁生寶在平凡中顯示其偉大。作者柳青在貌似平凡的描寫中表現了他卓越的藝術才能。

首先，作者選擇和描寫的這些平平常常的事件，很適合於表現梁生寶這樣一個社會主義革命時期的英雄典型。梁生寶是一個胸懷共產主義遠大目標的年青的共產黨員。「為了理想，忘記吃飯，沒有瞌睡，對女性的溫存淡漠，失掉吃苦的感覺，和娘老子鬧翻，甚至連生命本身，也不是那麼值得吝惜的了。」但他又不鋒芒畢露、咄咄逼人，不出風頭，不表現自己，總是默默無聞，踏踏實實地做著對黨對人民有益的事情，在這一點上，他和總喜歡別人服從自己，總喜次吹噓自己多麼能幹的郭振山不同，又同油頭滑腦、流裏流氣的孫水嘴有別。為了互助組增產，他冒著春雨隻身去郭縣買百日黃稻種，吃風乾的饃，住車站票房，不多花貧下中農一分錢。他雖然是進山、割竹子隊的組織者和領導者，但他卻以一個普通勞動者的身份出現，任老四指揮他，馮有義也指揮他，他很順從很樂意地聽從他們的指揮。作者正是通過這樣一些似乎很瑣碎的事情把梁生寶的理想和求實精神寫出來了。在這些章節，作者現實主義的筆端時時迸發著浪漫主義的思想光輝。進山割竹子那幾章，就是革命理想主義的讚歌，是集體主義精神的讚歌，是共產主義人與人之間平等互助關係的讚歌。作者正是在這樣一些描寫中展現了梁生寶其人的高尚情操。相反，如果把梁生寶置於發動活躍借貸，置於統購統銷的入倉工作等那種適合於表現郭振山其人的情節裏寫或者讓他去做孫水嘴那種填寫統計報表的工作，那麼梁生寶或者改變其性格，或者無所作為，便得不到充分表現。在買稻種、割竹子，對待群眾出組入組等情節中，作者還揭示了梁生寶有膽識、有氣魄、有激情，但又老成持重，勤於思考與善於思考，不以感情代替

政策，能夠用理智剋制感情，謙虛謹慎，決不給黨在群眾中造成一絲一毫壞影響；看準了一個目標，就堅定不移地率領周圍群眾邁步走去，決不為各種干擾分散自己的精力和視線，「走自己的路，讓別人說去」等性格特點。

其次，作者選擇描寫的買稻種、割竹子、處理群眾出組入組等事件，很好地表現了梁生寶這一英雄典型的時代特點。作者沒有把這些貌似平常的事件孤立起來寫，而是把他們和過去年代的鬥爭（武裝革命、土地改革）聯繫起來寫，既寫出了它們之間的必然聯繫，又寫出了它們處於不同革命階段的質的區別。作為社會主義革命時期的英雄人物梁生寶，既繼承了前代共產黨人的革命精神和革命品質，又具有自己時代的鮮明特點。社會主義革命，是要消滅資本主義所有制和個體所有制。而幹這場革命，既不能像戰爭年代那樣靠武裝解決問題，也不能像土改消滅封建所有制那樣採取剝奪地主生產資料的辦法。這場革命是要靠增加生產，多打糧食，靠集體化的優越性來實現。要做到這一點，又不能對廣大農民搞行政命令，只能是示範引導，說服教育。作者寫梁生寶買稻種，只是一個人出動，其影響似乎也不如郭世富蓋四合院、郭振山發動活躍借貸、高增福監視富農姚士傑那麼令人注意。但當稻種帶回蛤蟆灘後，情形就大不一樣了。百日黃稻種早熟的優點吸引了蛤蟆灘各階級各階層的人，尤其是吸引了廣大貧苦農民，梁生寶也一下子由一個被人瞧不在眼裏的娃子變成了一個引人注目的人物了。人們對活躍借貸不抱希望了，他們寄希望於互助組，他們在活躍借貸會議開不起來的情況下包圍了年青的互助組組長梁生寶，他們擁戴他為領袖了。梁生寶進山割竹子時，已不是他一個人出動，而是組成了一支浩浩蕩蕩的隊伍，作者通過土改時在莊稼人心目中威望很高的郭振山因不熱心互助合作事業因此威信每況愈下，和梁生寶這個曾不引人注目但卻因為熱心互助合作事業因此在莊稼人心目中威望與日俱增的對比描寫，有力地說明了不是英雄造時勢，而是時勢造英雄。說明了無產階級英雄是時代的產物，群眾鬥爭的產物，黨的路線的產物。誰能適應歷史潮流，誰能代表絕大多數人民群眾的願望、利益和要求，誰能正確地理解和執行黨的路線政策，誰就可能被推上歷史的前臺。正如梁生寶對任老四說的：「我梁生寶有啥了不起？梁三老漢他兒。你忘了我是共產黨員嗎？實話說，要不是黨和政府的話，我梁生寶和俺爹種上十來畝稻地，暢暢過日子，過幾年狠狠地剝削你任老四，叫你給我家做活！何必為互助組跑來跑去呢？」梁生寶買稻種、割竹子、訂互助組生產計劃等，被郭振山批評為不關心政治，

黨的觀念不強，實際上，生寶所從事的事業正是黨的過渡時期總路線所指出的對農業實行社會主義改造的大事業，這既是當時群眾注意的中心，也是黨的工作中心。而不熱心互助合作事業卻熱衷於土改中那種開大會、說大話、搞轟轟烈烈的郭振山，卻對這一點很不瞭解，這除了說明他的落伍又能說明什麼呢？

第三，作者通過買稻種、割竹子、處理群眾出組入組等事件的描寫，深刻地揭示了梁生寶這個典型人物的階級特點。

梁生寶和郭世富、郭振山、梁三老漢發生矛盾，並不是他不想過富裕的日子。作者在題敘裏詳細描寫了梁生寶解放前失敗的個人發家史，也就是想過富裕日子而不得的歷史。作者又在前四章寫了土改後農村出現的急驟的兩極分化苗頭，寫了土改只能使貧下中農獲得土地卻不能保證他們永遠富裕，在資本主義所有制和個體所有制存在的情況下，要麼就是像郭世富那樣只管個人發家致富，以至於爬上剝削階級的地位，要麼向富裕戶伸手祈求度過春荒，乞求不成，大多數人淪為被剝削的對象。在這種情況下，正如毛主席所說，共產黨不能見死不救。作為無產階級先進分子的梁生寶，他要富裕，只是不要個人富裕，他要的是廣大貧下中農和其它勞動人民的共同富裕。他所要的這種富裕不是靠剝剝他人取得（如姚士傑那樣），也不是靠搞不正當的投機生意（像郭世富、郭振山那樣）取得，而是靠貧下中農集體力量，向生產的深度和廣度進軍取得。買稻種、進終南山割竹子，推廣扁蒲秧，擴大再生產，就是組織貧雇農向生產的深度和廣度進軍，以便甩掉貧困帽子的根本途徑。梁生寶正是在這些活動中體現了他的無產階級本色。

《創業史》第一部中所寫的這些事件不僅表現了無產階級英雄如何率領群眾向大自然進軍以使自己在經濟生活上日新月異，而且也表現了無產階級英雄如何通過集體勞動的形式使貧下中農在思想上步步登高。農民，即使是貧下中農，當他們和私有制聯繫起來的時候，顯得狹隘、自私。但當他們和公有制連繫起來的時候，他們的精神面貌便會大大改觀。作者在進山割竹子中有這樣一段描寫；生茂和鐵鎖，「去年秋播時，為了地界爭執，分頭把全體村幹部請到田地裏頭，兩人吵得面紅耳赤，誰也說不倒誰，只得讓他們到鄉政府評了一回理」。「但是事隔幾月，梁生寶卻在這裏看見生茂和鐵鎖，竟然非常相好，在集體勞動中表現出整黨中所說的城市工人階級的那種美德。」私有制不但是農民貧苦的根源，也是他們落後自私意識的根源。維護私有制

不得人心。消滅私有制大得人心。當然，作者並沒有把消滅私有制和私有觀念簡單化。在生寶割竹子回到蛤蟆灘後，面臨著互助組分裂的嚴重考驗：生祿、拴拴兩家在生寶回來前就宣佈退組了，手裏有了幾十塊錢的任老四因為「窮怕了」，不能像沒錢那陣兒一樣跟梁生寶「上天入地了」，他「手裏有了幾塊錢」，「手軟了」，對互助組的密植動搖了；即使是生寶的堅定支持者有萬和歡喜也產生了畏難情緒。就在這時候，被大家所討厭的二流子白占奎卻出人意外地提出了入組的要求。生寶面對此種複雜的局面，堅持黨的「出組自願」、「入組自願」的原則，又不放棄對出組人員的思想教育工作，同時，吸收白占奎入組。這些情節，很好地表現了梁生寶這一英雄人物寬闊的無產階級胸懷。

在正面描寫梁生寶一系列行為的同時，作者還寫了郭振山向韓萬祥磚瓦窰投資，寫高增榮投向富農的懷抱，寫素芳進富農四合院，寫郭世富趕集等。這種對比描寫，揭示了梁生寶買稻種、割竹子等事件對孤立城鄉資本主義勢力．打擊資產階級的意義，用事實雄辯地說明了只有使農民走互助合作的道路，「才能夠徹底地割斷城鄉資本主義和農民的聯繫，才能夠徹底地把資產階級孤立起來，才便於我們徹底地改造資本主義工商業」。「我們對農業實行社會主義改造的目的，是要在農村這個最廣闊的土地上根絕資本主義的來源。」（《毛澤東選集》第五卷，196頁）

特別值得一提的是，作者寫梁生寶買稻種、割竹子等事件，乍看起來似乎和主要矛看聯繫不大。但仔細一分析就會發現，作者通過各階級各階層人物從各自立場利益出發對生寶這些行動的不同反應和態度，揭示了生寶這些舉動對蛤蟆灘整個鬥爭形勢的深刻影響，揭示了生寶這些舉動震動每個人心靈的巨大力量，從而揭示了互助合作這場革命的深刻性。同時這種寫法正確體現了在無產階級掌握國家政權的情況下，貧下中農作為兩條道路鬥爭的矛盾主要方面的主導地位和主動精神，體現了梁生寶「不管風吹浪打，勝似閒庭信步」，任憑風浪起，穩坐釣魚臺的大無畏精神。梁生寶處於各種矛盾複雜交錯的情況下，處於自發勢力汪祥大海的包圍之中，猶能專心於互助合作本身的工作，緊緊地把握住社會主義航船的方向盤，堅定不移的沿著正確的航線駛向勝利的彼岸，這表現了他對黨、對群眾的信任，對資本主義勢力的蔑視，對社會主義前途充滿信心。什麼姚士傑的破壞，郭世富的猖狂，郭振山的譏諷！……所有這些都沒有什麼了不起。廣大貧雇農是要跟黨走社會主義

道路的，我們的黨也一定能夠引導農民走上社會主義道路。《創業史》正是通過梁生寶一系列行動表現了這一歷史潮流的不可抗拒性。

《創業史》的作者就是這樣通過這些平平常常的事件，揭示了農業合作化極其深遠的政治意義，充分表現了梁生寶這一無產階級英雄的性格特點和崇高的思想境界。小說之所以能在這方面取得如此傑出的成就，首先是因為作者有敏銳的政治洞察力。作者能夠抓住那些雖然「細如髮絲」但卻能牽一髮而動全身的事件，善於抓住那些貌似平常但對階級鬥爭全局有決定影響的事件，善於抓住那些雖不轟轟烈烈但卻對表現特定的主題思想大有潛力可挖的事件，一句話，作者善於抓住那些決定全盤戰棋勝負的關鍵一步棋，不慌不忙地準確有力地投將下去，使整個形勢為之改觀。無論是買稻種、割竹子，還是處理互助組人事變動，都恰到好處地做到了這一點。沒有階級鬥爭的全局在胸，沒有對合作化這場鬥爭的深刻的理解，要做到這一點是根本不可能的。柳青同志不但親自參加了互助合作這場偉大革命，而且作為縣委副書記親自領導了這場偉大革命，所以寫起來才這樣富有高屋建瓴、勢如破竹之勢，而又從容不迫，準確深刻。其次，還因為作者有深厚的生活基礎，作者完全是以一個生活主人的身份深入生活，而不是以一個外來採訪的作家深入生活的。由於作者生活積纍雄厚，所以才能有比較、選擇的充分餘地。當我們讀著買稻種、割竹子和處理互助組人事變動那些章節的時候，真如親臨其境，目睹其人一般。這主要是因作者有這方面的親身體驗、親身感受。靠第二手材料，靠浮光掠影式的採訪是斷然不會寫得如此栩栩如生的。再次，因為作者對梁生寶這樣的英雄有著深刻的理解和深厚的感情。我們讀到描寫梁生寶那些主要章節時，感到他既是現實中的人，又是了不起的可親可愛的英雄，絕不是那種鶴立雞群式的「超人」。作者筆下的梁生寶如此平凡而富有強烈的藝術感染力，就是因為作者熟悉生活中梁生寶這樣的英雄，熱愛這樣的英雄，對這樣的英雄有深厚的無產階級感情。不熱愛英雄，就不可能通過英雄平凡的行動發現其崇高的思想。同樣是朝鮮戰場上的英雄楊明山，改霞看了他的照片後大失所望，絲毫引不起像她對畫報上的英雄那種崇敬之情。而秀蘭卻「覺得楊明山反而更美，和他在一塊覺得更榮耀」。不同的作者對生活中梁生寶式的英雄，不同的讀者對《創業史》中梁生寶形象，不是也有這樣截然不同的態度嗎？最後，還要提到作者獨特的藝術表現手法。作者並不想以驚心動魄的情節取勝，以離奇曲折的故事吸引讀者。作者就是通過這些平平常常

事件給讀者揭示深刻的生活眞理，啓示讀者認識英雄，熱愛英雄，學習英雄。在我國古典小說中，有一類小說是用轟轟烈烈的場面、動人心弦的事件、曲折有趣的故事來表現主題、刻畫人物的，《三國演義》、《水滸傳》、《西遊記》就是這樣。還有一類小說，沒有什麼大場面大事件大情節，就是通過日常瑣事表現主題，塑造人物的，這類作品的傑出代表是《紅樓夢》。和前一類小說不同，《紅樓夢》裏所表現的封建貴族階級必然沒落滅亡的命運，賈寶玉、林黛玉的叛逆性格，就不是通過「大鬧天宮」、「梁山聚義」、「三足對峙」式的事件表現的，而是通過吃喝玩樂、作詩看書等日常瑣事表現出來的。《創業史》的作者在創造性地繼承這種表現手法方面，給我們提供了很好的經驗。

（三）

梁生寶和徐改霞的戀愛故事在《創業史》第一部中佔了相當大的篇幅，成爲表現主題、表現主要人物梁生寶的一個不可缺少的組成部分。

和歷來描寫無產階級英雄人物戀愛生活的小說不同，《創業史》的作者沒有把梁生寶的戀愛寫得完滿成功，而是屢經波折，最後以不成功告終，好像要故意斬斷讀者的遐想似的。作者最後乾脆讓徐改霞遠走高飛於千里之外的長辛店，連絲毫僥倖心理也不讓讀者產生。但是，要是仔細分析一下梁生寶和徐改霞戀愛不成功結局在整部作品中的作用，就不能不爲作者對生活的獨特見解和在藝術上的獨特造詣而驚歎不已了。

作者把梁生寶和徐改霞戀愛故事置於農村土改之後、兩極分化開始、合作化還只是處於萌芽狀態的歷史階段去寫，給其不成功結局種下根苗。梁生寶和徐改霞的感情建立在土改時期共同的鬥爭生活上。那時他們對農村政治形勢的看法完全一致，但只是因爲當時梁生寶童養媳還在，徐改霞與周家婚約尚存，兩個正派的青年人沒有能夠大膽地相愛。等到農村民主改革勝利結束，徐改霞解除了與周家的包辦婚姻，梁生寶死了童養媳，兩個人可以大膽相愛的時候，農村社會生活的急驟變化卻使他們的戀愛生活出現了意料不到的波折。梁生寶是要堅定不移地走合作化道路，把自己一生貢獻給農村社會主義革命事業的，而徐改霞卻對梁生寶互助組持懷疑態度。這一方面是因爲她缺乏梁生寶那樣的生活經歷和政治覺悟，識別能力差，思想感情上有小資產階級情調，患得患失，動搖不定；另一方面，則因爲過多地受了她家的生活顧問郭振山的影響，還間接受了當時一種所謂「先工業化，後合作化」觀

點的影響。

　　生寶和改霞戀愛不成功，有個人方面的原因——生寶熱心互助合作事業而對自己的婚事過於淡漠而又缺乏周密考慮。改霞好強，生寶對她的批評，使「改霞開始從根本上懷疑兩個強性子結親，是不是能好……。」但作者主要還是通過梁生寶對改霞進工廠的態度並由此而引起的對和她結親的態度來表現生寶對「先工業化，後合作化」觀點的抵制的。當時生寶還沒有認識到改霞對互助合作持懷疑動搖態度的根子不在她本身，所以他沒有對她加以教育，但他對改霞的態度卻表現了他對這種看法的鄙視，這實際上是對那種「先工業化，後合作化」觀點抵制的曲折反映，也是作者表現生寶和郭振山作鬥爭的另一種方式。

　　不僅如此，作者通過梁生寶和徐改霞戀愛不成功結局，把梁生寶所從事的事業放到了更廣闊的社會背景上加以考查，更深入地揭示了主題思想，更崇高地展現了梁生寶的精神境界。徐改霞在蛤蟆灘因種種原因對梁生寶互助組缺乏正確認識，當她離開蛤蟆灘到了工業戰線時，她才體會到農業互助合作對國家工業化的重大意義。這時，也只有這時，徐改霞對梁生寶的事業的認識才有了根本的轉變。她給家鄉來了信，「要求鄉親們把餘糧賣給國家，支持工業化，走互助合作的道路，特意問到生寶互助組的成就。」（徐改霞的進工廠就再不能和生寶結婚，這裏邊還表現作者的一種戀愛觀——找對象要找對自己的事業有直接助益的人。職業不同，居住很遠，共同工作機會不多，是不宜對象的。）梁生寶和徐改霞的戀愛雖然落了個不成功的結局，可是梁生寶的事業卻越出蛤蟆灘的範圍，在更廣闊的社會背景上——促進工業化、鞏固工農聯盟、鞏固無產階級專政——宏偉地展現在讀者面前。作品第二十五章形象地說明了郭世富所走的道路是不會滿足國家工業化對農業的要求的，工人是不能和單幹發家的郭世富建立起鞏固聯盟的。徐改霞一九五三年春因招工名額少考工廠半途而廢，與當時農村互助合作才剛剛興起，農業還不夠發展有關。這年七月她之所以能進工廠，與農村互助合作帶來了糧食豐收，促進了工業發展速度，招工名額增加，工業發展步伐加快有關。此時的徐改霞如果把她在進工廠問題上的反覆和農村互助合作事業的發展狀況聯繫起來加以考慮，也當明白，真正擁護國家工業化的，不是整天鼓動她進工廠而不熱心互助合作事業的郭振山，而是雖然對她進工廠持不同態度，但卻切切實實用搞好互助合作，發展農業生產，支持國家工業化的梁生寶。

　　梁生寶、徐改霞戀愛的不成功結局完全符合兩人思想性格發展的必然趨勢。梁生寶是一個重事業遠勝於重愛情的人。他富於革命理想而絕不作空想。他希望找到一個對他的事業有幫助的人，而徐改霞雖然和他有過感情但卻不是這種人。徐改霞雖有從事社會主義的願望，但她卻昂著頭只看著工業上的社會主義，視而不見眼皮底下的社會主義，只看到城市的社會主義，卻懷疑農村的社會主義。她在主觀上雖然不願意和不安心農村、不願嫁給農村青年的閨女們混在一起，在實際行動上卻和她們混在了一起。她離開蛤蟆灘，離開梁生寶，以不安於管家務，生孩子為自己解脫，實際上到了工廠仍然有這許多實際問題需要正確處理。正如書中王書記所說：「改霞有點浮，不像生寶那樣踏實；戀愛是富於幻想的，而結婚則比較具體和實際。」改霞是一個既不同於素芳又不同於秀蘭的典型。

　　寫到這裏，我們不由得想起《紅樓夢》。《紅樓夢》打破了歷來寫戀愛以大團圓為結局的俗套，以寶黛愛情的悲劇結局從而深刻揭示了主題思想，為創作開了新生面。《創業史》的時代不同於《紅樓夢》的時代，作者所寫的是嶄新的社會制度中的新人。但是作者也沒有落大團圓結局的俗套，而給作品主要人物梁生寶和徐改霞的戀愛以不成功但不是悲劇的結局。這種處理因其有深刻的社會背景和階級鬥爭背景，又非常合乎人物思想性格的發展，結果使得戀愛上的不成功結局變成了深刻揭示主題，有力地塑造英雄人物的成功結局，變成了對社會主義制度的滿腔熱情的歌頌。誠然，在社會主義社會，造成賈寶玉、林黛玉愛情悲劇的社會原因、階級根源是徹底根除了，但是社會主義社會的階級鬥爭、路線鬥爭、思想鬥爭也還是要影響青年人的戀愛生活，梁生寶和徐改霞的戀愛故事反映了這一影響，是真實可信的。

《陝西師大學報》1979 年 1 期

如何看待極左思想對《創業史》的影響

最近，不少人在談論《創業史》受極左思想的影響問題。搞清這一問題，不僅可以對這部小說作出實事求是的評價，而且會影響其它同類題材作品的評價和整個農村題材的創作。這裏談點個人的想法，以求教於讀者和專家。

（一）

現在擺在我們面前的是兩種有所不同的《創業史》版本。要正確認識《創業史》是否受極左思想的影響，首先必須把這兩種有所不同的《創業史》版本加以區別。因爲在我看來，原版《創業史》沒有受極左思想影響，新版是受了極左思想影響的，但對其不宜誇大，應予公正評價。筆者的看法是：修改本中的多數修改是當時極左思想影響下的產物，必要的修改也有一些。所有這些修改和原版相比，並非傷筋動骨之改。新版《創業史》的思想傾向、人物形象、情節結構，基本上仍保持了原版的面貌。

《創業史》第一部（本文主要討論第一部）最早是中國青年出版社 1960年 9 月出版的。1977 年該社和陝西出版社同時出版了《創業史》第一部修改本。這中間相隔近二十年，我們國家發生了一系列重大事件，極左思想一度影響全黨，直至三中全會，才使社會主義的列車重新走上正常運行的軌道。《創業史》修改本是在粉碎四人幫之後三中全會召開之前與讀者見面的。那時祖國的上空出現了藍天，但極左的陰雲並未驅散。修改本「出版說明」中指出：「這次再版時，作者又進行了一些重要修改」，那麼，就讓我們來看看這些重要的修改吧。

配合當時政治形勢的修改：

　　新版 246 頁寫改霞經郭振山開導後想道：「⋯⋯聽下堡鄉小學的一個教員說，黨中央書記劉少奇講話，要確立新民主主義秩序。」

　　新版 337 頁寫道：

　　一天吃晚飯的時候，改霞問郭振山：「劉少奇在黨裏頭是⋯⋯」

　　「毛主席下來就是他」！郭振山帶勁地說：「你問這個話做啥？」

　　改霞說：「俺學校有個教員說，劉少奇講國家要先工業化，然後農業才能集體化。」

　　「啊！你也聽說啦？」郭振山滿意地說：「這該明白了吧？」

　　以上這兩處是原版沒有的。在這裏，首先是錯誤地點了劉少奇同志的名。其次，在點劉少奇同志的名的同時，兩處提到「下堡鄉小學的一個教員」，這和當時把廣大教師作為所謂修正主義路線的社會基礎批判不無關係。再次，作者把劉少奇同志和郭振山的自發傾向及徐改霞進工廠掛起了鈎，這也是為了更加突出路線鬥爭。這一點後面還要提到。

　　原版 142 頁寫道：「中國有幾百萬、幾千萬這樣的同志，他們穿上制服、毛呢料子衣服、將軍服，即使穿上元帥的制服，還是那麼和藹可親，平易近人，不會裝腔作勢。」

　　新版 164 頁刪掉了「將軍服，即使穿上元帥服」這句話。

　　原版第 29 頁開頭有一大段關於陝北安塞縣李家山游擊隊的描寫，以及生寶用老一輩革命家打江山的故事，教育在互助組處於逆境時產生悲觀情緒的歡喜和有萬的描寫，新版統統刪掉了。另外，新版還刪掉了原版中有關縣委陶寬書記的三處地方。

　　以上這些刪改，如果獨立的一段一段來看，也許算不了什麼，但聯繫起來就會發現：這是作者在適應當時批判老幹部的歪風。

　　原版 119 頁寫生寶入黨，「在念畢宣誓詞以後，他又眼巴巴地望著領袖像裏那個他覺得更加親近的中國人，加添了幾句很動感情的話。」

　　作者可能感到把「親近的中國人」和「領袖」聯繫起來不大合時宜，在新版中把這段話全刪了。

　　原版 189 頁：「他（指生寶）取出款，小心翼翼裝在腰裏，那些票子彷彿一團火，烘得他渾身發熱，說不出那股舒貼的滋味。」

　　新版 216 頁改為：「他取出款，小心翼翼裝在腰裏。這些票子所顯示的新社會意義，使他渾身說不出怎麼舒貼的滋味。」

原版 197 頁寫生寶給大夥分錢：「你看盯著他的手指動作的那些雙眼睛吧！那麼專心！那些雙眼睛後面的腦子裏，都在想些什麼？」

新版全刪了。作者大概沒有考慮到：七十年代前後對「金錢掛帥」的批判，抹煞不了五十年代初人民幣對剛剛走上合作化道路的貧雇農的支持作用。

原版 29 頁有一大段，寫生寶小時給富農主家看桃，不聽富農主家要他楞罵摘桃人的話，而聽他媽不要罵人的話，給一個行路摘桃人講明道理，使摘桃人紅著臉走掉了；還有，他私自賣桃給一個口渴難耐的行路人，把賣得的銅板錢埋在稻草庵裏，交給從郭家河回來的富農主家，富農主家被他這種光輝品格「驚得臉色發了黃」，非常駭怕，問他「長大做啥呢」。

上面這些描寫對表現生寶後來不與其對立面正面衝突，而用事實戰勝對方的性格特點很有用。當然從極「左」的觀點看來，這些描寫多少有點「階級調和」、「缺乏鬥爭性」、不夠「三突出」，所以新版中把它全刪了。

關於郭振山和徐改霞關係的修改：

原版 214 頁：「她（改霞）從畫報上看到郝建秀的形象，她就希望做一個那樣的女工。新中國給郝建秀那麼可憐的女孩子，開闢了英雄的道路，改霞從她的事跡受到了鼓舞。」

新版 245 頁改為：「她打聽到國家先要工業化，農業才能集體化以後，郭振山叫進工廠的話，對她才有了影響。」

原版 216 頁：「他（指生寶）這大膽的行動（指進山割竹子），又動搖了改霞考工廠的決心。」

新版 247 頁改為：「他這大膽的行動，又動搖了郭振山授意改霞考工廠的決心。」

原版 221 頁：「代表主任這樣關心她，她卻用敷衍的態度對待人家。」

新版 356 頁改為：「代表主任那樣熱烈地鼓動她奔城市的社會主義去，她卻用敷衍的態度對待人家。」

原版 221 頁：「代表主任到底為啥這樣關心她。」

新版 254 頁改為：「代表主任到底為啥一再鼓動她參加工業化。」

類似的修改還有一些，這裏不再列舉。從這些修改可以看出，作者是在有意突出郭振山對改霞的影響，而把改霞儘量寫成路線鬥爭中的受蒙蔽者；同時藉以加重造成生寶與改霞戀愛不成功的結局的路線鬥爭色彩。

關於梁生寶和徐改霞關係的修改：

原版 51 頁：「生活向她（指改霞）面前突然間伸過來另一條路，而這條路更加符合她的事業心，卻同她的愛情尖銳地矛盾著。」

新版 54 頁改為：「……卻同她的感情尖銳地矛盾。」

類似這種把「愛情」改為「感情」，改為「談親事」、「選擇婚姻對象」的地方還有七八處。作者這種改動是在儘量避免使用愛情一類字眼，或者是害怕這種字眼會沖淡英雄人物的光彩，或者是因為自己誤入戀愛禁區而懺悔。

從以上所列舉的事實，可看出新版本受極「左」思想的影響是很明顯的。但也必須指出，新版本中的許多修改是必要的，如：

刪掉了原版中一些不必要的議論。像原版 294 頁寫秀蘭聽了她媽叫她去明山家鄉北楊村，作者議論道：「女人啊！女人啊！生成一個女人，占這麼多的劣勢啊！」

某些叫人肉麻的男女關係的描寫也刪掉了。如白占魁妻李翠娥卑屈地等待和追逐姚士傑的下流言行。

新版中還刪改了生寶和改霞正常戀愛中的一些不大符合人物身份的描寫。如原版 483 頁寫「改霞決定：當她和他一塊在田間小路上走著的時候，她將學城裏那些文化高的男女幹部的樣子，並肩走著。她將把身子緊挨著他茁壯的身子，肘子擦肘子，這樣她感到非常地幸福」。新版 245 頁改為「……並肩走路，而不像農村青年對象一前一後走路。」這一改把改霞的性格表現得生動而得體。「並肩走路」比當時農村對象「一前一後走路」是一大進步，但和「肘子擦肘子」、「身子擦身子」走路相比還不一樣。

另外，在「第一部的結局」中，作者改原來的「一九五三年十月，毛澤東同志指出」改為：「一九五三年八月，毛澤東同志審閱周恩來同志在全國財經會議上的結論時，寫了這樣的重要批語」，這一修改就更準確、更實事求是了。

通過以上的比較，可看出《創業史》新版本受極左思想的影響是毋庸置疑的。其實，文藝作為一種意識形態，受政治思想的影響是一種正常現象。文學史上任何一部作品，尤其是那些有影響的長篇巨著，沒有一部不受同時代某種政治思想的影響。要求文學作品不受任何政治思想的影響，「眞」而又「眞」、「純」而又「純」地再現生活的本來面目，只是一句空話。什麼是生活？生活就是具有各種不同思想的人的活動歷史。現實生活中的人，只要他有頭腦，就難免受這樣那樣的政治思想的影響。要求反映人的生活的文藝作

品不受任何政治思想的影響，不是違背起碼的生活常識嗎？作爲一個社會主義時代的作家，尤其是黨員作家，他的創作受執政黨的政治思想路線的影響，更是必然現象，沒有什麼值得大驚小怪的，正如政治學家、哲學家、經濟學家、評論家等在不同時期的言論因受執政黨政治思想路線的影響而有所不同甚至完全相反，不值得大驚小怪一樣。問題是，作家的立場、世界觀、思想藝術修養、生活基礎等方面的差異，使有的人對正確的政治思想路線反應敏感，有的則對錯誤的政治思想路線倍感興趣。我們提倡作家深入生活，學習馬列主義，改造思想，就是爲了使他們敏感地反映在正確的政治思想影響下人們的正常生活，並滿腔熱情地加以歌頌；而對在錯誤的政治思想影響下的生活現實，則進行正確的實事求是的揭露和批判，這才是我們所說的寫眞實的眞正的含義。因爲現實生活的複雜性遠遠超過教科書的內容，所以即使生活基礎雄厚，無產階級立場堅定，共產主義世界觀牢固，個人思想藝術修養很高的作家，有時也難免受錯誤思想的影響。許多偉大的無產階級革命家有時也受錯誤路線的支配哩！柳青既然不是不食人間煙火的神仙，他在四人幫粉碎之後第二年，黨的政治思想路線還沒有衝破左傾思想枷鎖的情況下，受極左思想的影響是情理中事。可貴的是，他並沒有把自己的作品大卸八塊，重新裝配，曲意迎合，像《難忘的戰鬥》的作者所作的那樣；也沒有把原版本一腳踢開，另起爐竈，重寫一部《金光大道》式的《創業史》，以緊跟形勢。而只是在原版基礎上作了這些無傷大局的小小修改。但只要翻閱一下一九七七年《創業史》新版本問世前後全國各種報刊雜誌，大至《紅旗》、《人民日報》、《解放軍報》、《人民文學》、大中小學課本，小至一個小單位的中小學教學參考資料，就會發現，柳青能做到這一點，已經非常不容易了。《創業史》新版本中因受極左思想影響所作的不正確修改，只是這部寫得別致（這是當代著名作家杜鵬程同志給《創業史》所下的一個很別致的定語）的長篇巨著邊緣上的一點墨污。我們希望出版部門以愛惜的感情擦去這點墨污，恢復它以往的耀眼光輝，而不希望因這點墨污把它打入冷宮。

（二）

現在不少人對初版、新版《創業史》不加區分，概而論之爲：《創業史》不失爲一部反映農業合作化的長篇巨著，但也或多或少地受了極左思想的影響。此論似「穩」、似「全」，實際與讀者無益，與作品則有害。針對這種情

況，我們在對新版本《創業史》作了如上考察之後，不得不對初版《創業史》是否受極左思想的影響也作一番探討。

初版本《創業史》出版在 1960 年 9 月。那時，已經發生的極左思想給國家和人民帶來了誰都看得見的危害。當時雖未從根本上清理這種極左思想，但人們曾經一度發熱的頭腦在客觀規律的懲罰面前總算冷靜一些了。黨中央此後个久制定的就其實質講是在糾「左」的政策，也收到了一些顯著的實際效果。在此形勢下出版的《創業史》情況究竟如何？

首先，我們來研究一下小說所攝取的互助組到初級社建立這一段生活本身有無極左思想影響的問題。有的同志從馬列著作和別國經驗中對這一問題找到了肯定的答案，認爲互助合作在我國是改變農業私有制爲公有制的必要形式。這樣來回答問題當然不能說是錯誤的，但卻可以說是不夠的。馬列著作中有武裝奪取政權走先城市後農村的道路的論述，外國革命也有這方面的成功先例。但這些在中國革命初期卻成了左傾盲動路線的根據。最後引導中國革命走向勝利的是與此相反的先農村後城市的奪權道路。農業集體化的形式問題也不能從馬列著作和別國經驗中尋求現成答案。在中國，變農業私有制爲公有制，採取互助合作這一形式，是否可行，這要從中國農民的習慣和歷史出發尋求答案。

在翦伯贊同志主編的《中國史綱要》中，有如下一段論述：

> 元朝初年，北方農民成立了一種「鋤社」。「先鋤一家之田，本家供給飯食，其餘次之，旬日之間，各家田皆鋤治」。「間有病患之家，共力助之」，往往「苗無荒穢，歲皆豐熟」（引自王禎《農書》卷三）。至元七年（1270 年）元朝政府也下令在漢地立社。規定五十家爲一社，以年高曉農事有兼丁者爲社長。社長組織本社居民墾荒耕作，修治河渠，經營副業。……這種村社制度，以後通行南北各地，與里甲制度並行，成爲元朝統治和剝削農民的農村基層組織，但在鼓勵農業生產方面也起了一些作用。

上面引文中所說「鋤社」、「村社」，就其形式講，相當於合作化初期的互助組。當然因爲時代不同，社會不同，其性質有根本的不同。但生產互助這種形式遠在幾百年前的中國封建社會就已經存在卻是無疑的。

大家知道，中華人民共和國成立前，在二十二年的革命戰爭中，我黨已經有了在土改後領導農民組織帶有社會主義萌芽的農業生產互助團體的經

驗。那時，在江西是勞動互助社和耕田隊，在陝北是變工隊，在華北、華東和東北各地是互助組。那時，半社會主義和社會主義的農業生產合作社的組織，也已經個別的產生。例如，在抗日時期，在陝北的安塞縣，就出現了一個社會主義性質的農業生產合作社，只不過當時這種合作社還沒有推廣。

從以上史實看互助合作這種形式是中國的土產，也是特產。我國農民早有生產互助的傳統和習慣，我們黨也有領導生產互助的經驗。全國解放後，經過土改和一定時間的經濟恢復，及時地引導農民走互助合作道路，這是我黨把馬列主義關於消滅私有制的普遍原理和別國農業集體化經驗與中國具體國情結合起來靈活運用的光輝典範。柳青作為一個人民作家、放棄優裕的城市生活，毅然決然地投身到農村互助合作運動中去，宣傳領導這一運動，用自己手中的筆滿腔熱情地歌頌這一運動，以他光輝的《創業史》為與民同呼吸共命運的中国共產黨立傳，為創社會主義大業的中國農民立傳，從而為革命的文學家藝術家、有出息的文學家藝術家作出了榜樣。有人把《創業史》說成是單純為當時政治服務的產物，如果說當時的互助合作運動是與廣大農民的根本利益一致的，從而也是與絕大多數中國人民的利益一致的，那麼為這樣的政治服務有什麼不好呢？君不見，古今中外不為任何政治服務的偉大作品實在沒有幾部。問題只在於自覺不自覺和為什麼樣的政治服務罷了。

有的評論文章並不否認小說所反映的互助組階段的生活，但卻認為小說所反映的從互助組向初級社的過渡顯得突然，「說明小說在政治上沒有頂住『左』的東西」。作者認為生寶互助組條件不成熟就轉為燈塔社，所謂條件不成熟是指「當生寶割竹子回來時，互助組形勢不好，生祿和栓栓退了組，任老四、郭鎖、馮有義一度動搖，只有生寶、有萬和歡喜三戶態度堅定。雖然高增福、自占魁新加入互助組，八戶成員未減少，但自發勢力的干擾是嚴重的，顯然不是描寫合作社成立的適當時機。」作者還認為「梁生寶的燈塔農業生產合作社，是在總路線宣傳運動中建立的，這就透露出問題的奧秘了。」

我們還是不要離開對作品的具體分析，去談什麼條件成熟與否的問題吧！因為離開對作品的具體分析，任何爭論都是不著邊際的，是說不清楚的、也是毫無意義的。

我們先看栓栓和生祿為什麼退組。這兩家退組都是老人的主張。栓栓他爸王瞎子退組主要是富農姚士傑在起作用（瞎眼老漢挨了縣太爺板子後對有錢人家敬而畏之的心理作用和姚士傑的拉攏破壞作用），同時也由於對生寶的

不信任。加上栓栓割竹子不小心竹茬紮了腳。生祿退組，據他父禿頂梁老大說：「栓栓退組哩，組裏缺下勞力嘛。俺拿畜力換勞力哩，你當俺在互助組裏做啥哩？」而後來在宣傳總路線的熱潮中，栓栓和高增榮都當眾揭發姚士傑破壞糧食政策的醜行，此後栓栓難道還會和姚士傑一塊種地嗎？栓栓退組時，生寶對他說過：「你告訴你爸，二回要回互助組來的時候，說話！你就說，不管他怎樣不覺悟，俺們个計較他。」既然姚士傑已經聲名狼藉，生寶又有言在先，那麼栓栓家二次進組難道還突然嗎？在「瞎眼老漢和禿頂老漢身影相隨」的情況下，栓栓家進了組，生祿家難道不可能進組嗎？

任老四的動搖，用他自己的話來說：「我又不退組！我光是不願密植。」「我心思：啊呀！萬一稠稻子吃不美，這不是把幾十塊錢白塞到泥裏頭了嗎？」所以他要求「你三戶先實行一年，好哩？明年，我再……」最後，他想起黨和政府，想起自己是一個基本群眾，跳一跳說：「好！是崖，任老四也要跟你跳一回！」互助組的最後增產證明，任老四跳的不是崖，是糧食窩子。至於馮有義，他曾在任老四下決心後，就「當下聲明，他按計劃插秧。而郭鎖兒的動搖，是謀算著用入互助組後掙來的錢買牛，「幻想著與全世界無關的平靜日子」，這當然是不可能的，事實上郭鎖兒也並沒退組。

總之，這些人的退組和動搖是暫時因素在起作用，是在互助組前進了一大步之後的動搖，這種動搖在近三十年後的今天也未必絕跡。我認為互助組轉初級社的條件主要是兩條：一是互助組增產，這一條作者在第一部結局時已作明確交待。二是形成一支骨幹力量。生寶割竹子後已有歡喜、有萬，再加上高增福，共四個人。俗話說，三人為眾，這四個人已經是能夠團結三四十戶人家的鋼筋鐵骨了。

至於說到生寶互助組轉向初級社還有自發勢力的干擾，這並不奇怪。只要搞互助合作就會有自發勢力的干擾，就如同有先進就會有落後一樣，這是事物的矛盾法則在起作用，並不能構成阻礙互助組轉為初級社的根本原因。也許正因為有這種自發勢力在和互助組爭奪群眾的情況，才更需要在條件成熟時不失時機地由互助組轉為初級社。要等到自發勢力不干擾或干擾小點再轉嗎？那只能助長自發勢力，而不可能戰勝自發勢力，因為「沿著阻力最小的路線進行的運動恰恰會受資產階級思想體系的控制」。互助合作始終是在與自發勢力的不斷鬥爭中成長壯大的。

實際上互助組只是社會主義萌芽，是為合作社打基礎，它只實行集體勞

動，並沒有觸及到所有制，也不實行按勞分配，因此無法阻止買賣土地的發生，無力防止兩極分化。生寶互助組當時若不及時轉入初級社，使農民覺悟隨著入社提高一步，而是等待更多的人覺悟提高后（這在事實上也是不可能的）再轉社，那樣看來似乎穩妥，實際上等於放任自流，會引起各階層人們的埋怨，先進分子埋怨不支持他們的積極性，中間的埋怨無榜樣可學，作品第一部結局中所提到的那幾個跟在梁生寶屁股後面賣地的也會埋怨政府見死不救，那樣黨的威信損失就太大了。

認爲生寶互助組是在宣傳總路線熱潮中轉社，就是「條件不成熟」，這也不能自圓其說。任何事物都是在質量互變中波浪式前進的。質變比起量變來，就是要來的迅猛些、激烈些。「十月懷胎，一朝分娩」，不痛不癢，不聲不響者實不多見。梁生寶互助組如前所述既然有了轉社的條件，那麼在宣傳總路線的熱潮中轉社就是水到渠成了。即使沒有宣傳總路線的熱潮，它也會不以人的意志爲轉移地實現自己的質的飛躍。而郭振山那個臨時互助組，五三年冬天就是連續來兩個宣傳總路線熱潮，它也轉不了初級社。

至於說到作品從「初夏」到冬天的猛跳，也似乎不能認爲是作者爲了保持「形象的純潔性」而「寧缺勿濫」。既然生寶互助組轉社是水到渠成，作者又是以完全肯定的口氣加以描寫的，那麼也就不是什麼對所謂「左」的抵制了，我覺得無論從主題上講還是從藝術上講，這種從初夏到冬天的跳躍都是合情合理的。

作品寫互助組的建立和鞏固，經歷三個階段：第一階段，農民思想比較混亂，富裕中農用蓋四合院吸引了各階級各階層的群眾；生寶卻用買百日黃稻種以圖互助組增產糧食吸引了更多的群眾。第二階段，活躍貸款失敗，貧雇農絕望。生寶互助組進山割竹子，幫助貧雇農度過春荒，使絕望中的貧雇農看到了光明。割竹子的集體勞動，顯示了組織起來對發展生產、改變人與人之間的關係、提高農民覺悟的優越性，堅定了互助組骨幹的信心和決心。與此同時，扁蒲秧育苗過程的矛盾衝突也鍛鍊了互助組的小骨幹歡喜。自發勢力的各種代表人物卻在此階段暴露了他們自私的本質，他們共同的特點：不是靠生產謀財，而是靠剝削得利。第三階段，生寶在新的矛盾面前堅持黨的「入組自願、出組自願」的原則，正確處理一些人的出組入組問題，同時堅守陣地，團結骨幹，實行生產計劃，布置夏收、插秧和準備進山捐木料。自發勢力雖然對互助組的矛盾幸災樂禍，卻對互助組的前進無可奈何。經過

這三個階段，互助組時期「社會的、思想的和心理的變化過程」（這是作者所要表現的主題思想）已經表現完畢，下來就應該表現初級社時期「社會的、思想的和心理的變化過程」了。作者從初夏以前生活的細膩描寫一下跳到冬天的大筆勾勒，是因爲已很好地完成了第一部的主題，中間不需要「流水帳式」的描寫了。當然要把中間所缺幾個月彌補起來也無不可，那就不是柳青的《創業史》了。而可能變成蛤蟆灘大事年表了。從藝術上看，這種大膽的跳躍避免了與主題無關的冗長描寫，使作品顯得乾淨利落。這種手法並不乏其先例，以細膩描寫見長的《紅樓夢》，有時寫一天發生好幾件事，有時好長時間只寫一件事，就是這方面很好的例子。

有人埋怨《創業史》表現的生活面狹窄。這種意見適合於一切文學作品，也不適合於一切作品。說它適合於一切作品，是因爲任何作家閱歷再廣也是有限的，它的作品篇幅再長也有表現不到的社會生活。即使像《紅樓夢》這種被一些人稱爲封建社會「百科全書」的著作，也還可以遺憾作者沒有讓烏進孝交租時帶一個被壓得彎腰駝背的佃戶來，寫一段烏進孝對佃戶的欺凌以與他對賈府的卑躬屈膝相對照，如此等等，巴爾扎克的《人間喜劇》，恐怕也並非無所不包。說這種觀點不適於任何作品，是因爲它離開對作品思想和藝術的具體分析，籠而統之，對作者、對讀者均無裨益。

《創業史》的作者，爲了表現互助組到初級社階段農村「社會的、思想的和心理的變化過程」，寫了政治，也寫了生產和生活，寫了農村，也寫了與表現特定主題有關的城鎮，寫了社會矛盾，也寫了戀愛及家庭衝突……涉及的生活面可謂不窄了。

（三）

《創業史》中的主人公梁生寶，從其誕生之日起，就曾引起過一些爭論。現在，當有人談及《創業史》受極左思想的影響時，又把有關這個人物塑造上的一些問題提了出來，那用意雖未明言，卻是一望便知。弄清這些問題，有利於更好地評價這一同類題材中不可多得的無產階級英雄典型，而不要使他在以左反左或以右反左的叫嚷聲中蒙受不白之冤。這些問題是：關於所謂「領導人怎麼說，生寶就怎樣想」的問題，所謂「理念活動多」的問題，梁生寶形象上的理想化描寫問題和生寶形象的複雜性問題。

只要稍微認眞讀過《創業史》的人都會發現：梁生寶並不是任何領導人

怎麼說他都怎麼想。他是根據自己的覺悟、經驗而心悅誠服地接受那些他認
爲正確的領導人的談話，而對另一些人的談話（如樊富泰、郭振山）就很反
感，因此這種提法本身並不符合生寶形象的實際。我倒從這種提法中得到啓
發，認爲生寶是「黨怎麼說，他就怎麼想怎麼做」。作者這樣寫生寶抓住了這
一形象的本質特點。梁生寶是五十年代初的青年農民。當時，領導中國人民
趕走日本帝國主義、打垮蔣介石、解放全中國、實行土地改革的中國共產黨，
在全國人民中享有崇高威信。聽黨的話、跟黨走，這是全國廣大人民（少數
階級敵人除外）的共同心聲。當時人民的思想似乎也還沒有象經過和四人幫
鬥爭後的今天這麼複雜。黨的領導人，特別是那些和絕大多數群眾同呼吸共
命運從而獲得群眾信任的領導者，在人們心目中就是黨的路線政策的具體執
行者。人們把聽他們的話當作聽黨的話，這在今天看來，你可以說是「幼稚」、
「不成熟」等等，但在當時卻合情合理。不僅是五十年代初的人們如此，就
是六十年代初被樹爲學習榜樣的雷鋒不也具有這種特點嗎？時代前進到八十
年代初，人們聽了上級領導的話，先要想一想，然後決定怎樣執行。但是我
要說，五十多歲的梁生寶今天也會這樣做的。他的今天這樣做和五十年代初
的那樣做，是在不同條件下貫穿一個精神：黨怎麼說、就怎麼想，怎麼做！
有人用黨在五十年代初和今天相比還顯得不成熟否認生寶這種特點，也很勉
強。成熟和不成熟是比較而言的，今天的黨是比五十年代初成熟得多了，五
十年代的黨不是比二、三、四十年代的黨也成熟嗎？今天我們看來很成熟的
黨若干年後不是會更加走向成熟了嗎？黨就是在成熟與不成熟的矛盾運動中
不斷走向成熟從而越來越成熟。對成熟與不成熟還要作具體的分析，某個時
期黨在一些問題上比過去成熟了，而在一些新遇到的問題上可能還不成熟。
我們不能因爲黨在某個時期在某些問題上比較後來還有不成熟的地方，就否
定曾經聽過黨的話的同志。況且黨五十年代初領導互助組、初級社並不能說
不成熟，對於這一工作，我黨在過去戰爭年代已有經驗。今天看來也無什麼
大錯誤。只是後來初級社轉高級社、高級社轉公社顯得急躁偏「左」了。但
這是後來的事，和《創業史》第一部中的梁生寶已經聯繫不起來了。

　　無產階級政黨的指導思想，是客觀規律的科學反映。自覺地把自己的言
行納入黨的正確路線的軌道，是人類從必然向自由飛躍的標誌，是人類在改
造世界改造社會中趨於成熟的標誌。一個人，例如《創業史》中的梁生寶，
他個人可能在各方面還不很成熟，甚至很幼稚，但因爲他在聽黨的話、做黨

的忠誠兒子這一點上是自覺的，那麼他的行動客觀上就成了無產階級改造世界、改造社會這一自覺的成熟的總體行動中的一個組成部分了。而他個人也會在這個總體行動中使自己在各方面盡快地少走彎路而成熟起來。當然因為各種原因，無產階級政黨也會有失誤，也會背離正確的政治思想路線，但只要這個黨還沒有喪失其無產階級性質，它就會發現並積極改正自己的錯誤。而一個人，只要他自覺地聽黨的話，他也必然會和黨一起糾正錯誤，既不會對黨的錯誤幸災樂禍，也不會當事後諸葛亮，更不會對自己文過飾非。無產階級政黨儘管有錯誤，它畢竟是「戰士」；而任何反對無產階級政黨的團體或個人，也可能很「聰明」，但充其量不過是完美的「蒼蠅」。梁生寶聽黨的話、做黨的忠誠兒子不是其短處，正是其長處。這長處在今天一些人與黨的正確路線離心離德、口是心非、投機鑽營、結黨營私、損人利己的情況下，更顯得可貴。當然，有些背離黨的正確路線的人把聽黨的話變成聽他們個人的話，似乎他們自己就是黨的化身，反對他們就是反對黨，《創業史》中的郭振山就是如此。這和我們所說的黨的領導毫無共同之處。我們所說的黨的領導，是指黨的正確的路線和政策的領導，聽黨的話就是不打折扣地按黨的正確路線和政策辦事，梁生寶正是這樣做的。他這樣做無可厚非。

作者寫梁生寶黨怎麼說他就怎麼想，算不算從概念到概念？我想，作者「把整黨學習會上的文件、領導人的講話等和梁生寶思維活動聯繫起來」，就和把朱子治家格言和郭世富的思維活動聯繫起來，把瞎眼老漢的思維和縣太爺打板子的「教育」聯繫起來，把高增福的思維活動和社會發展史聯繫起來一樣，不但不能算從概念到概念，而且作者這樣寫可能正好抓住了無產階級英雄人物的特點。因為正如大家都知道的，無產階級英雄人物的思想和世界觀並不是在客觀物質生活條件中自發形成的，而是無產階級政黨灌輸進去的。我們不能要求凡是寫無產階級英雄人物的作品都必須寫這種灌輸過程和由此而引起的思維活動。但柳青這樣寫了並且寫得不算壞，這也沒有什麼不好。

責怪梁生寶「理念活動多」，這是六十年代初一些人的舊調重彈。既然舊調今又重彈，可見問題之重要。究竟如何看待梁生寶「理念活動多」的問題呢？

據我理解，理念活動多，無非是指人物勤於思考、善於思考的習慣和性格。或者說是指人物經常能把周圍世界的感性材料提高到理性來認識，能用

初步掌握的對於事物本質的認識分析周圍一些現象。應該承認，作者關於梁生寶的這種理念活動寫得不算少。但我們要看到，這種描寫在生寶整個形象描寫中只占第二位，買稻種、割竹子，處理家庭內外、互助組內外、黨內外錯綜複雜的矛盾等形象描寫佔了壓倒優勢。而且因爲作者把這些理念活動的描寫很好地和形象描寫融爲一爐，因而成了梁生寶這一形象整體描寫的一個有機組成部分。所以這些理念描寫能和那些生動的形象描寫一樣激動人心。這或許可以說是柳青寫人的一種風格，一種並不爲不成功的風格。

現在不是提倡人物性格多樣化嗎？生活中有的人就是理念活動多些、有的人理念活動少些，這不同性格的人在實際生活中有他們存在的權利，在藝術作品中也有他們存在的理由。有些人認爲梁生寶理念活動多與其農民身份不合，這只能說明他還不瞭解農民，尤其是不瞭解梁生寶這一類農民。我們提倡作家深入生活，以便根據實際生活寫出具有不同性格特點的人物來。評論家們是不是也應該深入一下生活，以便作家寫出出乎他們所料的性格特點的人物，不至於大驚小怪。

我們還要指出，梁生寶理念活動多也與他所從事的事業不無關係。社會主義革命和民主革命性質對象不同，形式也各異。後者一般表現爲劇烈的外部衝突，比較適合於郭振山那樣的人物發展自己和表現自己，前者則表現爲生產競賽和思想鬥爭，比較適合於理念活動多、老成持重的梁生寶這種人物性格的形成和發展。是時代賦予了梁生寶理念活動多的特點，是新的革命形勢要求有志於從事這一革命的青年具備這種理念活動多的特點。

現在還有一種觀點，似乎人物理想化的成分越小，就越眞實，就越能感動人。因此梁生寶身上的許多理想化的描寫也好像成了討人嫌的污點了。其實，理想化的描寫是一切偉大作品的共同特點，並不是《創業史》的發明。就拿《紅樓夢》這部基本上是批判現實主義的偉大作品來說，它也寫了理想，寫了黑暗之中的一絲光亮，所以才使它和《金瓶梅》有了根本的區別。理想化是使作品獲得鼓舞人的力量的極爲重要的因素。沒有理想的作品，讀後只能使人流淚、歎氣，只能感動人，而不能鼓舞人的生活信心和勇氣。人們需要文學作品是爲了認識生活、熱愛生活，而不是爲了對生活喪失信心。至於無產階級文學，那就更要充分地表現美好的理想，以鼓舞人們同現實中不合理現象作鬥爭的勇氣。

寫理想並非是作者憑空虛構拔高人物。現實生活中的人，只要他熱愛人

生，他必然是有理想的。人無理想，與動物何異？寫人的理想，寫人爲理想而生活、而鬥爭，正是寫人的天性。只不過理想有崇高的，有渺小的，有爲公的，有爲私的，有可以實現的，有不可能實現的等區別罷了。梁生寶做夢夢見互助組，梁三老漢做夢夢見他當上富裕中農，就是這種理想不同的例證之一。

在剝削階級統治的社會裏，扼殺人們的美好理想，所以產生了許多批判現實主義的作品。但即使在那樣的社會，也仍然有爲美好理想而奮鬥的人在。有的作者抓住這些加以表現，使作品獲得了動人的魅力，給人以前進的力量。有的作品只看到理想的被扼殺，看不到理想的曲折表現，一味寫假惡醜，這樣的作品即使是舊時代的讀者也未必愛看。

無產階級掌權後不同了，鼓勵人們爲美好的理想而鬥爭，雖然這種理想也難免春寒侵襲，但比起舊時代的有意扼殺來，具有完全不同的性質。作家通過其作品中的主人公表現這種理想，歌頌時刻不忘爲理想而奮鬥的英雄人物，也是廣大讀者的正當要求。

《創業史》中對梁生寶的理想化描寫是非常動人的。爲了互助組增產，主人公把個人生活置諸腦後，胸懷消滅私有制的大目標，冒雨去郭縣買稻種；爲幫助貧雇農渡過春荒，不像郭振山那樣撇開群眾只搞個人發家，而是挺身而出，帶領大夥進山割竹子，又在割竹子的集體行動中，想到組織起來的美好前景；割竹子回來面臨互助組的分裂危險，仍然堅守陣地，堅信消滅私有制的大目標總有一天會變成現實，……所以這些描寫，在小說初出版時就曾使許多讀者激動不已。在四人幫破壞十年後不少人共產主義理想淡薄、個人主義滋長的今天，重讀這些理想化的篇章，更加令人心潮難平。而郭振山的個人發家空想，則使人感到渺小，產生厭惡之情；梁三老漢想當富裕中農的夢想又使人覺得可憐，產生同情之心；至於郭世富的資本主義幻想，卻只能使人感到可笑而又可鄙。只有理想化成分較多的梁生寶使人覺得可敬可愛，給人一種強烈向上的精神力量。當然，梁生寶的理想化描寫之所以如此感人，是與作者寫了郭世富的幻想、郭振山的空想、梁三老漢的夢想分不開的，有短方見長，無短亦無長。但如果刪掉梁生寶這些理想化的描寫，把他寫成象郭振山那樣的庸俗之輩，那麼《創業史》肯定會喪失其現有的光彩，它的價值必將一落千丈。

在對梁生寶形象的評論中，有一種論點頗能迷惑人，這就是所謂梁生寶

形象太單一，不夠複雜化。此論也未必符合事實。

《創業史》第一部在塑造梁生寶的形象時，既不忘反覆描寫人物性格的主要特點，也盡量描寫了人物性格的複雜性。

梁生寶性格的主要特點可以說就是黨怎麼說他就怎麼想和怎麼做。這一性格特點的表現是有理想、有信心、有激情、能吃苦、蔑視邪惡、不爲困難所嚇倒，等等。作者在描寫其性格的某一面時，同時不忘對另一面的刻畫。如寫理想，不忘寫實幹；寫信心，不忘寫毅力；寫激情，不忘寫用理智控制感情；寫重感情，不忘寫不遷就落後；寫事業心，不忘寫愛情；寫蔑視困難和邪惡，不忘寫講究政策；寫其雄心勃勃不忘寫謙虛謹慎；如此等等，性格寫得夠複雜的了，何以認爲不夠複雜化呢？形象的複雜性是以其整體性爲前提的，離開形象的整體性，爲複雜化而複雜化，那不是把人物要寫成四不像嗎？四不像固然也可以成爲一種典型，但那將不是我們所討論的梁生寶這樣的無產階級英雄典型了。

所謂人物性格的複雜性，其實是一個含糊不清的很不確定的概念。有人注釋說，《創業史》在個人生活方面，「則力求避免主人公衣、食、住、行、喜、怒、哀、樂以及家務事、兒女情之類『小資產階級情調』的描寫。從當時的政治形勢看；不會容許在『黨的忠實兒子』內心寫豐富複雜的精神世界。這樣一來，人物的性格既沒有複雜性，更缺乏豐富性。這就無法從人物的身上折射出更絢麗多姿的時代風貌。」看了這段話，我真懷疑作者是否認真看過一遍《創業史》。如果說作品沒有寫梁生寶衣食住行喜怒哀樂及家務事、兒女情的話，那只能說沒有寫梁生寶留大包頭、穿喇叭褲、住小洋房、吃大肉水餃、坐上海牌小轎車，沒有爲失戀而尋死覓活，沒有象現在一些工作人員那樣熱衷於經營自己的安樂窩罷了。至於說無法從人物身上折射出更絢麗多姿的時代風貌，試問，難道絢麗多姿的時代風貌不是從作品中眾多人物形象身上去「折射」，反而要從主人公一個人物身上去「折射」嗎？這種要求不是有點太苛刻了嗎？

不可否認，在對《創業史》的評論中，有許多令人信服的精當見解，但其中確實不乏主觀武斷、求全責備、不近情理、吹毛求疵之論。後者產生的主要原因可能是：

一，從自己的主觀想像出發評價作品。如懷疑土改後是否要趁熱打鐵搞合作化？不搞合作化是否會出現兩極分化？農民是否在土改後有走合作化道

路的迫切要求？把與郭世富這樣的富裕中農的鬥爭作為鬥爭焦點寫是否準確，等等，我們沒有權利要求別人不作任何暇想。但暇想不等於事實，更不可在未被事實證實前把暇想作為懷疑作品真實性的依據。

二、用抽象的「定義」、「公理」硬套作品，而不是從研究作品中豐富充實「定義」、「公理」。如認為凡是史詩都是傳奇性的，驚險離奇的，而《創業史》卻排除了「險」和「巧」，專務於「真」和「樸」，與史詩特徵相矛盾，因此認為《創業史》是史詩的說法不準確。史詩定義如何？《創業史》是否稱得上史詩？這些問題都可以討論。但這種用事先已有的帽子硬往比帽子大得多的頭上去戴的方法卻不足取。

三、用別的作品中一些不見得成功的人物形象或現實中並不被人歡迎的人物要求《創業史》的英雄人物。例如說，現在一些庸俗作品中的人物不管條件如何，看見一個美麗的姑娘就要去搞戀愛，一搞起戀愛來就追逐、擁抱、接吻，甚而至於為愛情捨身忘命。而梁生寶見了徐改霞卻不如此，結論：作者把人物從土壤裏拔出來了，或者說梁生寶太沒有人情。現實中的一些黨員講吃講穿講住，而梁生寶卻專心搞互助組，結論：梁生寶是作者從旁的政治議論和從黨的忠實兒子這一概念推理中演繹出來的。這些人看不見陳景潤獻身科學四十多歲才結婚，更看不見周總理等老一輩無產階級革命家的形象要比梁生寶高大得多。難道這些人無權進入文學作品嗎？難道塑造英雄人物不可以從這些活生生的現實人物身上吸取素材嗎。

四，以風為準。《人民日報》發表批「左」社論，有人立刻戴上一副有色眼鏡，挖空心思地對《創業史》遍身搜查，好像找不出「左」來就不高明似的。有「左」當然要批，無「左」也不必勉強湊數。報刊上「人性論」的文章一盛行，馬上接過來說：梁生寶缺乏人情味。有人主張文藝要「寫真實」，於是又有人站出來指責《創業史》中許多地方不真實。批判「三突出」，立刻聯繫到梁生寶形象的失誤也在於此。真有點聽風便是雨。無定見而至於此，實在可歎！

五、拿了對現行政策、口號的不正確理解去衡量《創業史》。如認為現在實行生產責任制，梁生寶卻在終南山領大夥兒吃大鍋飯；現在提倡按勞分配，梁生寶分配割竹子掙來的錢時，馮有萬和任老四沒有差別，梁生寶和高增福一樣；現在提倡一部分人先富起來，梁生寶不但不聽他繼父的話，使自己先富起來，反而專和那些為了使自己富起來、置他人死活於不顧甚至不擇手段

的人作對。等等。

如上一類評論之所以不能使人心悅誠服，其原因在於：不是從客觀到主觀，而是從主觀到客觀。既不從作品所反映的特定歷史條件下的生活出發，考察作品的真實性，又不從作品的客觀內容出發，評價其得失，更不用正確的立場、觀點和方法作指導，開展實事求是的批評，而是隨心所欲的任意褒貶。對於這樣一些類同兒戲的評論，我同意一些作者和讀者的態度：任其聒噪，我行我素。唾沫淹不死人。當然這一態度不適用於好的評論。對於那些建立在科學分析基礎上的批評，應予滿腔熱情地歡迎。

《陝西師大學報》1982 年 2 期

潛心研究，自成一家
——訪文學院王志武教授

段佳辰

　　初次見到王老師，是在文科部舉辦的經典導讀講座上，老先生主講《紅樓夢》，先生新穎獨特的觀點、通俗易懂的講解、幽默風趣的語言給同學們留下了深刻的印象。後來我選修了王老師的《紅樓夢》導讀課，老師的學術觀點很有令人耳目一新的感覺。當我冒昧地向老師提出採訪時，早已過花甲之年的王老師竟欣然同意了，並且一聊就是將近兩個小時，從對紅樓夢的見解到做人學習的經驗，實在是受益匪淺。

　　王老師研究紅樓夢已有三十多年了，他研究的最大特色就是不拘泥於前人的探究，而是著眼於原著，潛心研究，自成一家之言。

　　王老師認為任何偉大的作品不管其題材如何，其主旨都與多數讀者的生活息息相關。《紅樓夢》的主題是每一個人都要遇到的人生課題——婚姻對象選擇問題。賈寶玉要實現自己的知己愛情，王夫人則要給她選擇一個德、才、財、體兼備的管家婆，整本書都是圍繞這一矛盾展開的。

　　當談到劉心武在《百家講壇》揭秘《紅樓夢》，從秦可卿的原型入手來分析《紅樓夢》時，王老師說：「我覺得這種研究是將文學政治化的一種表現，他將紅樓夢與康雍乾三朝的政治鬥爭聯繫在一起，偏離了作品的文學性，研究文學作品不能太做實，一個人物形象的塑造可能是多個原型的糅合，認為秦可卿是廢太子的女兒，是一位公主，這個根本就沒有事實依據，完全是推測的。這種研究並沒有從作品本身出發，缺少實事求是的精神。」2005 年 5月 27 日《光明日報·文學遺產》上登載過王老師的一篇研究《紅樓夢》的文

章，主要觀點是「釵正黛次」說，也就是薛寶釵做賈寶玉的正妻，而林黛玉作次妻。問到依據時，王老師告訴我們，中國古代一夫多妻制的家庭中，為了防止次妻有越禮言行，正妻常將自己的丫環調撥給次妻使用，明清小說中多有此例。如《金瓶梅》中服侍潘金蓮的丫環龐春梅原是西門慶的正妻吳月娘的丫環，而《紅樓夢》中趙姨娘的丫環彩霞原是王夫人的丫環。薛姨媽說讓黛玉嫁給寶玉後，卻對紫鵑說：「你這孩子急什麼，想必催著你姑娘出了閣，你也要早些尋一個小女婿去了。」其它證據還有很多，王老師的論述在一些紅學觀點已成定勢的情況下，仍然能夠談得出自己的觀點。如一般人都認為林黛玉是封建階級反叛者，而王老師卻堅持從原著出發，得出結論：其實林黛玉才更為遵守封建禮法，這在 2007 年 4 月 27 日《光明日報‧文學遺產》上發表的《薛寶釵與林黛玉》中作了詳細的解釋。

王老師對同學們應如何學習研究提出了自己的寶貴經驗。他說同學們應利用好這寶貴的大學四年時光，多讀一些經典作品，對於一些經典應多看幾遍，還應養成做讀書筆記的習慣。王老師談到自己讀《紅樓夢》時，光是筆記就做了幾大本，以後還保證每一年都要再看上一遍《紅樓夢》。也許這就是王老師能取得如此高的學術成就的原因吧!讀書品味，品一點，寫一點，得一味，成一文。大家風範也正在此!

原載陝西師大團委主辦的《大學時代》雜誌，2008 年 3 月出版

善與惡的相剋相生
——讀王志武《中國人的善惡困惑》

師 岩

　　王志武先生是陝西師範大學文學院教授、博士生導師，30 多年來一直從事中國古典文學的教學與研究。早在上世紀 80 年代中期，他的《紅樓夢人物衝突論》就榮獲首屆全國圖書「金鑰匙」獎。後來，他又陸續出版《三國演義人物競爭論》和《金瓶梅人物悲劇論》，奠定了在學界的地位和威望。

　　東方出版社 2013 年 2 月出版的《中國人的善惡困惑——西遊記人物善惡論》，是年近七旬的王志武先生近十年的學術成果。《西遊記》人物和故事可謂家喻戶曉，但王志武先生獨闢蹊徑，通過孫悟空與妖魔鬼怪、與唐僧、與豬八戒等的矛盾衝突，以及自「惡」及「善」的艱難歷程，揭示了善惡相剋、善惡互補、善惡轉化、善惡有度、善惡歸一的生活辯證法和人生哲理，從而在新的高度、新的維度上探討了《西遊記》這部古典神話長篇小說深邃的精神內涵。

　　在這本書裏，孫悟空被定義爲「惡猴」，唐僧被定義爲「善僧」。王志武先生認爲，孫悟空的「惡」是「厲害」的意思，唐僧的「善」是「好心」的意思。凡善未必都好，凡惡未必都壞。無論「善」「惡」都要有界限，有限度。西天取經是個大學校。九九八十一難，嚴酷的現實環境，對悟空和唐僧來說，都是一次又一次深刻有效的善惡再教育。改造社會，改造人，要善惡並用，不可偏廢。孫悟空正是在懲惡中行善，完成了從妖仙到神佛的轉變。

　　王志武先生從五個方面論述孫悟空的人生轉變和思想昇華：對神佛，從被迫服從到自覺服從；對唐僧，從三心二意到一心一意；對妖魔，從自己爲

妖到降魔伏妖；對皇權，從推翻到維護；對眾生，從傷生到救生。王志武先生指出，孫悟空之所以能降妖取勝，是因為他的無畏氣概、韌性精神、講究策略、向善多助和菩薩指引。

關於悟空與唐僧的關係，悟空與八戒的關係，王志武先生通過評述他們三次大的恩怨糾葛和不同的「享受生活」態度，從而得出「善惡」互補、惡賴趣處的處世法則。這些獨到見解以及妙趣橫生的論述過程，都給讀者莫大的啟迪和閱讀享受。

王志武先生治學嚴謹，成果豐碩，自成一家。前幾年，因為與中央電視臺 10 頻道《百家講壇》一位著名作家關於《紅樓夢》的「偷意」「盜名」之爭，一時成為學界甚至娛樂界的「風雲人物」。但認識他的人都知道，他只是一個非常低調非常謙遜而又豁達敦厚的學者而已。他的為人與治學，體現著中國傳統知識分子的良知和美德。

近年來，社會上風行一種戲說經典、惡搞名著，對經典名著不求甚解、故意歪曲，「化神奇為腐朽」的庸俗潮流，使許多讀者不識偉大為偉大。王志武的《中國人的善惡困惑——西遊記人物善惡論》，延續了他《紅樓夢人物衝突論》《三國演義人物競爭論》和《金瓶梅人物悲劇論》的嚴謹風格和清新文風，對於讀者認識偉大、學習偉大，提升文學鑒賞能力和自身精神境界，都有莫大的幫助。因此，我建議喜歡中國古典文學的廣大讀者，都能翻看王志武先生的著作。

《西安日報》2013 年 4 月 10 日

（作者師岩，本名程建設，《西安日報》總編，在全市公開競聘中，以高水平勝過高學歷，脫穎而出者。）

卅年辛苦不尋常
——讀《中國古典小說戲曲研究論集》

蔣正治

　　現在的學術論文、學術專著，大都故弄玄虛、面目可猙。毫無創新的觀點、枯燥乏味的語言、無關痛癢的議論等，令人望而生畏、望而生厭；真正有新觀點、新成果，而又讓人喜讀、愛讀的不多，而王志武先生的這本《中國古典小說戲曲研究論集》（署名王志儒），就是這樣的一本精心之作。

　　王志武先生是陝西師範大學文學院著名教授、博士生導師，是享受國務院特殊津貼的專家、學者。三十多年來淡薄名利、默默耕耘，潛心於古典小說、戲曲的研究，成績非凡，先後出版了《紅樓夢人物衝突論》、《三國演義人物競爭論》、《金瓶梅人物悲劇論》以及《古代戲曲賞介辭典》等著作，此次這本《中國古典小說戲曲研究論集》是先生「研究古典文學方面與別人不同觀點寫成一篇篇短文，彙編成書」的，代表了先生「主要的學術觀點」（見《序》第 1 頁）。

　　承蒙先生惠贈此書，使我先睹為快。我認為此書有如下主要特點：

　　第一個特點是觀點鮮明、見解獨到。這本著作的觀點都是「與別人不同的觀點」，先生以其敏銳的思維，犀利的眼光，不拘泥於前人的成說，提出了新的問題，發掘出新的觀點，有許多精闢獨到之處。如在對《紅樓夢》的研究中，提出了「《紅樓夢》寫的是王夫人和賈寶玉圍繞婚配對象選擇問題而進行的衝突」的觀點，並且以大量文本中的詳實的材料加以證明，發前人所未發，自成體系，為《紅樓夢》的研究提供了新的角度。又如對《三國演義》的研究中，認為《三國演義》的主題是「強者的頌歌」，「《三國演義》沒有貫

穿始終的中心人物，作者從社會競爭的角度寫了 400 多個人物，但重點寫了三個人物：曹操、諸葛亮和司馬懿。他們是三國這段歷史進程中不同階段的強者。」不僅與他人提出的「正統說」、「擁劉反曹」、「忠義說」、「人才說」、「悲劇說」等不同，就是和先生自己以前所提出的「天下歸一」的觀點，也是有很大差別的。從中我們也可以看出志武先生精益求精的治學精神和品格。

第二個特點是關注細節、合理解釋。志武先生對待學術的態度十分嚴謹認真，且心細如髮，關注到了《紅樓夢》、《三國演義》等書中很多不大為人所注意的細節性問題，並做出了合理圓滿的解釋。如在論證「釵正黛次說」時，關注到了 57 回薛姨媽要黛玉嫁寶玉，讓紫鵑自尋女婿這一細節，並分析古代社會只有明媒正娶的正妻帶陪房丫頭做丫頭，作次配的不能帶陪房丫頭，再加上 34 回中薛蟠對薛寶釵說的，「你這金要揀有玉的才可正配」的「正配」，還有 62 回，黛玉心安理得地把寶釵喝剩的半杯茶飲乾等大家熟視無睹的細節，加以論證，有力地證明了「釵正黛次」的觀點，有很強的說服力。又如在論述曹操愛才，從龐統在曹操處的所受待遇，與龐統在孫權處、劉備處所受的待遇相比較，從而得出曹操、孫權、劉備的愛才程度是：曹操為最，劉備次之，孫權為末。很多的細節散落在各個章節之中，猶如一顆顆珍珠散落在各處，而先生以其如炬眼光，將它們一一找出，並連成一串，讓讀者清楚明瞭，給人以豁然開朗的感覺。

第三個特點是語言的雅俗共賞。本書是學術論文的彙編，具有嚴謹的行文邏輯，但絕不是板起面孔進行說教，而是用生動形象的語言，恰切的比喻，寫得深入淺出，通俗易懂。如在《序》中反駁「多主題」、「無主題」、「模糊主題」時，寫道「這些看法就像醫生從人的手腕或其它部位摸到脈搏跳動，卻找不到心臟的準確位置，於是就說此人沒有心臟，或者說有許多心臟，抑或說誰在那裏摸到了脈搏誰就摸到心臟。這在未有人體醫學之前是可以理解的，在有了人體醫學之後便是可笑的了。」用很形象的比喻對不科學的說法做了駁斥，令人信服。而且本書是「一篇篇短文」組成，短小精悍、言簡意賅也是它的特點。

本書是志武先生三十多年來在學術方面潛心研究、辛勤探索的結晶，不僅有對《紅樓夢》、《三國演義》、《西遊記》等古典小說，以及《竇娥冤》等戲曲的研究、賞介，而且因為先生長期從事古典文學教學工作，也對古典文學的教學做了一些反思，提出了一些富有建設性的建議，值得後來者借鑒。

　　志武先生一直以范文瀾的「板凳要坐十年冷，文章不寫一句空」為治學格言，相信讀者看過此坐了三十年「冷板凳」所寫出的沒有一句空話的文章後，當會和我一樣，有如品香茗，滿口餘香的感覺。

2007 年 2 月《書海》

抒情散曲《天淨沙・秋思》

　　　　枯藤老樹昏鴉，小橋流水人家，古道西風瘦馬。夕陽西下，斷腸人在天涯。

　　馬致遠的這首小令〔天淨沙・秋思〕，雖只有寥寥 28 字，卻描寫出一幅意境深遠、感情濃烈、藝術感染力極強的幕秋夕照圖，堪稱千古絕唱。此曲突出的成就是寫景與寫情的高度融合。我們先看作者通過寫景所流露出來的思想。作者寫了九樣景物，不是用虛字把它們連繫在一起，而是先用諸景的自然聯繫把它們分成幾組：枯藤纏著老樹，老樹上立著昏鴉；小橋下有流水，流水繞著人家；「勞累」一天的太陽，依山西下。這幾組景物表面上沒有什麼聯繫，好似孤零零地放在那裏的三塊積木。但實際上卻有一條看不見的無形之線緊緊地把它們連繫在一起，使之形成爲一個整體，這就是「歸宿」二字：鳥歸巢，人閉戶，日西下，它們都有歸宿，都在歸宿。而在那條古老荒涼，西風蕭殺的古道上，卻有一個騎著瘦馬的天涯遊子，疲於奔命，無有歸宿。前幾組景物所圍繞的中心——歸宿，恰好與天涯斷腸人的無有歸宿形成對比：人不如烏鴉，人不如落日，人不如「人」。此情此景，怎不叫人肝腸裂斷！這就是短短 28 字所揭示出來的深刻思想，而這種思想完全通過景物安排自然而然地流露出來，無一字明言。這個天涯遊子的前景如何？這是我們所關心的，作者沒有明確回答，但卻給我們作了暗示：黃昏，意味著更加黑暗的夜晚的到來。秋末，預示著寒冷冬季的降臨；遊子投靠無門，面臨著更爲困苦不堪的生活的襲擊。而這不正是元蒙統治下窮困潦倒、上天無路、入地無門的廣大知識分子的眞實寫照嗎？

　　我們再看作者圍繞遊子思歸這一中心思想所運用的寫景技巧。先看所寫

景物的色彩：藤、樹、鴉皆為黑褐色；秋末落日，又給藤、樹、鴉、小橋、流水、人家、古道、瘦馬塗上了一層黯淡的亮色和陰影；黃昏又給曠野諸景罩上了一層薄薄的幕紗。這是一幅令人鬱悶壓抑的秋末黃昏圖。再看諸景造成的氣氛：季有春有秋，選其秋；時有晨有昏，選其昏；藤有榮有枯，選其枯；樹有青有老，而選其老；鳥有鴉有鵲，而選其鴉；風有東有西，而選其西；日有入有出，而選其入；馬有肥有瘦，而選其瘦；道有新有古，而選其古。這是一種衰敗蒼涼的氣氛。再看諸景構成的聲響：昏鴉嘶啞著嗓子啼叫著，小河流水恓恓惶惶地流淌著，瘦馬有氣無力地嘶鳴著，斷腸人令人心碎地歎息著。再加上蕭瑟秋風呼呼地吹，枯木朽枝沙沙地響，這是一片淒厲苦楚的聲響，側耳聞之，不寒而慄。所有這些，都更加襯托出天涯遊子悲苦孤獨的秋思之情。思什麼？並非要成龍變鳳，出人頭地，只不過思想著能像烏鴉有窩、落日有山、遊子有家一樣有個歸宿就滿足了，這裏的歸宿不只指家。但就這麼一點點希望也實現不了，只有「思」而已。

（載於《陝西教育》1983 年 5 期）

敘事套曲《哨遍套·高祖還鄉》

　　瞧景臣，一作舜臣，字景賢，揚州人，生卒年不詳。從鍾嗣成《錄鬼簿》中所說「大德七年，公自維揚來杭州，余與之識」，推斷 1303 年他尚在世。他的作品只保存下三個套數和斷句四句。《般涉調·哨遍·高祖還鄉》最為有名。

　　這套散曲雖然名曰《高祖還鄉》，但和史書中記載的高祖還鄉完全不同。史書中的高祖還鄉是劉邦親平黥布叛亂後過沛還鄉，馬未離鞍，風塵僕僕，感慨傷懷，躊躇滿志，而且君愛民和，難分難捨。而散曲則寫他已經坐穩了江山之後，衣錦還鄉，趾高氣揚，前簇後擁，不可一世，而且君民對立情緒很大，瞭解他根底的鄉民竟然對他又揭老底，又討舊帳，關係很緊張。曲中作者用死後之廟號漢高祖，稱呼活著還鄉的劉邦，讓元代的「社長」「排門告示」，布置歡迎漢朝的開國皇帝（漢承秦制，農村設亭長而無社長之職）。還有作者讓漢朝皇帝用元朝皇帝的儀仗隊。和現在一些文學作品因為作者無知而把後來朝代的東西安在前面朝代頭上的寫法不同，《高祖還鄉》中這些明顯的矛盾並非一時疏忽所致，而是有意為之，借古諷今。實際上曲中的劉邦就是元蒙最高統治者的代名詞。

　　正像劉大杰先生在《中國文學發展史》中所說，這套散曲像一出諷刺喜劇。喜劇開頭，社長危言聳聽的告示，對鄉民「要草」、「差夫」的騷擾和勒索，鄉民稀裏糊塗的忙亂，王鄉老趙忙郎一類人物的逢場作戲，造成一片亂哄哄、鬧嚷嚷的喜劇氣氛。皇帝未出場前，先是樂隊、旗隊、儀仗隊，聲勢喧赫；皇帝出場時，坐著鑾輿車駕，頭頂曲柄黃羅傘遮陽，前有衛隊防護，後有宦官嬪妃宮女簇擁，真是鮮花著錦，烈火烹油。當皇帝下車和鄉民相見時，一個鄉民「猛可裏抬頭覷，覷多時認得熟」。原來此人不是別人，便是村

東的劉三，一時「氣破胸脯」，撕破來人漂亮的外衣，露出其無賴的本相，讓人不禁啞然失笑。作者用了「欲擒故縱」的法子，先寫皇帝的赫赫揚揚，不可一世，鄉民的忙忙亂亂，誠惶誠恐；但一當鄉民識破來人眞面目時，便怒不可遏，喜笑怒罵，痛快淋漓，揭露其名不符實，裝腔作勢，抨擊其欠借、勒索、明偷暗搶的行徑，理直氣壯地向其討要當日所欠之債。經過這番數落，高高在上的皇帝便從皇位上跌落在地，處於被告席上，聽候鄉民義正辭嚴、有理有據的審判，皇帝威風掃地以盡。

　　散曲全篇運用鄉民口吻，充滿對封建皇帝的嘲弄、諷刺和蔑視。套曲開始，眾鄉民對社長所宣佈的神秘的「不尋俗」的差事並不理解。「又言是車駕，都說是鑾輿，今日還鄉故」，作者用了「又言是」、「都說是」六個具有鄉民口吻的襯字，表現了鄉民對「車駕」、「鑾輿」這些知識分子對皇帝的敬諱稱呼莫名其妙，究竟來人是幹什麼的，「車駕」鑾輿」這些稱呼把他們搞糊塗了，以至於皇帝和鄉民見面時，鄉民竟三稱其爲「大漢」。後來雖認出來人名叫劉三，但也未見得就弄清楚劉三身份是皇帝，還以爲劉三爲避債才改名換姓曰「漢高祖」。這種稀裏糊塗的誤會並不表明鄉民的無知，而只是使人感到滑稽可笑。而皇帝的威風聲勢也就在這種滑稽可笑中一落千丈。作者以鄉民的口吻，在王留前冠之以「瞎」，男女前冠之以「喬」，把衛隊看成是「天曹判」，把宦官看成是「遞送夫」，把嬪妃宮女看成是「多嬌女」，把舞鳳旗認做「雞學舞」，把飛虎旗認做是「狗生雙翅」，把蟠龍旗認做「蛇纏葫蘆」，把金瓜錘認做「甜瓜苦瓜」，把朝天凳認做「馬凳槍尖上挑」，認爲皇帝儀仗隊穿的是「大做怪的衣服，」拿的是「不曾見的器杖」。作者這種充滿嘲弄、挪揄的寫法，並不是表現鄉民的少見多怪，而是表現了被封建統治階級視爲非常隆重盛大的所謂皇帝還鄉，實在是荒唐可笑的一場鬧劇。至於對「轅條上都是馬，套頭上不見驢」的疑惑莫解，更是對元蒙統治者多次全國性括馬運動的嘲諷。鄉民口吻的運用，使全曲生動活潑，幽默風趣，形象鮮明，餘味無窮。

　　據《錄鬼簿》記載，當時揚州不少散曲家以高祖還鄉爲題作曲，唯有雎作最爲人稱道，這決不是偶然的。當然曲中的鄉民站在地主階級立場上罵皇帝，有其階級局限性。但也要看到，這在民族矛盾比較突出的元代是完全可以理解的。何況一般衣不遮體的窮苦百姓恐怕也沒有歡迎皇帝的資格和「榮幸」。

（載於《陝西教育》1983 年 5 期）

關於《竇娥冤》研究中的幾個問題

　　《竇娥冤》是元代偉大戲劇家關漢卿的代表作，也是元曲中最傑出的悲劇。為了正確認識這部傑作的思想性和藝術性，有幾個難點重點問題需要提出來研究。

第一，關於高利貸問題

　　朱東潤主編的《中國古代文學作品選》中認為：高利貸剝削是造成竇娥悲劇的重要根源。這種看法雖為許多論者所贊同，但並不符合作品實際。作者在楔子中通過竇天章之口說，「這個那裏是做媳婦，分明是賣與他一般」，揭穿了送女當童養媳的實質，但是並沒有進一步批判高利貸剝削。

　　一、竇娥在丈夫死後，之所以產生「把來世修」的安於命運的想法，固然與其自小接受三從四德的封建思想教育有關，更重要的還是因為蔡家給她提供了守節、孝順、「把來世修」的物質條件，這個物質條件就是蔡家以放高利貸為生的小康生活。在這裏，作者顯然沒有把高利貸剝削作為造成竇娥悲劇根源的意思。

　　二、作者對放高利貸為生的蔡婆同情多於批判，寫她和竇娥一樣是個弱者，生命安全沒有保障，她是唯一和竇娥站在同一條戰線上的人。作者對她有批判，但不是批判她放高利貸剝削他人連累了竇娥，而是批判她軟弱、愚善以至引狼入室。

　　那麼，高利貸剝削在《竇娥冤》一劇中的作用如何呢？

　　渲染悲劇氣氛。劇幕乍起，便見以放高利貸為生的蔡婆等待竇天章送女抵債，這種開頭，一下子就把觀眾和讀者引入濃鬱的悲劇氣氛之中，使讀者

和觀眾對悲劇主角——三歲喪母、七歲就與父分離的小女端雲（後來改名竇娥）予以深切同情。

劇中高利貸在藝術結構上起著勾連人物情節的作用。高利貸把蔡家和竇家聯繫起來，組成了蔡婆和竇娥的矛盾統一體。另方面，高利貸把蔡婆和賽盧醫聯繫了起來，又進一步把張驢兒父子和蔡婆、竇娥聯繫了起來，使張驢兒與竇娥發生矛盾衝突。

在元代，回回商人替蒙古人經營的高利貸剝削，受到「斡脫」的保護；而漢人經營高利貸則得不到封建輿論和法律的保護，如同遵守三從四德在現實中並沒有受到封建輿論和法律的保護一樣。這也正是蔡婆和竇娥同處弱者地位的原因，從一個方面暴露了元代民族地位的不平等。

那麼，造成竇娥悲劇的根源是什麼呢？

首先，是元代豺狼當道、流氓橫行的社會環境。賣藥看病的不是好人，救了蔡婆之命的張驢兒也是個披著人皮的豺狼，判案的桃杌太守是個貪官，竇娥就生活在這樣一個從官到民、壞人充斥的黑暗社會之中，她一個孤弱寡婦，縱然不被張驢兒、桃杌逼死，也仍然是壞人共目之弱肉。

竇娥悲劇的第二個根源是，在元代那種混亂局面下，無辜善良之輩總是犧牲品，無法主宰自己的命運。竇天章欠蔡婆高利貸還不起，上京趕考又無路費，於是就把三歲離母、眼下只有七歲的小女端雲送到蔡婆家當童養媳抵債。竇天章從蔡婆那裏得到的是進京趕考的路費，賣掉的卻是只有七歲的親生小女。竇娥就這樣成了封建倫理道德的犧牲品。蔡婆為了報答張驢兒父子「救命之恩」，未徵得竇娥同意，便引張家父子來到家裏，準備答應張驢兒的無理要求。竇娥雖然執意不從，但蔡婆既已引狼入室，竇娥縱然插上翅膀，也難逃出張驢兒魔掌。竇娥又成了蔡婆和張驢兒私相交易的犧牲品。張驢兒逼婚不成，欲毒死蔡婆結果毒死親父，又賄賂太守，逃脫罪責，卻把無辜的竇娥判成「藥殺公公」的死罪就刑。竇娥又成了官吏流氓互相勾結狼狽為奸的犧牲品。

造成竇娥悲劇的第三個根源，是封建的上層建築衰朽不堪。封建的社會輿論和法律，不去維護自己所應維護的東西，更不可能為無辜受害者伸張正義了！

第二，關於封建道德問題

《竇》劇中的主要人物竇娥是個三從四德（三從指「在家從父，出嫁從

夫，夫死從子」，四德指「事公姑，敬夫主，和妯娌，睦街坊」）的虔誠的信奉者，她的人生信條一是貞節，二是孝順。她對歷史上的寡婦改嫁和卓文君私奔是根本否定的；她認爲像她和蔡婆這樣的寡婦不該「舊恩忘卻，新愛偏宜；墳頭上土脈猶濕，架口上又換新衣」。她反對蔡婆改嫁張驢兒父親，主要是不同意「張郎婦去做李郎妻」。她自己不嫁張驢兒，開始並非對這個不速之客的流氓面目已經識破，而是出於「一馬不鞴二鞍，好女不嫁二男」的封建道德標準。

那麼，我們是否可以根據這一點就斷定關漢卿是個封建道德的維護者呢？要回答這一問題，我們還必須看看關氏另一齣雜劇《望江亭》。和《竇》劇中主人公竇娥反對寡婦改嫁相反，《望江亭》中的女主角譚記兒，是個寡婦，改嫁給新近死了妻子、要去潭州做官的白士中；豪門惡霸楊衙內想娶譚記兒爲妾。現在聽說白士中娶了譚記兒，便在皇帝面前謊奏白士中爲官不正，騙取了殺害白士中的勢劍金牌和文書。譚記兒在白士中無計可施的情況下，巧扮漁婦，到望江亭楊衙內船上獻魚敬酒，假做夫妻，騙走勢劍金牌和文書。楊衙內不但沒有奈何白士中，自己反被問罪削職。在這個有名的喜劇中，關漢卿卻是態度鮮明地肯定了寡婦改嫁，否定了《竇娥冤》中竇娥所尊從的封建道德。同一關漢卿，何以對封建道德採取如此截然不同的態度呢？

首先，關漢卿始終把維護良善者、維護被侮辱與被損害者作爲自己的創作宗旨，他對道德（包括封建道德和傳統美德）的態度是以其是否有利於良善者、有利於被侮辱與被損害者爲轉移的。竇娥受到張驢兒的無理威逼，爲了與之鬥爭，在沒有其它思想武器的情況下，只有用她父親自小教給她的三從四德等封建道德準則作爲防身自衛的武器。在當時條件下，唯一可能和竇娥站在一起的就是蔡婆，蔡婆的動搖軟弱和引狼入室使竇娥處於孤立無援的境地。她爲了說服蔡婆和自己站在一起對付張驢兒父子的威逼，只有用「一馬不鞴二鞍，好女不嫁二男」的封建道德標準最有說服力。因爲竇娥的守節不是爲了別人，就是爲了蔡婆的親生兒子。她若用其它大道理批判一通蔡婆的軟弱，一方面違背她的身份和性格，另方面對失節改嫁的蔡婆也缺乏針對性，其結果不但說服不了蔡婆，還可能使蔡婆完全倒向張驢兒父子一邊。再說竇娥一開始對官府還抱有幻想：要和張驢兒官休而不私休，見了太守耐心細緻地敘述事件經過，認爲「大人你明如鏡，清似水，照妾身肝膽虛實」，即使被打得「肉都飛，血淋漓」，對官府也無一句怨恨之詞，幻想著「官吏每還

復勘」。她滿以爲自己虔誠地遵守封建統治階級提倡的倫理道德，理所當然地應該受到官府的保護，而結果卻是「本一點孝順的心懷，倒做了惹禍的胚胎」，在統治階級的屠刀下掉了腦袋，這豈不是天大的冤枉嗎？竇娥深冤最後之所以能得到昭雪，也是因爲她父竇天章得知她生前「不肯辱祖上」，完全按三從四德辦事，沒有違背竇家「三輩無犯法之男，五世無再婚之女」的傳統；而謀害她的張驢兒卻是「亂綱常合當敗」。如果她對幼時父親教導她的三從四德稍有逾越，那將會被竇天章「牒發城隍祠內」、「永世不得人身，罰在陰山永爲餓鬼」，那樣的結局，在觀眾心中將造成多大的遺憾啊！

　　和竇娥不同，《望江亭》中不信奉封建道德的譚記兒卻取得了鬥爭的勝利，贏得了與白士中完美結合的喜劇結局。可以設想一下，如果譚記兒以竇娥信奉的「一馬不鞴二鞍，好女不嫁二男」要求自己，不去與白士中結合，那麼在那弱肉強食的社會裏，楊衙內也要霸佔她作妾（楊衙內之流才不管什麼「一馬不鞴二鞍，好女不嫁二男」，他和張驢兒是一丘之貉，只不過一個「在朝」，一個「在野」罷了），這對譚記兒來說，將是不堪設想的。同樣，譚記兒如果恪守封建道德，或者恪守所謂誠信的傳統美德，不於中秋之夜去望江亭戲弄楊衙內，最終不但白士中性命難保，連她也要落人楊衙內的魔掌，更談不上維護自己已經獲得的幸福婚姻。在這裏，不僅是對封建的道德準則「三貞九烈」，就是對傳統的所謂誠信美德，關漢卿劇中人物也不把它當作千古不變的道德教條，不管具體環境，虔誠恪守。而是從其能否維護被侮辱與被損害者的自身利益決定取捨。任何時代的道德都是爲那個時代的既得利益者服務的。而關漢卿筆下的道德是爲正義服務的；他決不讓正義屈從於道德，因爲這樣只對邪惡有利，而對良善不利。這就使關劇比一般道德劇更深刻，更能經得住時間的檢驗。

　　其次，作者對待封建道德的態度，服務於作品的特定主題。《望江亭》的主題是歌頌譚記兒失去丈夫後仍然嚮往著幸福生活，不願像死去丈夫後一貞二孝的竇娥那樣廝守著「三貞九烈」。而當她剛剛要獲得這種幸福生活卻又面臨著豪門勢要的威脅時，便挺身而出與豪門勢要作鬥爭，並終於取得了勝利。在這裏，作者對違背封建道德的寡婦改嫁的肯定，服從於讚揚譚記兒追求幸福生活、捍衛幸福生活的正當權利這一主題。

　　《竇娥冤》反映的主題是元代社會法制黑暗，無辜受欺，肯定竇娥的剛強性格。堅守封建道德不願改嫁的竇娥死於封建統治階級的屠刀，踐踏封建

道德逼人改嫁甚至不惜陷害好人的張驢兒逍遙法外，雖不胡作非爲但卻願意改嫁的蔡婆，命運不如張驢兒但勝過屈死的竇娥。作者就是這樣通過竇娥、張驢兒、蔡婆三個對封建道德持不同態度的人物的不同命運的描寫，反映了封建社會黑暗腐朽到何種不可救藥的地步。

再次，作者對封建道德的不同態度是爲其塑造不同人物性格服務的。

竇娥的善良、剛強性格在《竇》劇中是和封建道德聯繫在一起的。她對婆母私允張驢兒不滿，但如果因此拋開年愈六十的婆母不顧，去謀求自己的出路，那她將是一個不能令人同情的人物；她與桃杌、張驢兒的抗爭，咒天罵地，看來很激烈，但讀者卻並不覺其過分，因爲她的鬥爭只不過是維護封建統治階級大力提倡而她自己虔誠遵守的封建道德罷了。她的善良建立在孝順的思想基礎之上，她的抗爭則以貞節爲指導思想，二者就這樣在封建道德的基礎上統一了起來。她若順從婆母，屈就張驢兒，那只是執行了孝，違背了節；她若因不屈就於張驢兒而拋棄蔡婆，那就只執行了節而違背了孝。只有既不拋開蔡婆又反對張驢兒，才是既孝又節。

和竇娥不同，《望江亭》中的譚記兒，不屈服於命運的安排，對寡婦生活並不甘心，一出場就唱道「怎守得三負九烈」，這種性格基調本身就不符合封建道德。她和白上中結婚，最後又戲弄楊衙內取得勝利。保護了再婚夫妻不被拆散，譚記兒完全是個封建道德的叛逆者。

第三，三樁誓願問題

竇娥臨死前悲憤地發出了三樁誓願：血濺白練，六月飛雪，三年亢旱。三樁誓願，樁樁兌現，無一樣落空。三樁誓願在今天，人們也可能不覺其奇，在當時卻是被視爲奇的。作者採取的是積極浪漫主義的表現手法，用千古奇事來表現千古奇冤。

三樁誓願發出後，陰雲四起，冷風盤旋，雪花飄飛，出現了一種淒慘陰暗的氛圍，加濃了悲劇色彩，烘託了悲劇氣氛。

三樁誓願還表現了竇娥屈死以前極度壓抑的怨憤。孤立無援卻又死不甘心，無奈之下只得求助於天，而她的冤情也確實感動了天地。三樁誓願說明當時社會黑暗到無人對冤獄伸張平反，只有湛湛青天能爲之作證以顯其冤的程度。同時表現了作者鮮明的愛憎感情，他的同情在竇娥一邊。這也是千千萬萬觀眾的共同心願。

第四，關於鬼魂問題

《竇》劇中鬼魂的出現，進一步加強了悲劇氣氛。這種表現手法是消極的（因為世界上沒有鬼魂），但可貴的是沒有給人以消極恐怖之感。相反，冤魂在舞臺上游來遊去，更激發了觀眾對封建社會的痛恨，加深了對屈死的竇娥的同情和懷念；魂旦出場復仇，又使觀眾從中受到鼓舞；魂旦出面作證，則進一步暴露了當時社會的黑暗，以至人間已無主持公正之人，只有依靠鬼魂出來復仇了。魂旦作為一個復仇的形象出現，表現了被迫害而死的竇娥不除人間暴逆決不罷休的不屈性格，魂旦三次弄燈兩次翻書卷，更增強了復仇氣氛。這是用消極的形式表現了積極的精神。

第五，清官問題

關漢卿戲劇中，矛盾的解決，暴逆的剷除，幾乎都是依靠清官的出現。《蝴蝶夢》中的包拯，《望江亭》中的李秉忠，《救風塵》中的李公弼，等等，都是出來伸張正義懲處邪惡的清官。可見，清官治世是關氏的一貫思想。作者期望有一大批清官「把金牌勢劍從頭擺，將濫官污吏都殺壞，與天子分憂，萬民除害」。

在元朝，科舉被廢除七八十年之久，選擇官吏不以科舉為途徑，而以上級任命為途徑。作者在《竇》劇中寫清官竇天章以科考得官，並非無的放矢，而是針對當時廢除科舉取士，導致貪官污吏橫行的黑暗現實的。當然科舉取士弊病甚多，但在關漢卿看來，卻要比以等級為標準任命官吏好得多。清官出來為民申冤表現了人民的願望，這當然不能簡單抽象地用一句「清官情結」所能解釋。相反，這正是老百姓企盼有一個法律公正、執法嚴明的健全的法制社會的表現，雖然這種企盼未必會變成現實。和道德一樣，一定時代的法律也是為維護那個時代的既得利益者服務的。但清官可在封建法律許可的範圍內維護良善者，這就比貪官專門欺壓良善者要好一些。

值得特別指出的是歷來被研究者忽視的一點，就是關漢卿筆下的清官有兩種類型，一種是竇天章型的，老老實實、一絲不苟地按封建法律辦事，懲辦應該懲辦的，維護應該維護的，這種清官當然比桃杌太守一類貪官清明。還有一種包拯型的清官，他們能夠把執行法律和維護良善結合起來，一旦二者發生矛盾，便以巧妙的方法加以處理，使法律為維護被侮辱與被損害的良善者服務。如在《魯齋郎》中，包拯為了懲處「苦害良民，奪人妻女」的皇

親國戚魯齋郎，把「魯齋郎」三個字寫成「魚齊即」呈報皇帝審批，皇帝批斬之後，他便在「魚齊即」三字上略加幾筆，恢復爲「魯齋郎」加以斬首。《蝴蝶夢》中的包拯，用被判爲死罪的盜馬賊趙玩驢兒，替代王母的兒子王三。作者並不認爲這是欺上瞞下，弄虛作假，認爲這是機智的表現。因爲這樣作達到了維護良善者的目的。

無名氏的《陳州糶米》中包拯說貪官是「打家的強賊」，清官是「看家的惡狗」。《魯齋郎》、《蝴蝶夢》中的包拯不僅爲皇帝「看家」，而且爲良善者「說話」，爲了後者，誠信和法律也可以靈活變通·絕不拘泥，這就比竇天章一類清官層次更高了。封建社會的道德和法律對少數權勢者只維護不約束，對多數弱善者只約束不維護。關漢卿筆下的清官卻能反其道而行之，這正是關漢卿偉大的人道主義精神光焰千古，爲後世許多作家所望塵莫及的地方。

（原載《人文雜誌》2002 年 4 期）

馬致遠的創作

馬致遠，生卒年不詳。約生活於公元 1250～1321 年間，號東籬，大都（今北京）人，曾任江浙行省務官，與關漢卿、王實甫、白樸並稱「元曲四大家」。元成宗元貞年間（1295～1297），與李時中等元曲作家組織專事戲曲創作和研究的「元貞書會」。平生所著雜劇 16 種，現存《半夜雷轟薦福碑》、《江洲司馬青衫淚》、《破幽夢孤雁漢宮秋》、《呂洞賓三醉岳陽樓》、《馬丹陽三度任風子》、《西華山陳摶高臥》等 6 種，與李時中及藝人花李郎、紅字李二合撰《開壇闡教黃粱夢》（每人各寫一折）。另據隋樹森所編《全元散曲》，馬致遠還創作小令 115 首，套數 16 套，殘套 7 套；《東籬樂府》收小令 104 首，套數 17 套，殘套 5 套。

頌聖之作

馬致遠的作品中，有一些以歌功頌德為主題的作品，這是當時歷史條件下的產物。元蒙統治者入主中原，「淫掠婦女，焚燒廬舍」（魯迅《二心集》），給老百姓造成極大的災難，但客觀上卻也適應了人民希望統一安定的願望。元疆域遼闊，各民族互相融合，對社會生產、人民生活都有好處。馬致遠在〔中呂·粉蝶兒〕中頌揚道：「至治華夷，正堂堂大元朝世，應乾元九五龍飛。萬斯年，平天下，古燕雄地。日月光輝，喜氤氳，一團和氣。」「祝吾皇萬萬年，鎮家邦萬萬里，八方齊賀當今帝，穩坐盤龍亢金椅。」「小國土盡來朝，大福蔭護助裏，賢賢文武宰堯天，喜，喜，五穀豐登，萬民樂業，四方寧治。」「善教他，歸厚德，太平時龍虎風雲會，聖明皇帝，大元洪福與天齊。」這

一類散曲歷來爲元曲研究人員所忽視，其實這決不是一般所謂的阿諛之詞，而是表達了黎民百姓嚮往和平生活的共同心聲。任何一個封建朝代初建之時總會給百姓帶來一些好處，元朝也不例外。

在雜劇《陳摶高臥》中，作者筆下的陳摶是一個不願做官的眞正隱士。但他對黎民百姓的生活非常關注。他看到「五代間世路干戈，生民塗炭，朝梁暮晉，天下紛紛」，希望未來君臣「救那苦懨懨天下生靈」，「滅狼煙息戰氛」。自從「海嶽歸明主」，「萬國盡來尊」，「法正天心順」，他便心安理得，歸隱山林。陳摶不忍生民塗炭但不願做官享樂，稱頌聖明君主而不願追名逐利，這正是馬致遠的自我寫照，也是許多正直知識分子的眞實寫照。

不平之作

只要是封建專制，不管誰來當皇帝，都不會有眞正的公正與公平。對這一點體會最眞切的首先是知識階層中的敏感者，馬致遠正是他們的傑出代表。當對大元統治者寄予美好希望的馬致遠看到這個封建專制的王朝並不像他希望的那樣美好時，出於一個作家的良知，他對這個不公平的社會進行了揭露和批判。在散曲〔南呂‧金字經〕中他寫道：「夜來西風裏，九天鵬鄂飛、困煞中原一布衣。悲，故人知未知？登樓意，恨無上天梯。」元代是個知識分子受壓極重的專制王朝，眞正有才德的人四處碰壁。這首散曲就是借王粲登樓一事發泄作者胸中的不平之氣。著名的〔天淨沙‧秋思〕中的那個無有歸宿的遊子也是和王粲一樣的天涯斷腸人。

《薦福碑》裏的張鎬，滿腹文章，高才大德，可「半生埋沒紅塵路，七尺身軀無安處」，飄零在潞州長子縣張家莊上教幾個蒙童度日。他生活的社會賢路堵塞，仕途不通；教一群胸無大志難以管教的學生；遇了個愚蠢豪富一竅不通的東道；自己懷才不遇，窮困潦倒，像「披麟的曲蟺，帶甲的泥鰍」，像「失志鴻鵠，久困鼇魚，倒不如那落落之徒」。他不但對先賢遺語「書中自有千鍾粟，書中自有黃金屋，書中自有顏如玉」產生懷疑，而且對整個社會發出詛咒：「這壁擋住賢路，那壁又擋住仕途，如今這越聰明越受聰明苦，越癡呆越享了癡呆福，越糊塗越有糊塗富。」後來他時來運轉，禍去福至。見了皇帝，對策百篇，被加爲頭名狀元，手持白象笏，身著紫朝衣，攀蟾折桂，列鼎而食。但在作者筆下，張鎬能有今日，既不是范仲淹薦書之力——

范仲淹三封薦書，封封落空；也不是才華過人所致──皇帝加賜他的吉陽縣令被又蠢又富的東道張浩冒領，在龍神廟做詩受到龍神報復；而是時運轉佳，這才有金殿對策聖人誇，才華得以施展，朋友的舉薦也大起作用，風助虎威。作者相信命運和機遇，也把張鎬的發跡歸之於命運和機遇。「若論才氣，仲尼年少，便合封侯。窮通皆命也，得又何歡，失又何愁，恰如南柯一夢。」（〔黃鐘‧女冠子〕）「佐國心，拿雲手，命裏無時莫剛求。」（〔四塊玉‧歎世〕）這種思想符合社會競爭不公導致人們不相信才德而只相信命運、相信機遇的普遍社會心理。相對公正的社會環境才能使人們自信、自立、自強，通過才德實現自我價值，而不把命運、機遇看作決定人生的主要力量。

反思之作

馬致遠還有不少表現愛情的作品，像《壽陽曲》等散曲就是「婦孺能解，諧俗之極」的「絕妙好詞」（鄭振鐸：《中國俗文學史》）。雜劇《青衫淚》寫白居易和裴興奴的愛情故事，但未擺脫元劇士子、商販、妓女三角關係的窠臼，特點不十分突出。這方面有影響的是《漢宮秋》，但《漢宮秋》已不是單純的愛情劇了。

關於昭君出塞的故事在民間早有流傳，《西京雜記》中也有記載。馬致遠在《漢宮秋》中對昭君出塞的歷史事實作了重大改造，主要表現在：把歷史上出塞之前元帝未見昭君之面改爲已經寵幸了昭君；把歷史上昭君嫁給呼韓邪單于並生一子，呼韓邪單于死後又嫁給他的兒子並生二女，改爲在漢匈邊界投江殉漢；把歷史上毛延壽貪賄作弊，改爲不僅貪賄作弊，而且投敵叛漢，最後又被匈奴押送漢朝就刑。所有這些改動，都是服務於表現作者民族感情這一主旨的。劇中元帝的多情善良、愛憎分明以及對和平安定生活的嚮往和依戀，都是廣大勞動人民的普遍品德和心理狀態，而不僅僅是封建帝王的性格特點。元帝對昭君的寵幸，既是封建帝王的愛情，也是漢民族要求和平安定生活的生動體現。呼韓邪單于以武力相威脅索取昭君，是對封建帝王個人愛情生活的破壞，更是對整個漢民族安定生活的挑戰。尚書令五鹿充宗力主割愛獻嬙，也不是爲了維護漢民族和平安定生活的行爲，而是和毛延壽遙相呼應的背叛行徑。元帝的勉強獻嬙和對奸臣的斥責，對昭君的依戀和對忠臣的思念，有著特定的政治背景，並非完全出於維護個人的生活需要。正是在

作者所描寫的這種典型環境中，昭君投江和歷史上的昭君出塞，元帝的不願獻嬙和歷史上的守信賜嬙一樣，都有積極的進步意義。而劇中尚書令五鹿充宗逼帝獻嬙和歷史上的元帝守信賜嬙也就有了根本性的區別。《漢宮秋》中的元帝不僅僅是以帝王的身份出現在觀眾面前，主要的還是作為漢民族的象徵出現在觀眾面前的，這一點從劇中的一系列唱曲中表現得很明顯。他訓斥奸臣：「我養兵千日，用軍一時，空有滿朝文武，那一個與我退的番兵！都是些畏刀避箭的，恁不去出力，怎麼叫娘娘和番？」「大抵是欺娘娘軟善，若當時呂后在日，一言既出，誰敢違拗！若如此，久以後也不用武，只憑佳人平天下便了！」元帝懷念為漢家創立江山立下十大功勞的韓信，斥責身邊這些太平時誇功勞，有事時向後縮的文武眾臣都是些「忘恩咬主的賊禽獸」。《漢宮秋》不僅僅表現了作者的民族情緒，還包含了作者對漢族政權為元蒙取代的歷史教訓的反思。

出世之作

　　馬致遠的作品中，表現出世超脫主題的佔了相當大一部分。這方面最具代表性的是套曲〔雙調・夜行船〕《秋思》。作者認為人生如夢，應及時行樂。為什麼不抓緊有限的生命去建功立業，斂財致富呢？因為功名富貴，都是過眼煙雲。連生命本身都朝夕不保呢，何況其它！所以還是拋棄功名富貴之心，泯滅是非賢愚之感，傍綠樹，對青山，過「竹籬茅舍」的清靜日子罷！那些爭名奪利的人，如蟻排兵，如蜂釀蜜，如蠅爭血，沒完沒了，何日休止！倒不如我學個裴公陶令，秋來「和露摘黃花，帶霜烹紫蟹，煮酒燒紅葉」，抓緊有限人生，樂在醉中不醒。作者這種厭世、憤世、避世的思想，與其經歷密切相關。他原有「佐國心，拿雲手」，但「命裏無時」，到頭來「兩鬢皤，中年過」，「圖甚區區苦張羅」，於是看破紅塵，「人間寵辱都參破，種春風二頃田，遠紅塵千丈波。」（〔四塊玉・歎世〕）這裏邊有對現實不滿的牢騷，有不願與世同流合污的節操，也有及時行樂的情緒，這些思想在當時社會條件下有其產生的必然性、合理性的一面，也有消極頹廢的一面。

　　正因為馬致遠對人生有如上認識，所以他對那些吝嗇小氣的人充滿嘲諷和椰榆，〔般涉調・耍孩兒套〕《借馬》就是一套諷刺吝嗇鬼形象的名曲。全曲緊緊圍繞借馬這一中心展開描寫，結構非常嚴謹。作者先寫馬主人愛馬如

命，有人來借，對面難卻的矛盾心情。接著重點寫他對借馬人的叮嚀，瑣瑣碎碎，婆婆媽媽，反反覆覆，令人生厭。最後寫他「兩淚雙垂」地與馬分別，借馬的「弟兄」就因爲借了他的馬而被他深惡而痛絕之。作者通過細膩的心理活動和生動的細節描寫，把馬主人的動作、感情寫得逼眞生動，叫人啼笑皆非，收到了很好的諷刺效果。作者許多雜劇以擅長抒情著稱，人物個性倒不十分鮮明，而這套《借馬》散曲卻把吝嗇鬼的個性刻畫得栩栩如生。在馬致遠看來，不管是什麼人，「爭利名，奪富貴，都是癡」（〔四塊玉‧歎世〕），「碧玉簫，便有紗堆金寶，似梁間燕營巢。爲甚石崇睡不著，陳摶常睡著，被那轉世寶，隔斷長生道」（〔雙調‧喬牌兒〕）。

作者人稱「馬神仙」，是全眞教信徒。他的神仙道化劇《開壇闡教黃粱夢》寫鍾離點化呂岩（洞賓）斷絕「酒色財氣」脫俗成仙的故事，宣揚「人生如夢，萬事皆空」。水滸好漢在現實中經過坎坷的生活道路後離開黑暗的社會環境，逼上梁山，走上反貪官污吏的道路；《黃粱夢》中的呂岩經過人世間十八年的陞降起伏之後走上了出世成仙之路，這是不同作者在同一生活環境下所持不同生活態度的藝術反映。《呂洞賓三醉岳陽樓》，寫僊人呂洞賓三次到岳陽樓度化柳樹精和白梅花精成仙之難，難在被度者拋棄不了俗念，割捨不了嬌妻‧只有徹悟塵世的一切都是過眼煙雲，變幻不定，才會最終捨俗成仙。取材於唐人傳奇《枕中記》的《馬丹陽三度任鳳子》寫任屠在馬丹陽度引之下休妻摔子，出家十年，「散誕逍遙」，「編四圍竹寨籬，蓋一座草團瓢，近著這野水溪橋，再不聽紅塵中是非鬧」，經受魔障之後終於得道成仙。

馬致遠的隱逸散曲和神仙道化劇其實是作者熱愛生活熱愛自然熱愛生命的另一種形式的表現，作者讚美嚮往的是一種擺脫了功名錢財糾纏的生活，是一種無身外之物攪擾心內寧靜的生活，是一種生活環境得到淨化（無蠅爭血、蟻排兵、蜂釀蜜）的生活，是一種質量得到昇華、生命不斷延續的生活，他的厭世、憤世、避世思想也是源於此的。

（載於《古典文學知識》2001 年 8 期）

現存元雜劇分類輪廓表

素材\劇名\題材	元代現實		歷代筆記小說詩文	歷史、傳說			合計
社會政治生活	竇娥冤 馮玉蘭 獨角牛 緋衣夢 勘頭巾 陳州糶米 後庭花	魯齋郎 神奴兒 延安府 盆兒鬼 合同文字 生金閣 朱砂擔		漢宮秋 麗春堂 貶黃州 趙氏孤兒 小尉遲 鎖魔鏡 風雲會 存孝打虎 博望燒屯 三戰呂布 襄陽會 梧桐雨	單刀會 金鳳釵 貶夜郎 伍員吹簫 昊天塔 黃鶴樓 追韓信 單鞭奪槊 射柳搥丸 西遊記 澠池會 氣英布	連環計 三奪槊 抱妝盒 諕范叔 老君堂 黃花峪 東窗事犯 飛刀對箭 隔江鬥智 遇上皇 謝金吾	49
愛情婚姻家庭	瀟湘夜雨 鴛鴦被 玉壺春 碧桃花 東牆記 紫雲亭 竹塢聽琴 紅梨花 調風月 救風塵 對玉梳 魔合羅 雲窗夢	兩世姻緣 百花亭 蕭淑蘭 留鞋記 拜月亭 九世同居 望江亭 桃花女 謝天香 金線池 灰闌記 謝梅香	梧桐葉 西廂記 青衫淚 張生煮海 柳毅傳書 曲江池 牆頭馬上 倩女離魂	破窯記 玉鏡臺 薛仁貴 舉案齊眉	符金綻 漁樵記 揚州夢 張天師	風光好 五侯宴 金錢記	44

人生態度	忍字記		王粲登樓 黃梁夢	竹葉舟 東坡夢 圯橋進履 衣襖車 莊周夢 玩江亭 誤入桃源 敬德不伏老	金安壽 任風子 鐵拐李岳 城南柳 藍采和 猿聽經 赤壁賦	劉行首 度柳翠 凍蘇秦 薦福碑 升仙夢 陳摶高臥 岳陽樓	25
道德情操	村樂堂 羅李郎 合汗衫 替殺妻 貨郎旦 殺狗勸夫 看錢奴 斷冤家債主 蝴蝶夢	酷寒亭 東堂老 老生兒 小張屠 劉弘嫁婢 來生債 兩團圓 救孝子	秋胡戲妻	馬陵道 裴度還帶 爭報恩 燕青搏魚 虎頭牌 介子推 蔣神靈應 伊尹耕莘 豫讓吞炭	哭存孝 陳母教子 黑旋風 李逵負荊 還牢末 七里灘 周公攝政 剪髮待賓 千里獨行	楚昭王 降桑椹 趙禮讓肥 范張雞黍 雙赴夢 賺蒯通 智勇定齊 霍光鬼諫	44
合計	57		11	94			162

（原載《古代戲劇賞介辭典》陝西人民出版社 1988 年 6 月版）

《評師網》3000所大學百萬老師教學的評價

姓名：王志武　　　　　　　　　所在大學：陝西師範大學
所在城市：陝西西安　　　　　　所在院系：文學院

2008.11.17	《紅樓夢》研究	嚴謹而又幽默，對紅樓夢非常之熟悉，觀點很獨特！為人很好！從不為難學生，是師大上課學生最多的課之一，往往得提前占座
2008.01.17	《紅樓夢》研究	王老師太讚了！王老師真的是一位很淵博很淵博的教授啊！在說到紅樓夢研究時，大家可能聽到劉心武更多一點，但你知道嗎？劉心武曾經因為抄襲王老師而有過一次糾紛！王老師是位令人尊敬的老教授，在我們不太瞭解的紅學界裏，王老師那可是老前輩老專家了！

2007.06.21	《紅樓夢》研究	老師是絕對的不點名，不過，呵呵！有時候口音聽不懂！
2007.05.15	《紅樓夢》研究	我一直想上這課，哪位好心的同學能發條短信給我告訴我地點嗎？感激不盡！13689193139
2007.03.01	《紅樓夢》研究	很不錯啊！但是薛寶釵的粉絲最好不要來。
2007.01.25	《紅樓夢》研究	即將去上，太好了，不怎麼點名。
2007.01.18	《紅樓夢》研究	呵呵，老師很慈祥，很幽默，我喜歡他的課。

2007.01.07	《紅樓夢》研究	這位老師有自己獨到的見解，很好，而且從來不點名。

http://www.pinglaoshi.com/teacherId102984&pageCount=5&p=2

（黃亦九工程師下載整理）